INTRODUCTION À UNE HISTOIRE NATURELLE

Paru dans Le Livre de Poche :

ÉCONOMISER LA PLANÈTE

CLAUDE ALLÈGRE

Introduction à une Histoire naturelle

FAYARD

Nouvelle édition revue et mise à jour par l'auteur.

Avant-propos de la première édition

Écrire deux siècles après Buffon un ouvrage portant le titre d'*Histoire naturelle* peut sembler bien audacieux. Le rapprochement entre cette modeste introduction et l'œuvre en plusieurs volumes de celui qui fut l'un des « savants » les plus éminents de son temps risque de paraître dérisoire. De surcroît, l'expression « histoire naturelle » est devenue de nos jours désuète, elle évoque une science du temps passé. Pourquoi alors tenter pareille aventure ?

L'écriture, si elle a pour finalité de convier à la lecture, d'attirer des lecteurs, reflète plus profondément encore le besoin des auteurs d'exprimer leurs pensées ou convictions les plus intimes. Or, quel titre donner à un ouvrage qui se propose d'adopter une démarche historique pour raconter la genèse des objets naturels ? L'histoire naturelle doit-elle être bannie du vocabulaire parce qu'un illustre précurseur a utilisé une formulation injustement oubliée par les modernes ?

La démarche historique, qui cherche à reconstituer l'origine des choses, leur mode de genèse, leur développement, qui montre le rôle du temps, ses effets cumulatifs, ses changements de rythme, sa monotonie et ses révolutions, peut apporter beaucoup à la pensée scientifique. Ce titre n'est donc pas une provocation, encore moins une prétention, mais l'expression d'une conviction très forte : la nécessité de réhabiliter l'histoire naturelle.

Le moment paraît propice. Les découvertes extraordinaires faites depuis trente ans dans toutes les sciences de la nature, de l'astronomie à la biologie, permettent de bâtir une nouvelle histoire naturelle dont le domaine s'étend de la naissance de l'Univers, que chacun fait désormais débuter au fameux big bang, jusqu'à l'homme qui a colonisé la Terre pour aujourd'hui la menacer.

À partir de là, on peut brosser une fresque qui englobe les principaux résultats obtenus dans des disciplines aussi variées que l'astronomie, l'astrophysique, l'exploration spatiale, la géodynamique, l'océanographie, la géophysique, la géochimie isotopique, la paléontologie, la biologie moléculaire, l'écologie…

En relatant les principales étapes de la naissance et de l'histoire du monde et de l'homme, cette modeste nouvelle édition du « Livre des origines » recèle aussi quelques messages sur le temps, la science, l'homme, sur notre passé et notre avenir.

Remarque sur la seconde édition

Il s'agit d'une nouvelle édition et non pas d'une simple réédition. Les chapitres ont été retravaillés et mis à jour en tenant compte des progrès de la science depuis dix ans. Mais l'esprit de l'ouvrage et le mode d'écriture sont restés identiques. J'ai conservé beaucoup de pages telles quelles lorsque aucune avancée scientifique n'était survenue et que le style ne me heurtait pas trop.

L'ambition reste la même, donner une vision simple dans sa forme mais exacte dans son esprit de l'histoire naturelle, allant du big bang… à la disparition de l'Homme.

CHAPITRE PREMIER

Lumières et pierres

Les lumières, celles qu'émettent les astres, celles que reçoivent et auscultent les astronomes derrière leurs télescopes, nous permettent d'explorer le temps.

Lorsqu'un photon venant de l'étoile la plus proche, l'étoile Alpha du Centaure, atteint le télescope du mont Palomar, il a cheminé trois ans et demi à la vitesse de la lumière. Autrement dit, l'information qu'il porte est déjà vieille de trois ans. Lorsque nous observons la galaxie la plus semblable à la nôtre, celle d'Andromède, nous examinons des lumières émises il y a déjà deux millions d'années. Deux millions d'années-lumière, telle est en effet la distance qui nous sépare d'Andromède. Lorsque, en 1987, les astronomes du monde entier ont observé l'extraordinaire explosion d'une supernova dans le grand nuage de Magellan, il s'agissait en fait d'un événement qui avait eu lieu cent soixante-dix mille ans avant J.-C., alors que la Terre était en pleine période glaciaire. Les télescopes les plus puissants du monde, qui scrutent les amas de galaxies très pâles situés aux confins de l'Univers, enregistrent des événements qui se sont produits il y a plus de dix milliards d'années.

Observer loin, c'est explorer tôt.

C'est voir un passé de plus en plus reculé.

En effet, la lumière, messagère la plus rapide dans l'Univers, n'a pas une vitesse infinie. Trois cent mille kilomètres à la seconde est une vitesse considérable, la plus grande de tout le monde physique, si grande même que rien ne peut la dépasser, mais ce n'est pas pour autant une vitesse infinie. Cela correspond a peu près à 1 milliard de kilomètres à l'heure, ou à 10 000 000 000 000 de kilomètres par an, ce que l'on appelle l'année-lumière[1].

Dans la vie courante, la transmission de la lumière nous apparaît comme instantanée ; dans le cosmos, il n'en va pas de même, tant les distances sont grandes.

Et ce qui est vrai pour la lumière visible l'est aussi pour cette « lumière » invisible que sont les ondes radio d'une part, les ondes X de l'autre. Toutes les lumières se propagent à la même vitesse[2] dans le vide.

---

1. 1 suivi de 13 zéros s'écrit 10^{13}.

2. La lumière visible, celle que détectent nos yeux, fait partie de la catégorie des ondes électromagnétiques. Ces ondes sont des vibrations immatérielles qui traversent l'espace à partir de l'endroit où elles sont émises à la vitesse de 300 000 kilomètres à la seconde (vitesse de la lumière) dans le vide. On les classe d'après leur longueur d'onde ou l'inverse, c'est-à-dire leur fréquence.

Les délais nécessaires pour transmettre les messages lumineux construisent ce tableau hétérochrone qui nous donne le vertige mais nous émerveille par sa beauté et sa majesté chaque nuit d'été. Observant à la fois les étoiles du ciel et les pâles galaxies lointaines, nous avons devant nous ce que serait, pour l'histoire des hommes, le tableau formé par la Chine préhistorique en toile de fond, sur laquelle se superposeraient de proche en proche l'Arabie de Mahomet, la Renaissance italienne, et qui s'achèverait par le XIXe siècle français ! L'exploration de cette dilatation spatiale du temps a permis aux astronomes de bâtir le scénario de l'évolution galactique, de l'évolution stellaire des origines à nos jours.

Les pierres, objets solides d'origines variées, peuvent résister aux outrages du temps. Leurs âges se mesurent en millions et milliards d'années. Les manières dont elles se sont formées, dont elles ont

---

Les ondes dont la longueur d'onde est de 10^{10} mètres (d'une fréquence de 10^{18} hertz, 1 hertz correspondant à une vibration par seconde) sont les rayons X, ceux qu'on utilise en médecine ou en minéralogie. Celles dont la longueur d'onde est de 10^{6} à 5.10^{7} mètres sont les ondes lumineuses (leur fréquence est de 10^{15} hertz). Celles qui vont du centimètre à 1 000 kilomètres de longueur d'onde (fréquence de 10^{10} à 10^{3} hertz) sont les ondes radio. La radio courante utilise des ondes allant de 1 mètre (FM, télé) à 1 kilomètre de longueur. Ces ondes radio sont produites non seulement par les hommes, mais aussi naturellement émises par les étoiles et étudiées par les astronomes à l'aide de radiotélescopes. Toutes ces ondes sont des sortes de « lumières ».

été déformées, dont elles se sont conservées, sont autant de témoignages sur l'histoire de la Terre ou des planètes, ou même, nous le verrons, des étoiles et de l'Univers.

Lorsque le géologue, marteau à la main, examine les épaisses séries sédimentaires qui recouvrent horizontalement le plateau du Colorado ou le Bassin parisien, lorsqu'il en extrait les fossiles ou examine la texture des roches couche par couche, feuillet par feuillet, il cherche à reconstituer l'histoire de notre planète. Parfois, le livre des strates est chiffonné, déchiré, les couches en sont tordues, plissées, cassées, déplacées, comme c'est le cas dans les chaînes montagneuses de l'Himalaya ou des Alpes. Là encore, par une cartographie patiente, une étude minutieuse des roches sous microscope, le géologue sait reconstituer les événements qui ont conduit à ces dérangements.

Ces méthodes géologiques ont longtemps été confinées aux continents, là même où l'observation et les déplacements des hommes étaient aisés. Elles s'appliquent aujourd'hui au fond des mers, grâce à l'utilisation de la technologie moderne et du forage systématique. Toute la surface du globe peut être ainsi échantillonnée, étudiée, déchiffrée.

Chaque terrain, chaque roche, peut être daté. Grâce aux isotopes radioactifs de longue période, bien relayés par les fossiles animaux et végétaux ou par le magnétisme fossile, on est depuis longtemps déjà capable d'affecter un âge à chaque formation rocheuse. À partir de là, les lectures des ensembles rocheux peuvent être replacées dans un tableau chronologique. On peut reconstituer une histoire de la Terre depuis l'époque des plus vieilles roches terrestres, à savoir trois milliards huit cents millions d'années.

Nos informations sur l'histoire de l'Univers proviennent de deux sources : les lumières et les pierres. Les unes traversent l'espace, les autres, le temps.

Historiens de la matière, constructeurs de l'histoire du monde à leur manière, géologues et astronomes se sont longtemps ignorés, laissant du même coup un no man's land inexploré entre leurs deux disciplines. La naissance de la Terre, son origine, sa spécificité par rapport aux autres planètes, son rapport au Soleil étaient autant de sujets négligés. L'histoire était ponctuée par un gros hiatus.

Cette situation a changé progressivement depuis les années 1960. Astronomie et géologie se sont modernisées dans leurs techniques et leurs méthodes, mais ont de plus découvert un dénominateur commun : l'atome, et plus précisément le noyau de l'atome. Du côté de la géologie, c'est la naissance de ce que l'on appelle la géologie isotopique. C'est une géologie qui étudie les roches et leurs transformations par le biais des isotopes[1] qui constituent

1. Les atomes sont constitués par un noyau central qui contient toute la masse et par des électrons qui tournent autour du noyau. Chaque élément chimique a un atome caractéristique, dont le nombre d'électrons définit la nature et les propriétés. Dans le cadre de cet atome type, il existe en fait plusieurs variétés d'atomes ayant tous le même nombre d'électrons, mais dont

leurs structures cristallines ou moléculaires. La composition en divers atomes est un code qui permet non seulement de reconstituer l'histoire des roches, mais, au-delà, de déchiffrer l'histoire des atomes, de la matière elle-même. Au-delà même des limites temporelles de la géologie.

Cette géologie isotopique, initiée à partir de procédés de datation des roches, a permis d'étudier l'origine des ensembles rocheux, y compris les plus primitifs. L'application de ces méthodes aux roches extraterrestres que l'on appelle météorites a permis de s'intéresser à l'origine des planètes, de la Terre, et, au-delà, à l'origine des éléments chimiques, faisant par là le lien avec l'astronomie. Car, du côté de l'astronomie, les progrès de la physique du noyau ont induit une non moins impressionnante révolution : celle de ce qu'on appelle l'astrophysique nucléaire. Cette discipline a expliqué à la fois la source d'énergie qui alimente les étoiles – c'est l'énergie nucléaire – et la manière dont les atomes ont pris naissance à partir de rien ou presque. La synthèse des noyaux atomiques – que nous connaissons depuis le plus simple, celui d'hélium, jusqu'au complexe noyau d'uranium – est le résultat de réactions nucléaires qui ont lieu dans les étoiles depuis

---

la masse du noyau (donc la masse propre) est différente. Les variétés d'atomes d'un même élément chimique sont appelées isotopes. En fait, tout élément chimique est un mélange de ses isotopes en proportion définie. La géologie isotopique étudie les variations d'abondance d'isotopes qui existent dans les éléments chimiques des composés naturels (roches, air, eau).

le mythique big bang. Synthèse des éléments, réactions nucléaires, énergie, aspects extérieurs des étoiles (couleurs, brillance), tout cela relève du même phénomène : la synthèse nucléaire. Bien sûr, c'est ce phénomène qui a créé les isotopes. On aperçoit le lien entre astronomie et géologie avec ce mot magique d'*isotope* que nous répéterons souvent et qui est sans aucun doute le mot que j'ai répété le plus souvent durant ma vie scientifique. À travers cet intérêt pour les isotopes, astronomes et géologues sont devenus les historiens de la matière depuis sa naissance jusqu'à la manière dont elle s'exprime dans notre vie courante.

Le second rapprochement, moins profond, moins grandiose mais plus immédiat, s'est fait autour de l'exploration spatiale. Après le retour d'échantillons lunaires, après les missions sur Mars et Vénus ou autour des planètes géantes, s'est développée une véritable planétologie comparée, fondée sur des données beaucoup plus solides que ne l'étaient les photographies plutôt pâles et floues obtenues par les télescopes terrestres.

Chaque planète a ainsi trouvé sa place dans une logique où l'on peut distinguer ce qui est commun à toutes et ce qui est particulier à telle ou telle. La Terre est apparue dans ce schéma comme un objet unique, mais parmi une collection d'objets frères. Dans cette collection planétaire, la Terre est *située*.

L'astronomie, qui s'était un peu désintéressée des objets planétaires pour se tourner vers des objets plus lointains (étoiles, galaxies), stimulée sans doute par ces nouvelles études, apporte à l'histoire planétaire de nouvelles données essentielles. Cela va de l'observation des molécules interstellaires jusqu'à la détection de systèmes planétaires en cours de formation (exoplanètes) ou à l'étude détaillée d'une explosion de supernova. Vont en découler de nouveaux scénarios sur la naissance des planètes.

Ces convergences entre géologues et astronomes autour des centres d'intérêt que sont les isotopes et la formation des planètes ont été à l'origine d'une ambition : tenter d'écrire une histoire de la matière depuis le début de l'Univers jusqu'à la période « humaine ». Pour ce faire, il convient de dépasser le simple cadre offert par les isotopes et les planètes, quelle que soit sa richesse, et d'intégrer tous les progrès qui ont pris naissance ou se sont développés depuis trente ans, tant en géologie qu'en astronomie. Ils sont nombreux et copieux, tant dans les méthodes que dans les concepts.

C'est à partir de là que nous avons tenté de rédiger une histoire du monde en partant de l'instant le plus reculé et en arrivant jusqu'à aujourd'hui, à l'homme moderne. En commençant à l'époque du big bang et en finissant au moment où l'homme menace la planète qui lui a donné naissance. En nous évertuant à reconstituer cette « histoire universelle » où les événements essentiels se déroulent dans leur ordre naturel, au fil du temps.

CHAPITRE II

Les premières minutes de l'Univers

Depuis quand notre Univers existe-t-il ? Intuitivement, chacun a tendance à répondre « depuis toujours », tant l'infinité du temps antérieur est ancrée au plus profond de nos esprits. L'idée d'une « fin du monde » est plus naturelle que celle d'un commencement, elle apparaît comme une finalité effrayante, certes, mais plausible. La naissance de l'Univers est un concept plus difficile à admettre, même s'il est le fondement des religions judéo-chrétiennes. Mais, avant le début, qu'y avait-il ?

Aujourd'hui, astronomes et astrophysiciens s'accordent pour affirmer que notre Univers a émergé il y a environ douze ou peut-être quinze milliards d'années, et que cette naissance s'est effectuée au cours d'un phénomène brutal qu'ils osent désormais décrire par le menu : les « trois premières minutes de l'Univers ».

Ce phénomène soudain qui a présidé au début de tout – de tout ce qui nous entoure, ou du moins de tout ce que nous connaissons – est appelé dorénavant d'un nom universel : le big bang.

Son existence, son importance, ses conséquences méritent sans doute que l'on examine les fondements de cette théorie, car la théorie du big bang est désormais plus qu'une hypothèse mathématique ou logique, sans être toutefois une certitude (si tant est que ce mot ait un sens dans un contexte scientifique).

Vers les années 1930, travaillant auprès du télescope géant de Californie (au mont Wilson), l'astronome américain Edwin Hubble constate que les galaxies[1] de l'Univers s'éloignent de nous d'autant plus vite qu'elles sont plus éloignées, celles situées aux confins de notre Univers visible étant les plus véloces, celles qui nous sont proches étant plus lentes.

Hubble imagine alors le scénario suivant. Supposons que toutes les galaxies de l'Univers aient été, à un instant donné, rassemblées en un même lieu, et qu'elles s'en soient séparées ; les plus rapides à s'éloigner auront parcouru la plus grande distance, les plus lentes se révéleront les moins éloignées. Si l'on sait mesurer pour chaque galaxie sa vitesse d'éloignement et sa distance, il doit être possible de

1. Les galaxies sont des groupements de milliards d'étoiles qui structurent l'Univers. Lorsqu'elles sont éloignées de nous, elles apparaissent comme des points lumineux ; lorsqu'elles sont proches, on peut voir leur structure interne que dessine la population d'étoiles qui les compose.

calculer le temps qui nous sépare de l'époque où toutes les galaxies étaient regroupées en un même lieu : l'âge du début[1].

Le principe de la chronologie de l'Univers était né. Pourtant, une autre question se posait : pourquoi les galaxies s'étaient-elles séparées, et sous l'influence de quelles forces ?

La force de gravitation, chère à Newton, produit l'effet inverse. Elle attire, elle agglomère, elle rassemble. Elle ne disperse pas !

D'où l'idée d'imaginer qu'il a fallu un gigantesque « bang » dont la puissance initiale fut suffisante pour pousser et disperser toute la matière de l'Univers.

Des spéculations mathématiques à partir des équations de la relativité d'Einstein, faites par le Russe Friedman et l'abbé belge Lemaître, avaient conduit ces auteurs à proposer l'idée d'un Univers *en expansion*. George Gamow[2] avait élaboré le premier scénario du big bang fondé sur la physique du noyau, alors naissante. Pourtant, ce n'est que lorsque les idées sur les forces nucléaires puis le développement de la physique des particules élémentaires se sont précisés que la physique du big bang a pu se développer.

---

1. Il suffit de porter sur un graphique la vitesse en fonction de la distance. Comme la vitesse est la distance divisée par le temps, la pente de la droite fournit l'âge de cette époque où « tout s'est séparé », où toutes les galaxies ont commencé à « se fuir ».

2. Ce scientifique de génie, outre sa contribution au big bang, inventa l'« effet tunnel » et initia le code génétique. Il aurait ainsi mérité trois prix Nobel, mais n'en obtint aucun !

Ce cheminement scientifique, aujourd'hui présenté de manière fort logique, ne s'est cependant pas déroulé sans accrocs.

La relation de Hubble (éloignement/vitesse), base de tout, n'est pas exempte d'incertitudes, voire de contestations. Si la mesure des vitesses d'éloignement des galaxies ne pose pas de problèmes trop difficiles à résoudre grâce à la mesure du déplacement des raies de spectres optiques vers le rouge, il n'en va pas de même pour la mesure des distances.

Chacun d'entre nous suppose à première vue que la mesure des distances des astres se fait par triangulation, en utilisant comme base soit l'orbite terrestre, soit le mouvement du système solaire dans la galaxie. En fait, cette méthode élémentaire n'est valable que pour des étoiles très proches. Pour les galaxies, il faut utiliser des méthodes beaucoup plus indirectes, et c'est d'ailleurs le grand mérite de Hubble d'avoir, avec succès, donné l'impulsion décisive à ces efforts, développés avec talent et imagination par Alan Sandage, Prix Crafoord 1991.

Pour toutes ces mesures très indirectes, les erreurs expérimentales sont considérables. Comment accepter facilement l'idée que tous les objets galactiques ont des luminosités intrinsèques égales ? C'est pourtant à partir de là que des distances sont évaluées, grâce à la mesure de la luminosité effective. Certes, les astronomes s'entourent de grandes précautions et de calibrations multiples, mais comment ne pas souligner que leurs échelles de distance subissent des calibrations successives qui les ont modifiées de facteurs deux ou trois depuis vingt ans ? Comme ces changements d'échelle se traduisent en intervalles de temps nous séparant du big bang, l'âge de l'Univers a fluctué avec les calibrations astronomiques. Pour Hubble, il était de deux milliards d'années, puis il est passé à dix-huit milliards. Aujourd'hui, l'âge le plus couramment admis est de dix à douze milliards d'années.

Toutes ces incertitudes ou ces variations dans les observations sur l'éloignement des galaxies ont été suffisantes pour susciter des scénarios concurrents, dont le plus populaire fut sans conteste celui développé par trois Britanniques – Herman Bondi, Thomas Gold et Fred Hoyle –, dit de la formation continue de l'Univers. Dans ce scénario, il n'y a ni début ni fin ; l'Univers se construit et se détruit continuellement.

Pourtant, ces théories concurrentes se sont peu à peu éteintes sous les coups non de la mode, mais d'observations de plus en plus convaincantes s'intégrant dans un scénario de plus en plus précis. Le big bang est désormais une hypothèse scientifique solidement étayée par toute une série d'observations très solides. À l'éloignement des galaxies s'en ajoutent aujourd'hui trois autres.

La première est l'existence, dans tout l'Univers, quelle que soit la direction choisie, d'un « bruit de fond » radio dont les caractéristiques, traduites en température, correspondent à *trois degrés absolus*[1]. Ce rayonnement très « froid » aujourd'hui est le vestige d'un événement très chaud qui a eu lieu il y a des milliards d'années. Il a été prédit comme tel par Alpher, Bethe et Gamow dans leur théorie du big bang, vers le milieu des années 1940. La découverte de ce rayonnement cosmique radio, identique dans toutes les directions de l'Univers, et donc venant sans doute d'un même point initial, par les radioastronomes Penzias et Wilson en 1965, et qui leur a valu le prix Nobel en 1978, a été considérée par tous comme une confirmation de la théorie du big bang. Venant s'ajouter à l'éloignement des galaxies découvert par Hubble, le rayonnement fossile à trois degrés absolus est en effet l'argument scientifique qui a fait baisser les bras aux tenants de la création continue de l'Univers comme Bondi,

1. Un bruit est une agitation sonore désordonnée. Par analogie, les physiciens appellent bruit tout assemblage de vibrations sans cohérence et désordonné. Ainsi a-t-on détecté l'existence d'une vibration radio, incohérente et désordonnée, en pointant une antenne radio vers le ciel.

Le lien entre bruit et température peut paraître plus mystérieux. La température est une mesure de l'agitation des atomes. À haute température, les atomes sont très agités ; à basse température, ils sont plus calmes ; au zéro absolu, ils sont au repos. Or l'agitation des atomes se traduit par des vibrations multiples, si bien que les physiciens savent que températures et vibrations des atomes sont liées. Par analogie, ayant un spectre de vibration, on peut lui faire correspondre une température.

Dans le cas présent, une vibration à trois degrés absolus est une vibration très amortie, mais non nulle.

Gold et Hoyle, qui ont renoncé publiquement à leur modèle.

La deuxième observation est l'abondance de l'élément hélium dans l'Univers. Élément le plus abondant après l'hydrogène, l'hélium est toujours dix fois moins abondant que ce dernier, quelles que soient la direction de l'Univers et la galaxie. La théorie de la production de l'hélium dans les étoiles de type « Soleil » ne prédit pas cette abondance. Si l'hélium était produit uniquement dans les étoiles, on peut penser qu'il s'en produirait plus ou moins ici et là, et donc qu'au total il existerait des hétérogénéités considérables suivant les zones du cosmos. Si la majorité a été en revanche produite par le même événement, on comprend que son abondance par rapport à celle de l'hydrogène soit fixe. La production d'hélium associée au big bang permet d'expliquer cette valeur uniforme.

La troisième observation est la convergence entre les échelles de temps déterminées par des méthodes indépendantes.

L'âge des vieux amas globulaires d'étoiles est déterminé à partir des modèles d'évolution stellaire. Ils fixent cet âge autour de dix à douze milliards d'années.

L'âge des éléments chimiques déterminé par l'analyse isotopique de l'uranium ou du rhénium des météorites fournit lui aussi des âges compris entre dix et quinze milliards d'années.

Enfin, comme nous l'avons déjà souligné, l'âge

de l'expansion selon Hubble se situe entre dix et douze milliards d'années.

La convergence entre ces âges n'est pas parfaite, mais, compte tenu de l'éloignement dans le passé et des erreurs multiples liées à ces déterminations, ce n'est pas si mal !

En tout cas, cela nous donne une référence, un ordre de grandeur, une borne fixe au milieu de l'immensité apparente des temps.

Le panorama de l'histoire du monde acquiert ainsi une dimension temporelle, et cette dimension est finie.

Il y a environ douze ou quinze milliards d'années se produit une soudaine expansion qui envoie la matière aux quatre coins de l'Univers. Cette matière, qui était d'abord faite de particules élémentaires, s'est rapidement organisée, en trois minutes, pour donner de l'hydrogène à l'état gazeux, auquel se trouvent mêlés 10 % d'atomes d'hélium. Puis, dans cette semence gazeuse éjectée à des vitesses considérables, s'agglomèrent des amas de gaz, qui vont se séparer pour donner naissance aux galaxies. Dans chacune de ces galaxies, des agglomérations localisées et plus compactes de gaz vont donner naissance aux étoiles. Ainsi commence notre Univers. Sans doute n'a-t-il fallu que quelques centaines de millions d'années pour mettre en place les éléments du tableau que le temps fera évoluer.

Cette évolution va se réaliser sur plusieurs échelles. À celle de l'Univers, les amas de galaxies puis les galaxies continueront à s'éloigner, lancées dans cette course folle vers on ne sait quoi. Dans chaque galaxie, les sociétés d'étoiles évolueront. Autour de ces étoiles naîtront des planètes, êtres cosmiques, esclaves des étoiles et tournant autour d'elles, et sur l'une de ces planètes – peut-être sur d'autres, qui sait ? – va apparaître la vie.

L'existence du big bang semble donc solidement étayée. Reste à le décrire. Entreprise hardie et pourtant tentée aujourd'hui !

L'événement d'où émergera l'Univers a dû être proprement énorme et fantastique à la fois. Comment en serait-il autrement pour un phénomène qui a projeté dans toutes les directions tant de matière, tant de milliards de galaxies dont certaines, les plus lointaines, s'éloignent à des vitesses qui approchent celle de la lumière ?

Mais, au-delà de cette certitude, la nature exacte du phénomène reste du domaine des spéculations, des scénarios, des modèles théoriques. Pourtant, astrophysiciens et physiciens des particules n'hésitent pas aujourd'hui à l'imaginer.

Inversons le cours du temps, tournons à l'envers la caméra fictive qui, dans toutes les directions, regarde l'Univers. Nous voyons les galaxies se rapprocher progressivement pour arriver finalement à l'instant où elles viennent se concentrer en un espace de plus en plus petit.

Laissons là le cinéma pour faire place à la physique.

Poussant le raisonnement à l'extrême, on peut imaginer que toute la masse de l'Univers a été à un moment donné concentrée en un petit volume, disons celui d'une tête d'épingle, ayant par là même une densité considérable. Le volume initial était-il plus petit ? C'est là le fabuleux problème de la singularité initiale. Mais est-il raisonnable de spéculer sur un problème pour lequel nous disposons de si peu d'informations ? N'est-ce pas jouer avec l'inversion du temps dans des équations abstraites, sans aucun contrôle ?

Lorsque la densité augmente, la température augmente elle aussi. Lorsqu'un milieu est dense et très chaud (c'est-à-dire porté à des températures de milliards de milliards de degrés), de quoi est-il constitué ? Comment se comporte-t-il ?

Utilisant les connaissances les plus modernes de la physique des particules, les physiciens théoriciens et les astrophysiciens ont bâti des scénarios qui semblent acceptés, à défaut de pouvoir être démontrés. Ces scénarios, où l'on associe combinaisons de particules élémentaires, interactions matière/rayonnement, températures fabuleuses, expansion, évoluent assez rapidement. Steve Weinberg, orfèvre en la matière et éminent protagoniste de la théorie des forces entre particules élémentaires, en a décrit un. Celui-ci est aujourd'hui déjà dépassé. Il parlait de la naissance des neutrons et des protons ; on parle aujourd'hui des transitions quarks-hadrons[1]. Il sem-

1. Les quarks sont supposés être les particules les plus élémentaires, les constituants des neutrons et des protons. Un pro-

blait envisager une véritable naissance des particules, on préfère aujourd'hui évoquer l'évolution d'un milieu complexe, déjà riche en particules très élémentaires. Bref, là comme ailleurs, la science évolue.

Ce qui semble commun à toutes ces spéculations, c'est :

• qu'il existait, au moment de ce fameux début, un milieu très chaud (on parle de 10^{30} degrés Kelvin[1]) et très dense, fait d'un mélange de particules très élémentaires, comme les quarks, les électrons, les photons, dans un milieu très lumineux ;

• que ce milieu a évolué très vite, d'une part en se dilatant (c'est l'expansion), d'autre part en se refroidissant (pour donner finalement ce résidu qu'est le rayonnement dont la température est de 3 degrés Kelvin) ;

• que l'activité créatrice de matière s'est concentrée dans un intervalle de temps qui se mesurait en secondes, minutes ou heures, comparé aux évolutions cosmiques dont l'étalon de temps est le million ou le milliard d'années ;

• que de cette « soupe primitive » sortiront les composants de base de la matière, de notre matière :

---

ton serait formé par trois quarks ; un neutron aussi, mais différemment. Ces particules auraient la propriété de ne pas pouvoir être isolées expérimentalement !

Les hadrons sont les particules composées de plusieurs quarks, comme le proton ou le neutron.

1. Le degré Kelvin est l'unité absolue de température. Dans l'échelle Kelvin, le zéro absolu est – 270° de notre échelle centigrade. Donc le zéro degré « ordinaire » – la température de la glace fondante – est égal à 270 degrés Kelvin.

protons, neutrons, électrons, photons, et surtout leurs premières associations en atomes – atomes d'hydrogène (de masse 1), d'hélium (de masse 4) et un peu d'éléments très légers.

Ces scénarios émerveillent. Et il y a de quoi ! Oser décrire par le menu un phénomène qui a eu lieu il y a douze milliards d'années (à peu près) démontre la hardiesse de la science, et, pour ceux qui y croient, sa puissance. Cette construction intellectuelle a satisfait beaucoup de monde. Les physiciens y voient une grandiose synthèse des connaissances les plus modernes sur la structure intime de la matière et des forces qui lient les particules élémentaires ; les astrophysiciens trouvent là l'explication de l'abondance relative de l'hélium et de l'hydrogène, et celle du rayonnement radio à 3 degrés Kelvin ; l'honnête homme voit pour la première fois des scénarios scientifiques cohérents lui décrire l'émergence de cet Univers qu'il ne comprend pas et qui le domine.

Pourtant, ce ne sont là que des scénarios possibles pour un événement probable. Que son développement s'exprime à l'aide d'expressions mathématiques complexes et qu'il fasse appel aux théories physiques les plus élaborées, celles de la relativité, de l'électrodynamique quantique, des interactions nucléaires fortes et faibles de la théorie du boson W[1], de la complexe et pour l'instant stérile théorie des cordes, n'y change rien.

---

1. Les bosons sont un type de particules élémentaires qui « servent » de liaison dans le noyau.

Révérence gardée, la cohérence d'un raisonnement n'est pas la preuve de sa véracité. Seules l'observation ou l'expérience peuvent valider une théorie. Buffon disait déjà : « Le réel ne peut sortir de l'abstrait. »

Ce n'est que du jour où Arthur Eddington, astronome royal, professeur à Cambridge, quaker rebelle à la guerre de 1914-1918 et effectuant le premier service civil, eut observé la déviation de la lumière stellaire par la masse énorme du Soleil, qu'Einstein put écrire à sa mère que l'idée qu'il avait lui-même émise semblait vraie. Il s'agissait de la relativité générale[1].

Ce n'est qu'après l'expérience d'interférence observée sur un faisceau d'électrons par Davisson et Germer que tous les développements mathématiques de la mécanique quantique ont été admis et peu à peu acceptés.

Ce n'est que depuis la découverte du rayonnement radio à 3 degrés Kelvin que l'on peut vraiment parler du big bang, même si Friedman, Lemaître ou Gamow l'avaient depuis longtemps prédit. Ce n'est qu'avec la découverte des pulsars qu'on a pris au sérieux l'idée d'étoiles à neutrons proposée par Fritz Zwicky en 1930.

On vénère les théoriciens comme des découvreurs d'Univers lorsque leurs calculs permettent de prédire l'avenir, et c'est justifié, car le pouvoir de déduction

---

1. En pointant une étoile lointaine de nuit, puis pendant une éclipse du Soleil en 1919, Eddington a pu montrer que la direction n'était pas la même. La masse du Soleil *courbe* la trajectoire de la lumière.

de certaines théories est réellement prophétique. Cependant, toute théorie a besoin, pour exister, de *l'imprimatur* que lui donnent l'expérience ou l'observation. Combien de théories dont l'élégance, la cohérence et la sophistication mathématiques ne le cédaient à nulle autre ont été ainsi sèchement démenties !

Certes, il ne faudrait pas, à l'inverse, croire que la science se réduit à l'expérience ou à l'observation systématique, sans idées préconçues. Sans théorie sous-jacente, sans modèle, observations ou expériences n'ont aucune signification. La théorie apporte le signifiant à l'observé, mais, à l'inverse, la théorie, sans observation pour l'induire, puis la prolonger et la tester, n'a aucune prise sur le réel.

La science est en fait la superposition de théories et d'observations issues du réel. Les unes sans les autres privent l'édifice de son sens. Bien sûr, il est tentant de penser que notre connaissance des lois de la nature est complète et qu'à partir de là tout ce qu'on ne sait pas peut être déduit logiquement de tout ce que l'on sait. La science ne serait alors qu'une discipline déductive appuyée sur la seule rigueur des mathématiques et les puissants moyens de calcul que lui donne aujourd'hui l'informatique. L'esthétisme de l'entreprise est séduisant. Pourtant, les enseignements de l'histoire des sciences nous ont montré que cette vision a toujours été inexacte, ou plutôt incomplète. La science a progressé par l'alternance de phases inductives et déductives. Pourquoi en serait-il autrement aujourd'hui ?

Le scénario standard du big bang, dans lequel les éléments essentiels de l'Univers actuel ont été créés en un temps infiniment court, est une fresque dont la cohérence et la logique utilisent beaucoup de données de la science moderne, et encore plus d'agilité mathématique. Mais devons-nous considérer pour autant ce scénario comme démontré ?

Ce serait pour le moins prématuré.

Certes, il s'est sans aucun doute produit une grande expansion il y a dix à douze milliards d'années, et cette expansion est à l'origine de l'éloignement des galaxies. Mais la nature de cette « expansion » est pour l'instant du domaine de la spéculation ou, au mieux, du scénario. Tout comme l'est le futur de l'Univers. Qu'il soit actuellement en expansion est une réalité physique qui ne semble guère contestable. Mais le sera-t-il indéfiniment ? Si la masse de l'Univers est suffisamment grande, l'attraction gravitationnelle qui s'exerce entre tous les éléments de matière devrait ralentir le mouvement d'éloignement, puis ultérieurement l'inverser. Après une phase d'expansion, la matière de l'Univers se rapprocherait, et, au bout de quelques milliards d'années, pourquoi ne se rassemblerait-elle pas à nouveau en un même lieu ? L'expansion de l'Univers laisserait alors la place à une gigantesque contraction. S'il en est ainsi, il est loisible de spéculer aussi sur ce confinement de matière que certains appellent le *big crunch*. La température augmenterait, la matière complexe se désagrégerait en hélium et en protons, et peut-être se produirait-il alors une gigantesque implosion. Pourquoi pas ? Mais si ce scénario est imaginable pour le futur, pourquoi n'aurait-il pas été celui du passé ? Pourquoi ne serait-il pas celui du big bang ? Pourquoi le feu d'artifice ne se serait-il pas allumé à partir d'une matière déjà existante que la proximité aurait désagrégée, plutôt qu'à partir de rien ? L'Univers ne serait pas né avec le big bang, mais aurait été *régénéré* avec lui. L'évolution de l'Univers ne serait pas seulement unidimensionnelle, mais constamment renouvelée. L'échelle de temps de l'histoire du monde ne serait pas de quelques milliards d'années, mais pourrait être infinie…

Sur ce fameux dilemme, les esprits ont évolué. Il y a une dizaine d'années, la majorité des physiciens étaient persuadés que le big bang marquait le début de l'Univers, le début de tout. Je me souviens d'avoir entendu un physicien célèbre déclarer péremptoirement : « Avant le big bang, il n'y avait rien. »

Aujourd'hui, on est plus prudent.

On se contente de dire qu'avant le big bang « on ne sait rien ». On parle d'émergence, et non plus de naissance ; on ne spécule plus sur l'*avant*. On fait débuter le scénario avec les quarks, minuscules particules élémentaires qui semblent être dotées de la propriété d'éternité, etc. (Mais jusqu'à quand ?)

Car, en effet, en plein milieu de ce débat a surgi la question qui désormais occupe beaucoup les astronomes et les astrophysiciens, celle de la *matière noire*. Qu'entend-on par matière noire ? Il s'agit de la matière qui emplit l'Univers et qu'on ne voit pas de la Terre parce qu'elle est invisible à nos méthodes de détection. Or, si cette matière noire est cinquante ou cent fois plus abondante que la matière visible, tous les calculs concourent à dire que, dans ce cas, l'Univers va cesser de s'agrandir et va à nouveau se contracter sous l'effet de la gravitation pour finalement donner naissance à ce qu'on appelle le big crunch.

Le problème de la matière noire n'est pas né d'un doute méthodologique des astrophysiciens, il a pour origine des observations extrêmement solides, notamment sur les vitesses de rotation de notre galaxie puis d'autres galaxies. On peut calculer les vitesses de rotation par les lois de Kepler-Newton, si on connaît les rayons et les distributions des masses. Or, en utilisant les estimations des masses fondées sur les observations des étoiles et des amas d'étoiles visibles, on constate que ces vitesses de rotation sont beaucoup trop faibles. À partir d'une série d'observations précises, on a cherché à faire des cartes de densité de diverses régions de l'Univers ; à chaque fois, les densités sont supérieures de dix, vingt ou cinquante fois à ce que la matière visible nous indique. Ces informations étant indirectes, on aimerait bien sûr être capable de mesurer et d'observer directement cette matière noire. Une seconde série d'observations, sans être spécifiquement liée à une mesure directe de la matière noire, est venue accroître le trouble des astrophysiciens.

Le satellite COBE a en effet mesuré avec précision les caractéristiques du fameux bruit fossile de l'Univers, témoignage du big bang et détecté pour la première fois par Penzias et Wilson. Il a totalement confirmé son identité, il a précisé sa température (qui est de 2,3 degrés Kelvin), mais, plus encore, il a établi sa totale isotropie dans toutes les directions de l'Univers. Cette isotropie du rayonnement fossile est bien sûr un argument de plus en faveur du big bang. Mais, à la même époque, les astronomes de Harvard ont établi une carte des galaxies du ciel à partir de l'enregistrement des lumières qu'elles émettent. Leur résultat extraordinairement surprenant est que la distribution est *non uniforme*. Il y a des concentrations de galaxies, des trous, des lignes, des courbes. La vue d'une telle carte donne l'impression d'un Univers non isotrope.

À l'inverse, une carte des radiosources de l'Univers montre une structure granulaire, localement hétérogène, mais statistiquement très isotrope. Toutes les directions de l'Univers semblent avoir la même quantité de «radiogranules». Cette comparaison montre que, suivant nos moyens d'investigation, notre impression sur l'homogénéité ou l'hétérogénéité de l'Univers varie largement. Et si tout cela était finalement dû à une répartition variable de la matière noire ?

Au fait, de quoi peut être constituée la matière noire ? On n'en sait vraiment rien, alors, là aussi, on spécule…

Il faut d'abord remarquer que lorsque l'hydrogène est à l'état ionisé H^+, autrement dit lorsqu'il a perdu son unique électron, il est invisible, indétectable directement. Ce n'est plus un atome, c'est un proton libre, errant dans l'espace. Et que représente l'hydrogène ionisé en masse ? Nul n'en sait rien.

Mais la matière noire peut être faite de bien d'autres choses, de roches flottant dans l'Univers, de petites planètes, d'étoiles froides incapables d'atteindre le stade où se déclenchent les réactions nucléaires et que l'on nomme les *naines brunes*. Mais ce peut être aussi des objets plus gros comme des trous noirs ou, à l'inverse, des particules comme des neutrinos (si ces derniers ont une masse, ce qu'on ne sait pas), ou même des particules élémentaires encore inconnues aujourd'hui des physiciens des particules, qui seraient très lourdes et très fluides, les WIMPS. D'autres cherchent du côté d'objets tout aussi étranges, les MACHOS. Mais, pour le coup, on est dans le noir !

Comment le savoir ? Comment les détecter ? On ne sait pas bien comment s'y prendre aujourd'hui, mais on peut parier que dans moins de dix ans les astronomes auront trouvé un moyen direct ou indirect pour estimer la matière noire. En attendant, la réponse à notre angoissante question reste ouverte.

Le grand et antique débat, celui du temps cyclique, cher aux Égyptiens ou aux Chinois, opposé au temps « vectoriel » défendu par les judéo-chrétiens, semblait tranché par la science. Le voici relancé. Pourtant, le point de savoir si l'Univers est en expansion indéfinie ou s'il va se recontracter n'est pas un problème seulement philosophique. Il pourrait en principe être résolu par des observations, des mesures : par exemple, en étant capable de déterminer avec précision la forme exacte de la loi de Hubble, de la loi d'éloignement des galaxies. Une forme linéaire impliquerait l'expansion éternelle ; une courbure suggérerait une contraction future. Mais les marges d'erreur dans les mesures sont telles qu'en l'état actuel toutes les interprétations sont possibles !

Demain, peut-être, une nouvelle découverte, une nouvelle manière de mesurer la vitesse d'éloignement des galaxies nous permettront de résoudre ce problème. Peut-être le télescope spatial, mieux conçu, aurait-il pu y contribuer ? Peut-être faudra-t-il construire d'autres instruments et attendre plus longtemps ?

Attendre sans s'évertuer, par des déclarations prématurées qui ne sont au mieux que des intuitions, à dépasser ce que nous savons. La méthode scientifique a ses règles, fondées sur la combinaison du couple théorie-observation. Lorsqu'on cherche à les transgresser, on sort du domaine scientifique.

Il est bien clair que, lorsqu'on s'intéresse à l'origine de l'Univers ou à la nature du big bang, on touche à des sujets sur lesquels les philosophes et les théologiens se sont interrogés, ont beaucoup écrit.

Pie XII, pape de 1939 à 1958, avait, dans un premier temps, condamné le big bang comme contraire à la religion chrétienne. Ses successeurs, tout comme l'historien protestant Pierre Chaunu, ont renversé l'argumentation et considéré que l'existence d'un instant zéro était au contraire la « preuve » de la véracité de la logique orientée, unidimensionnelle, des religions judéo-chrétiennes. Si le big bang est l'instant zéro de tout, la conception unidimensionnelle du temps se trouve en effet confortée. Si, à l'inverse, ce n'est qu'un épisode dans une évolution cyclique où alternent big crunch et big bang, le temps cyclique des Chinois, des Égyptiens et des Sumériens apparaît comme « vérifié ».

Mais l'argumentation est-elle aussi simple ? Le temps fini pour l'histoire du monde ressortit en effet à la tradition judéo-chrétienne, mais l'infinité du temps n'est-elle pas le symbole même de Dieu ? De ce qui n'a ni début ni fin ?

Il faut que la science et donc les scientifiques résistent à la tentation d'entrer dans de tels débats.

Certes, les scientifiques, comme les autres hommes, sont saisis par le mystère de la vie, l'angoisse de la mort, le « sens » ultime de tout ce qui nous entoure. Mais cette angoisse ne leur donne pas le droit de sortir du domaine de la connaissance. Il faut fermement éloigner du champ scientifique les questions transcendantales.

Bien sûr, il ne saurait y avoir pour la science de sujet tabou. L'origine de l'Univers comme celles de la Terre, de la vie ou de l'homme appartiennent au champ scientifique et doivent être examinées avec les méthodes scientifiques. Mais cela ne qualifie en rien le scientifique pour spéculer sur l'existence de Dieu, ni feindre de faire passer des convictions subjectives pour des « vérités » scientifiquement démontrées.

Il faut balayer toutes ces tentations. Et ce pour

une raison pratique : les religions comme la science y ont tout à perdre.

Lorsqu'elle a pour objet la connaissance, la recherche scientifique n'a pas de limites à son horizon. Lorsqu'elle prétend, à l'aide de ses connaissances, résoudre les angoisses transcendantales, ou qu'elle veut utiliser ces dernières comme guides dans ses recherches, elle se fourvoie.

Pour un scientifique, le courage consiste à résister aux pressions d'ordre religieux qui voudraient empêcher telle ou telle recherche, ou biaiser telle ou telle interprétation, mais il est aussi de résister à la tentation de se prendre pour un intermédiaire avec le Ciel et de faire passer ce qu'il pense pour ce qu'il sait.

Pour en revenir au big bang, pourquoi ne pas considérer cet événement comme *le 1er janvier de notre histoire* ? Pourquoi ne pas le considérer comme le référentiel à partir duquel on peut décrire l'histoire de l'Univers qui nous entoure et qui est accessible à notre observation ?

À partir de là, en admettant un âge de dix à quinze milliards d'années, on peut *situer* l'histoire du monde.

Cet âge est celui de notre horizon cosmique, mais aussi plus simplement de notre galaxie, la Voie lactée. Il conviendra de constater que cet âge, tout en étant considérable – dix mille milliers de milliers d'années –, n'est pas démesuré dès lors qu'on le replace dans un contexte cosmique. L'âge du Soleil et de la Terre est, nous le verrons, de quatre milliards et demi d'années, à peine moins que la moitié de l'âge de notre galaxie. En somme, la Terre et sa galaxie sont des objets dont l'âge est comparable, dont l'histoire est englobée dans la même fresque. Dans cette fresque cosmique, c'est l'Homme, avec ses trois ou quatre millions d'années d'existence, et notre histoire, avec ses cinq ou six millénaires, qui apparaissent comme très jeunes, appartenant à une autre échelle de temps ! Les croyances anciennes confondaient naissance du monde, de la terre, de l'homme. La science moderne nous a permis d'établir une dissociation entre ces événements séparés les uns des autres par quelques milliards d'années !

CHAPITRE III

L'ordre à partir du chaos

L'Univers qui nous entoure n'est pas uniforme ou diffus. Dans l'immensité de la nuit sidérale, nous distinguons des galaxies, des étoiles, des planètes, des supernovae, des nuages, des nébuleuses – en somme, des formes, des structures.

Comment, à partir du chaos originel de ce bang surpuissant et désordonné, se sont créées ces formes et ces structures que nous observons aujourd'hui ? Comment les acteurs de ce grand théâtre ont-ils pris naissance ? Comment l'expansion brutale, apparemment uniforme, a-t-elle donné le jour à des unités organisées, c'est-à-dire à l'opposé de l'uniformité ?

Le cosmos est formé de structures définies qui baignent dans des nuages inorganisés de gaz et de poussières. Ces structures organisées sont les planètes, les étoiles, les galaxies, les amas de galaxies.

Les *étoiles* sont de gros réacteurs nucléaires sphériques qui expulsent leur trop-plein d'énergie sous forme de radiations diverses, notamment lumineuses.

Les *planètes* sont des objets beaucoup plus petits dont la surface est beaucoup plus froide. Elles n'ont pas en leur cœur de réacteur nucléaire. Elles n'émettent pas de lumière, se contentant de réfléchir celle des autres, ce qui leur donne parfois l'allure d'étoiles dans le ciel (l'« étoile » du Berger est en fait la planète Vénus). Les planètes sont associées aux étoiles autour desquelles elles tournent ; ainsi, la Terre, Mars ou Jupiter sont associées à l'étoile Soleil.

Les *galaxies* sont des sociétés d'étoiles formées chacune de milliards d'étoiles de types divers. Elles sont des milliards de fois plus volumineuses que les étoiles. Vues de « près », comme la Voie lactée, notre galaxie, ou Andromède, la galaxie « voisine », ce sont de grands disques qui tournent, pleins de vide, et au milieu desquels brillent les étoiles. Vues de très loin, elles apparaissent comme des points lumineux dans le ciel. C'est pourquoi on les étudie et on les mesure globalement. Elles sont elles-mêmes distribuées dans le ciel de manière très hétérogène, laissant entre elles des vides considérables.

Dans le cosmos, les *gaz* et les *poussières* existent partout en densité plus ou moins variable : dans les galaxies, entre les galaxies, entre les étoiles, autour des étoiles, entre les planètes, autour des planètes. Ces gaz et ces poussières, libres ou agglomérés, auxquels il faut ajouter la matière noire, sont les matériaux fondamentaux de l'Univers.

L'Univers est constitué de structures isolées, éparses, séparées par des espaces presque vides. Qu'on en juge : les galaxies ont des dimensions de l'ordre de cent mille années-lumière, alors que les distances entre galaxies sont plutôt de l'ordre de deux à dix millions d'années-lumière. Le ciel est donc formé de centaines de milliards de galaxies, mais aussi et surtout d'espace vide.

À l'intérieur des galaxies, le diamètre des étoiles va de quelques kilomètres à 10 milliards de kilomètres, les distances moyennes entre les étoiles sont de plusieurs années-lumière. Encore beaucoup de vide !

Dans les systèmes planétaires, les planètes ont des diamètres allant de quelques kilomètres à quelques milliers de kilomètres. Les distances entre les planètes sont de l'ordre de quelques centaines de milliers de kilomètres. *Les distances séparant les objets cosmiques sont bien plus grandes que les objets eux-mêmes.* Comme, dans un atome, les distances entre électrons sont très supérieures à la dimension des électrons eux-mêmes.

L'Univers est ainsi fait d'objets isolés au milieu d'espaces immenses. Ces espaces contiennent parfois des gaz, des poussières, sans doute d'autres formes de matière (noire), mais le plus souvent d'une manière si ténue qu'il faut parcourir des milliers de kilomètres avant de rencontrer une seule molécule !

Pourtant, ces molécules, ces atomes et ces poussières dispersés représentent au total une masse énorme, bien que mal évaluée. Leur signification est capitale pour l'histoire de l'Univers.

Entre la matière organisée en galaxies, étoiles ou planètes et la matière dispersée en nuages diffus de gaz ou de poussières, il existe des relations génétiques, des filiations. Mais, nous le verrons, ces relations ne sont pas orientées dans une seule direction. La filiation n'est pas à sens unique. C'est à partir des gaz que les étoiles et les galaxies se créent. C'est à partir de gaz refroidis autour des grosses étoiles que les poussières se condensent. C'est en agglomérant des poussières que les planètes solides se forment. À l'inverse, c'est en explosant que des étoiles renvoient dans le cosmos du gaz et des poussières qui donneront de grands nuages interstellaires. À leur tour, ces nuages engendreront des structures, de nouvelles étoiles. Ainsi, les relations entre matière gazeuse, chaude ou froide, libre ou agglomérée, entre matière poussiéreuse libre ou rassemblée, entre matière gazeuse condensée en poussière ou matière poussiéreuse évaporée en gaz, traduisent les phases principales d'évolution de l'Univers. Des cycles, des mélanges, des renaissances, des morts, des résurrections…

Pourtant, toutes ces évolutions se ramènent à deux types : celles qui, à partir de l'uniforme, de l'indifférencié, du désordre, organisent des structures définies, des objets cosmiques, et celles qui, détruisant ces objets, engendrent à nouveau l'inorganisé, l'uniforme. Celles qui mettent de l'ordre dans le cosmos et celles qui, à l'inverse, y engendrent du désordre.

L'évolution cosmique est une combinaison des unes et des autres. Mais qui l'emporte ?

Tout au cours de l'histoire de l'Univers, la matière passe par des stades tantôt organisés et rassemblés, tantôt dilués et dispersés. À l'origine de ces évolutions, des forces fondamentales de la physique :

• La *force de gravitation*, dont la loi d'interaction fut découverte par Newton et dont la nature demeure aussi mystérieuse pour nous qu'elle l'était pour lui. Cette force est telle qu'elle attire deux corps suivant le produit de leur masse et l'inverse du carré de leur distance. C'est cette force qui fait tomber la pomme de l'arbre, qui nous retient à la surface du globe, qui fait tourner la Terre autour du Soleil, et le Soleil autour du centre de notre galaxie, qui rassemble les nuages de gaz pour former des galaxies ou des étoiles. C'est une force d'attraction, de rassemblement, d'organisation[1]. Elle agit à distance sans qu'on sache vraiment comment.

• Les *forces nucléaires* agissent pour assurer la stabilité des noyaux atomiques et, par là même, provoquer (ou empêcher) des réactions nucléaires. Ce sont des forces qui agissent à très courtes distances et qui sont duales, les unes fortes, les autres faibles. Elles ont pour propriété originale de dégager des quantités d'énergie considérables, énergie qui prend indifféremment la forme de rayonnement ou de

1. Un nuage de particules ou d'objets initialement dispersés est soumis à cette loi. Chaque objet attire tous les autres et est lui aussi attiré. Toutes ces actions vont rapprocher ces objets, donc rassembler le nuage en un ensemble plus compact, plus dense. Pour des raisons de symétrie, l'objet résultant aura tendance à être une sphère. C'est ce que l'on appelle le *rassemblement gravitationnel*.

matière suivant un principe de conversion découvert par Einstein avec la relativité restreinte.

• Les *forces électromagnétiques* sont des forces d'interaction. Ce sont elles qui lient les électrons aux atomes, les atomes entre eux pour former des molécules, et qui se traduisent par la lumière ou les ondes radio. Ces vibrations, ces ondes constituent des transporteurs privilégiés d'énergie dans l'Univers, et, par là, des transmetteurs d'informations sur des distances considérables mais c'est aussi elles qui assurent la solidité de la matière.

Sous l'influence et l'action de ces trois types de forces, la matière cosmique s'organise à partir de ces êtres cosmiques fondamentaux que sont les étoiles, et évolue grâce à elles et à leur activité créatrice.

Les galaxies sont des sociétés de plusieurs millions de milliards d'étoiles qui forment des ensembles gazeux dont les dimensions se mesurent en millions d'années-lumière, et qui tournent autour de leur centre. Cette rotation des objets cosmiques est une propriété fondamentale qui résulte des modalités du big bang, ou plutôt des hétérogénéités qui existent dans le big bang[1]. On a coutume de classer

---

1. Lorsqu'un fluide est en mouvement rapide, ses divers éléments ont tendance à se déplacer à des vitesses légèrement différentes ; de là naissent des tourbillons. On peut observer très bien ce phénomène dans un ruisseau de montagne ou une rivière en crue. Dans l'Univers, il en fut de même. Les gaz lancés à grande vitesse par le big bang ont donné naissance à des

les galaxies en deux grands types : les galaxies spirales et les galaxies elliptiques, auxquelles s'ajoute le type bâtard des galaxies irrégulières.

Les galaxies spirales sont organisées dans et autour d'un disque. Vers le centre du disque se forme un bourrelet, parfois important, qui contient l'essentiel des étoiles. À l'intérieur du disque, des myriades d'étoiles se trouvent un peu plus concentrées dans les bras qui s'enlacent autour du cœur. Nous parlerons plus tard des « bras » de la galaxie. Le cœur est parfois traversé par une « barre », structure linéaire faite de concentrations exceptionnelles d'étoiles qui dessinent une bande.

Les galaxies elliptiques sont plus massives ; leur forme de référence n'est pas un disque, mais un ellipsoïde massif, sorte de gros cigare plus ou moins allongé. Les étoiles y sont plus concentrées vers le centre que vers les bords (voir photo, planche 4).

Comme leur nom l'indique, les autres galaxies sont irrégulières ; ce sont des galaxies spirales inachevées ou déchiquetées. Ce sont des variantes, un peu éloignées des archétypes.

Ces divers types de galaxies se distinguent par bien des caractères.

Les galaxies elliptiques sont en général rougeâtres ; les spirales, plutôt bleutées. Les galaxies spirales sont remplies de gaz, les elliptiques n'en

---

tourbillons. À partir de là, cette rotation s'est conservée à toutes les échelles : galaxies, étoiles, planètes.

contiennent pratiquement pas et sont constituées presque uniquement d'étoiles.

Pour ces structures galactiques aux noms tantôt poétiques, comme Andromède, Centaure, Nuage de Magellan, tantôt arides comme des numéros de catalogue (M 33, NGC 1399, etc.), la question qui se pose est celle que soulève toute structure complexe : résultent-elles de l'assemblage d'étoiles individuelles préalablement formées ou ont-elles engendré les étoiles en leur sein ? Les galaxies sont-elles constituées par des associations ou des rassemblements d'étoiles, ou, à l'inverse, les étoiles se sont-elles différenciées au sein d'un ensemble galactique gazeux autonome, préalablement isolé ? Les galaxies sont-elles des sociétés d'étoiles « libres » ou sont-elles les génitrices d'étoiles filles et captives ?

Poser la question ainsi revient à se demander s'il existe un ordre hiérarchique dans la génétique cosmique (la galaxie engendrant l'étoile, qui engendre la planète…) ou si, à l'inverse, l'unité fondamentale primaire est l'étoile, la galaxie n'étant qu'une société d'étoiles. Et cette même question se pose pour les galaxies elles-mêmes. Les galaxies naines se sont-elles formées les premières, puis elles auraient fusionné pour donner des grosses galaxies, ces galaxies se seraient rapprochées pour donner des amas de galaxies ou est-ce l'inverse ?

Chez un individu, les organes sont subordonnés à la structure globale. Dans une population, c'est l'individu qui est l'unité structurelle de base et qui s'assemble en société. Dans la nature, les deux organisations hiérarchiques existent. L'atome préexiste à la molécule comme l'arbre préexiste à la forêt, mais le magma préexiste aux minéraux qui cristalliseront à partir de lui et formeront la roche.

Parfois, cette distinction est plus floue. Les organes d'un individu biologique se développent en même temps que l'individu acquiert sa spécificité. C'est même là toute la particularité de l'embryologie biologique. Organes et individu sont indissolublement liés. Le tout est indissociable de la partie. Qu'en est-il dans le ciel ?

En ce qui concerne étoiles et galaxies, la réponse est double, alors que la formation des étoiles comme celle des galaxies sont pourtant régies par le même principe physique : l'instabilité gravitationnelle.

Lorsqu'un nuage de gaz réparti dans une région de l'espace connaît une certaine hétérogénéité de répartition et que, par exemple, une région est un peu plus dense que son voisinage, cette anomalie peut provoquer une instabilité dans le comportement du nuage. Si la masse de l'anomalie est suffisante et la température du gaz pas trop élevée, la masse gazeuse va se contracter et se concentrer.

À l'inverse, si la température est élevée et la masse pas trop importante, l'anomalie va se disperser dans l'espace environnant et, en se diluant, s'uniformiser avec le voisinage.

Ainsi, pour chaque masse gazeuse de l'Univers se pose la question : va-t-elle se disperser ou se rassembler ?

Pour la faible diversité de matière qui existait au

début de l'Univers (de l'hydrogène, un peu d'hélium), lorsque la masse de l'inhomogénéité atteint l'équivalent de cent mille soleils, le nuage se rassemble. Ce rassemblement va donner naissance à ce qu'on appellera des étoiles primitives. On va assister pour les galaxies à une structuration de bas en haut : galaxies naines, fusion de galaxies pour donner des grosses galaxies puis rapprochement des galaxies pour donner des amas de galaxies. À l'intérieur de ces galaxies vont naître les premières étoiles, de grande taille et de durée de vie très brève. Elles vont, en fabriquant des éléments chimiques lourds, densifier le milieu et faciliter sa structuration. Donc au niveau des galaxies, la structuration va se faire du petit vers le gros. Mais dans les galaxies, les étoiles vont naître après la formation de la galaxie, la structuration va se faire à partir des grosses structures vers les petites.

Dans ces évolutions complexes, il n'y a rien de mystérieux. Seules sont en jeu les lois de la gravitation de Newton et les irrégularités de distribution des masses de gaz, de même que les fluctuations de densité des nuages cosmiques, eux-mêmes liés à leur composition chimique, et l'antagonisme entre température et gravitation.

La forme des galaxies va dépendre du degré d'hétérogénéité du nuage prégalactique. Lorsque le nuage a une répartition gazeuse très hétérogène, du gaz concentré ici, du gaz dilué là, les endroits à forte concentration de gaz vont s'agglomérer vite et donner rapidement naissance à des étoiles. Avant même que la galaxie ne prenne sa forme définitive, le nuage galactique sera formé de gigantesques « grumeaux », les protoétoiles. L'attraction que ces « grumeaux » exerceront les uns sur les autres va lentement constituer un ensemble plus ou moins sphérique, allongé, donc elliptique. D'où la naissance de galaxies elliptiques.

Lorsque le nuage est plus uniforme, son évolution va être très différente. Lancé dans l'espace à grande vitesse, les frottements divers vont lui impulser un mouvement de rotation, comme une rivière voit naître des tourbillons. Ces tourbillons vont s'organiser, et, petit à petit, une gigantesque rotation de tout le nuage va avoir lieu autour de son centre. Par là même, il va s'autonomiser, se particulariser. Il prendra la forme de gigantesques spirales[1] enroulées autour du centre, les unes à côtés des autres[2]. Ce

---

1. Spirale parce que le centre tourne plus vite que les bords, comme dans une tasse de café que l'on fait tourner au centre avec une cuillère !

2. La raison pour laquelle les galaxies spirales ont des « bras » est aussi une question d'hétérogénéité. Toutes les étoiles de la galaxie tournent autour du « centre ». Au cours de cette rotation, il y a des zones où règne un certain encombrement et où les étoiles « ralentissent », donc s'accumulent. Imaginez la place Denfert-Rochereau et ses deux feux rouges ; les voitures tournent autour de la place, mais, au niveau des feux rouges, il y a un certain encombrement, une certaine accumulation ; une photographie aérienne montrerait l'existence de zones sombres, de « bras » au niveau des feux rouges. Ces zones d'accumulation sont déformées par la structure spirale. D'où les bras spiraux.

n'est qu'à la faveur de ce mouvement que des hétérogénéités de densité vont naître et que des étoiles prendront à partir de là naissance, bien après que la forme spirale de la galaxie se sera constituée.

Dans le premier cas, celui des galaxies elliptiques, l'étoile préexiste à la finalisation de la galaxie. Dans le second, l'étoile est le produit de la formation de la galaxie spirale, ce n'en est que le sous-ensemble, l'organe. Tous les intermédiaires sont évidemment possibles entre ces deux cas, d'où la variété des formes réelles des galaxies.

Comme on peut le voir, la hiérarchie des formes dans les galaxies obéit à des logiques variées.

Ces logiques sont sans doute elles-mêmes gouvernées par la variation de trois paramètres, la masse, la densité et la composition chimique du nuage galactique. Les galaxies elliptiques sont plus massives que les galaxies spirales, et cette différence induit probablement des différences d'évolution.

Ainsi, tout est déterminé par la taille des hétérogénéités du nuage de gaz d'hydrogène que le big bang a dispersé dans l'Univers. Variation autour d'un même principe. Variété de l'Univers.

Les observations astronomiques confortent totalement cette vision théorique, ou plus exactement ces observations ont servi de support pour bâtir le modèle théorique.

Les galaxies elliptiques n'ont pas beaucoup d'étoiles jeunes, alors que les bras des galaxies spirales sont les lieux où les astronomes voient se créer les étoiles. Les galaxies spirales contiennent beaucoup de gaz, donc beaucoup de futures étoiles potentielles ; les elliptiques, pas (ou peu). Certains assemblages complexes semblent même attester la réalité des deux phénomènes ; c'est le cas lorsque des amas globulaires d'étoiles constitués de très vieilles étoiles, et dont la distribution est quasi sphérique, entourent des galaxies spirales peuplées d'étoiles plus jeunes. Il semble que l'on soit alors en présence de reliques du stade archaïque de l'accumulation ellipsoïdale entourant le stade final d'une accumulation spirale.

Ainsi, tout cela semble compris sans magie ni surprise, en recourant aux seules lois de la physique. Nul besoin d'un nouveau principe, d'une nouvelle loi.

Pourtant, il y a dix ans, certains se sont interrogés à voix haute sur le point de savoir si cette évolution est vraiment ordinaire. Notant une évolution du big bang à l'homme qui se marque par une organisation des structures de plus en plus poussée, ils ont développé l'idée que l'évolution du monde est gouvernée par une loi de complexité croissante qui ne pouvait être très différente de ce qu'elle est. Ces auteurs n'osent pas se réclamer d'un finalisme trop souvent décrié, mais ils ne s'en détachent pourtant pas vraiment ! Ils ne font pas appel à Dieu : cela leur apparaîtrait peut-être comme trop simple ou trop commun. Ils développent ce qu'ils appellent le «*principe anthropique*» – dont certains modifient le nom tout en en acceptant le contenu –, principe qui régirait, selon eux, l'évolution de l'Univers. En bref, pour eux, dès lors qu'avait eu lieu le big bang, l'homme était « inévitable ».

Face à cette proposition, on peut à son tour s'interroger. Le « principe anthropique » est-il une résultante de faits scientifiques connus, un principe qu'il faudrait ajouter aux lois connues de la physique pour expliquer l'évolution du monde ? Ce principe est-il une clef explicative qui permettrait de comprendre plus profondément l'essence des lois de l'Univers ? En d'autres termes, le « principe anthropique » est-il un principe scientifique fécond ?

Laissons de côté le raisonnement spécieux qui consiste à dire : puisque l'homme s'est produit après le big bang, sa naissance était « contenue » dans le big bang. Cette tautologie est digne des films de Charlot, de ses gags sur l'inversion du temps, ou de propositions dans le style de l'humoriste Jean Yanne : « Dès lors qu'on avait inventé la roue, les grands magasins étaient inévitables. »

L'irréversibilité du temps implique bien sûr que lorsqu'un phénomène se produit il postdate son passé et semble donc « contenu » en lui. Il est en fait contenu du point de vue séquentiel, mais non du point de vue déterministe. Si je rencontre une personne avenue de l'Opéra après avoir pris le métro à Bastille, la rencontre de cette personne, fruit du hasard, n'est pas déterminée par l'endroit où j'ai pris le métro ! Peut-on dire que la rencontre était contenue dans l'acte d'entrer dans le métro ? Autrement dit, a-t-on des chances, un autre jour, de rencontrer cette personne en prenant le métro à Bastille ? Se rouvre ainsi, en fait, le vieux débat sur le déterminisme scientifique. Connaissant les conditions initiales d'un système et les lois de la physique, est-on capable de prédire l'avenir de ce système ?

Sans entrer dans le débat « profond » sur la nature probabiliste ou déterministe du monde, il est clair que le « hasard » joue un rôle fondamental dans l'évolution des systèmes complexes. L'étude des systèmes « chaotiques » nous montre bien qu'une petite déviation initiale conduit à des divergences majeures de comportement[1]. N'est-ce pas là une bonne image du hasard ? Après tout, contrairement à ce qu'affirmait Einstein, Dieu joue peut-être aux dés !

En effet, depuis vingt ans, les choses ont bien changé dans la compréhension que nous avons de la naissance des structures. Sans entrer dans les détails d'un nouveau champ de la connaissance, aussi fascinant que riche et complexe, que l'on regroupe sous le nom un peu étrange de « logique du chaos », on peut dire :

Premièrement, que les structures organisées naturelles naissent spontanément à partir d'une hétérogénéité parfois très petite et qui, tout en s'amplifiant,

---

1. Les systèmes dits chaotiques sont des systèmes obéissant à des équations qui, bien que parfaitement déterminées, ont des solutions instables donnant l'impression d'imprévu. Henri Poincaré fut le découvreur de ces comportements au début du siècle, mais ce n'est que récemment qu'on a compris toute leur importance.

s'organise naturellement sans magie, sans violer aucune loi physique.

Deuxièmement, que les systèmes désordonnés obéissent à des lois, à des déterminismes relativement simples. Le tas de sable, le mélange de polymères, l'amas cristallin obéissent tous à des lois, à des règles. Seulement, ces *règles* ne s'obtiennent pas en additionnant les lois qui régissent les composants individuels. Ce sont des *lois* globales. Le tout n'est pas la somme des parties !

Troisièmement, qu'entre la vision du monde déterministe telle que la décrit la physique classique et la vision statistique et indéterministe, tous les raccords, tous les passages, toutes les transitions sont possibles. On peut créer des distributions statistiques à partir de phénomènes simples parfaitement déterminés.

Ainsi, nul besoin d'un nouveau principe pour comprendre la naissance de structures ordonnées au cours de l'évolution de l'Univers. C'est le contraire qu'il faudrait expliquer ! La variété du ciel et de ses structures est dans la nature des choses. Tel est l'enseignement de la « physique du chaos ». Ce serait méconnaître le ciel que de considérer qu'il est ordonné et fait d'objets totalement identiques. En réalité, il n'existe pas deux étoiles identiques, pas deux galaxies absolument semblables. Le rangement des galaxies en deux classes a constitué une simplification considérable. Pour sauvegarder cette simplicité, on a inventé la catégorie des galaxies irrégulières, sorte de fourre-tout d'objets hétéroclites : certaines galaxies spirales recèlent des barres en leur milieu, d'autres non ; certaines ont des bras déliés, d'autres non, etc. Il en va de même pour les étoiles, qui ont des tailles différentes, des luminosités variées, des brillances diverses.

Chaque objet cosmique a ses caractéristiques propres, ses propriétés physiques, sa composition chimique, sa couleur, sa forme, en somme son identité. Les difficultés de classification des étoiles ou des galaxies viennent précisément de ce qu'on a du mal à trouver des critères permettant d'ordonner dans notre cerveau, d'une manière simple et pourtant signifiante, une nature dont l'apparence est une complexité et une diversité infinies.

À partir de là, il y a danger à ne raisonner ensuite que sur des catégories simples, alors qu'elles-mêmes sont le fruit d'une démarche qui a déformé la réalité pour mieux l'appréhender. La simplification est une étape indispensable dans la démarche des sciences de la nature, elle n'en est pas l'aboutissement.

Ignorer cela, ne pas en revenir aux objets naturels tels qu'en eux-mêmes, c'est négliger l'effort intellectuel qui a consisté à classer ces objets, et en oublier les limites. Après avoir extrait des modèles du réel, modèles qui ne portent que sur les structures identifiables, comptabilisables, on abandonne le réel et on ne raisonne plus que sur ces modèles. On en vient à oublier totalement que le réel n'a qu'une lointaine parenté avec la représentation que s'en fait notre cerveau. Pour un observateur averti du ciel, ce dernier apparaît comme une variété infinie d'étoiles ou de galaxies, traduisant une combinaison infinie de situations ; il n'apparaît pas comme un milieu étroitement ordonné et hiérarchisé par quelques structures !

C'est le cerveau de l'homme qui a introduit la simplification dans la description du ciel pour mieux le connaître, le comprendre. Mais si la démarche simplificatrice ne revenait pas au réel pour nuancer les modèles, elle ferait faire à la compréhension scientifique un pas en arrière, substituant au réel une pure représentation neuronale.

Si l'on veut donner une signification au fameux « principe anthropique », c'est qu'il traduit la manière dont fonctionne le cerveau de certains hommes ! La représentation de la nature que se sont forgée ces cerveaux humains s'est substituée à la nature elle-même sans qu'ils en soient conscients.

Mais, d'un autre côté, je ne voudrais pas terminer ce chapitre en laissant croire au lecteur qu'on a tout compris du big bang à la naissance des galaxies et des premières étoiles. En fait, cet épisode qui a duré au moins un milliard d'années est encore très obscur. Les astronomes ont coutume de se référer à deux éléments chimiques caractéristiques : l'hydrogène parce que c'est l'élément le plus primitif, le père de tous les autres, et le fer parce que, nous le verrons, il est très abondant et représente un stade très symbolique de la synthèse des noyaux atomiques.

Or le rapport fer/hydrogène, qu'on voit croître dans les galaxies de l'Univers de dix milliards d'années à aujourd'hui, devient très, très petit avant cette date. Cette absence de fer dans les galaxies archaïques prouve qu'il n'était pas fabriqué, et donc que les étoiles de cette époque ne fonctionnaient pas comme celles que nous connaissons. Comment fonctionnaient-elles ? Comment étaient-elles ? Le scénario que nous en avons donné est déduit de calculs, d'hypothèses, mais il n'est pas validé par l'observation, car ces galaxies sont si lointaines que les informations qu'elles nous transmettent sont floues, comme brouillées par leurs quinze milliards d'années de cheminement à travers l'Univers…

Renouons avec le fil de notre histoire…

La matière éjectée dans l'Univers, dans toutes les directions, à très grande vitesse, s'organise çà et là et donne naissance, à travers le temps et l'espace, aux galaxies ; et, dans chaque galaxie, à des structures que l'on appelle les étoiles.

Ce sont les unités fondamentales de l'Univers. Elles naissent. Elles brillent. Elles meurent. Elles font vivre le ciel.

CHAPITRE IV

L'astration

Même si la naissance des étoiles se confond, pour les plus vieilles, avec celle des galaxies, la plupart sont beaucoup plus jeunes. Leurs activités cumulées s'étendent néanmoins sur presque toute la durée de l'histoire de l'Univers.

Cette activité stellaire qui illumine le ciel de myriades de lueurs vives ou falotes, qui émet vers nous des rayons lumineux, des ondes radio ou des flux de particules, traduit en fait une fonction fondamentale dans la construction de l'Univers.

Les étoiles *fabriquent les espèces chimiques*, et de cette fabrication elles tirent leur énergie.

À part les deux vétérans atomiques que sont l'hydrogène et l'hélium, qui ont été créés lors du big bang, tous les atomes (ou presque[1]) existant dans l'Univers, sur Terre comme ailleurs, ont été fabri-

1. Ce *presque* recouvre le lithium, le béryllium et le bore, dont l'origine est sans doute plus complexe.

qués dans les étoiles. À l'hydrogène et à l'hélium sont venus s'ajouter quatre-vingt-dix éléments chimiques nouveaux, éléments qui peuplent le tableau de Mendeleïev[1]. Ce sont ces atomes qui, en s'assemblant, constituent la matière, celle qui nous entoure comme celle qui nous constitue.

Le dictionnaire nous dit que la matière est faite d'atomes assemblés entre eux en composés chimiques que l'on appelle, suivant les cas, molécules ou cristaux. Cette affirmation, assurément exacte, n'en est pas moins sommaire et peu descriptive. Réductionniste à l'extrême, elle ne traduit pas l'infinie variété de la nature et tend même, par sa sécheresse, à en défigurer la beauté colorée. Mais sachons que nous devons tout aux atomes, à leur nature, à leurs propriétés, à leur variété, à la multiplicité de leurs assemblages.

Les atomes s'assemblent entre eux pour donner naissance aux molécules et aux cristaux, donc aux matériaux qui nous entourent. Leurs combinaisons sont pratiquement infinies. La combinatoire atomique, c'est la chimie.

Quand nous parlons des propriétés électriques ou mécaniques de matériaux, quand nous évoquons l'odeur ou la couleur d'une substance chimique, rappelons-nous que l'explication de ces caractères se situe à l'échelle atomique. Tous les progrès de la

1. Ce tableau classe les éléments chimiques suivant une logique structurelle qui fut devinée par le chimiste russe Mendeleïev en 1896.

physique moderne ont visé à expliquer les propriétés observables des matériaux, les phénomènes mesurables ou perceptibles par nos sens à l'aide des propriétés atomiques. C'est dans l'infiniment petit que résident toutes les explications du monde sensible, et, au-delà, de l'infiniment grand. Pourtant, il faut aussitôt préciser que le monde ne serait pas si varié, si complexe, si multiforme, s'il était composé par un seul type d'atomes, une seule entité répétée et combinée à l'infini.

Imaginons un monde fait uniquement d'hydrogène, de protons et d'électrons. Nous aurions de l'hydrogène isolé, de l'hydrogène H2, ionisé ou non, et c'est tout !

En fait, le monde est constitué à partir d'une grande quantité d'atomes différents (266 exactement) formant des milliards de molécules différentes. Chacun de ces atomes a sa structure, ses particularités, ses propriétés, ses originalités. Combiné avec un atome similaire ou avec d'autres, il donne naissance à une nouvelle entité dotée de ses propriétés propres. Comme les combinaisons peuvent se faire deux à deux, trois à trois, *n* à *n*, on voit qu'avec 266 atomes différents on peut construire des assemblages extrêmement variés en nombre pratiquement infini. Ce sont toutes les molécules simples que nous connaissons : l'eau, le gaz carbonique, etc. Ce sont aussi les molécules plus complexes comme l'alcool, le benzène, ou plus complexes encore comme les molécules biologiques ADN, ARN. Ce sont aussi les assemblages solides naturels comme les silicates et les carbonates, ou artificiels comme tous les alliages. Ces composés chimiques naturels ou artificiels se comptent par milliards. La chimie crée de nouveaux assemblages à l'infini par le jeu de combinaisons multiples qui obéissent pourtant à des règles précises, bien définies. Telle est la variété de la nature et sa logique.

Les atomes sont différents, mais obéissent tous aux règles de la mécanique quantique, aux mêmes types de lois qui régissent la manière dont ils s'assemblent, se combinent, etc. Ces lois sont celles qui gouvernent la discipline scientifique qu'est la chimie. La variété de leur nature assure la variété de la nature ; l'unicité de leurs règles de comportement, la cohérence de la chimie.

Avant de comprendre la matière et sa genèse, il faut comprendre comment sont nés ces 266 atomes différents.

Dans ses très courts instants, le big bang a été incapable de générer cette variété d'atomes. Il n'a été capable que de créer ces atomes simples que sont l'hydrogène, l'hélium (et un peu d'éléments légers, comme le lithium ou le bore) : les atomes primitifs, ceux dont les noyaux n'entraînent que quelques électrons périphériques et dont les combinaisons sont très limitées.

Comment les autres atomes ont-ils pris naissance ? Comment se sont formés, par exemple, ceux que l'on appelle oxygène et carbone, ou celui que l'on nomme phosphore, ceux que l'on qualifie de terres rares, ou ceux qui ont cette propriété particulière de se désintégrer et que l'on nomme radioactifs ? Bref, ces 266 atomes regroupés dans le tableau des éléments chimiques élaboré par le chimiste russe Mendeleïev ?

Cette interrogation sur l'origine des atomes, et donc des différents éléments chimiques, est multiple. On peut se demander si tous sont nés en même temps au même endroit. Ou s'il existe de vieux et de jeunes atomes. On peut aussi se demander pourquoi la nature s'est arrêtée au nombre 266 dans sa recherche de la variété : pourquoi pas dix mille ou cent mille atomes différents ?

Le chimiste qui manipule chaque jour ces atomes pour les combiner, les dissocier, les assembler, les faire réagir entre eux, sait-il seulement comment ils ont été formés ? Comment s'est constituée l'extraordinaire boîte à outils dont il est aujourd'hui l'artisan et avec laquelle il fabrique cette variété de matériaux qui, suivant les cas, servent à nous chauffer, à nous guérir, à nous protéger ou à nous transporter ? Sait-il qu'il manipule des entités dont l'âge se mesure en milliards d'années ?

C'est ce que nous allons explorer.

La réponse, nous le savons déjà, est que les atomes qui constituent les éléments chimiques sont nés dans les étoiles qui peuplent le cosmos et illuminent le ciel.

Les atomes de notre corps, de notre monde – carbone, armature de notre chair, oxygène que nous respirons, azote ou phosphore qui enrichissent nos plantations –, ont tous été fabriqués dans les étoiles.

Mais c'est là aussi que les éléments des roches, donc de notre sol, que l'on appelle silicium, aluminium, calcium, ont été fabriqués ; c'est là encore que les éléments les plus lourds, comme l'uranium, les plus précieux, comme l'or, l'argent ou le platine, les plus communs, comme le fer, le plomb, les plus mystérieux, comme le niobium ou les terres rares, ont été créés. Tout vient de ces mêmes étoiles qui brillent dans le ciel.

Précisément, elles brillent parce qu'elles fabriquent des éléments chimiques. Cette lumière céleste est la lumière de la création, de la création des atomes ; c'est l'énergie qui résulte de la fabrication d'atomes qui est émise sous forme de lumière. Les étoiles sont de gigantesques réacteurs nucléaires qui dissipent en lumière l'énergie dégagée en leur sein. Comprendre le fonctionnement des étoiles et leur évolution, souci majeur de l'astronome, revient à expliquer du même coup comment les éléments chimiques se sont formés, centre d'intérêt essentiel de l'astrophysicien nucléaire. Activités stellaires et synthèse des éléments chimiques sont deux aspects d'un même phénomène examiné à un bout par l'astronome, désireux de connaître la nature de cette puissante source d'énergie qui, à l'échelle d'une vie d'homme, apparaît comme inépuisable, et à l'autre bout par l'astrophysicien nucléaire qui cherche à comprendre comment les éléments chimiques se sont constitués.

Avant la découverte des réactions nucléaires, le mystère était total. Aucune source d'énergie connue ne pouvait expliquer le Soleil, ni, après lui, les autres étoiles. Quelle pouvait bien être la source d'énergie gigantesque qui alimentait ces phares cosmiques ?

Les astronomes avaient estimé l'énergie nécessaire à une telle activité d'après la mesure de l'énergie lumineuse émise. Ils avaient cherché parmi les réactions chimiques les plus énergétiques – celles qui alimentent les flammes ou gouvernent les explosions – lesquelles pouvaient expliquer la luisance des étoiles. En vain. Les meilleurs combustibles n'expliquaient que le millième de l'énergie dépensée !

La découverte des réactions nucléaires et de l'énergie considérable qu'elles dégagent convainquit l'« astronome royal » Arthur Eddington qu'il y avait là une solution possible du problème[1]. L'« inventeur » des réactions nucléaires, le physicien Rutherford, collègue d'Eddington à Cambridge, n'y crut d'abord pas. « Pour déclencher des réactions nucléaires, il faut des températures locales bien supérieures à celles du Soleil, objecta-t-il. C'est ce que nous faisons en laboratoire grâce aux faisceaux de particules ! » Cependant, cet argument, irréfutable sur le plan des calculs et de la physique de l'époque, ne convainquit pas Eddington. Avec une intuition prémonitoire, il répondit : « J'ai peine à croire que ce que vous êtes capable de faire dans votre laboratoire,

1. Songeons que la réaction nucléaire de synthèse de l'hélium par fusion de l'hydrogène dégage vingt millions de fois plus d'énergie par gramme de matière consommée que la combustion du charbon !

le Soleil ne soit pas capable de le réaliser ! » Parole si pleine de bon sens, quand on y réfléchit un peu... La modestie devant la nature se révèle parfois pénétrante, face aux certitudes souvent dogmatiques du physicien ! Attitude clairvoyante, comme on le verra plus tard, même si Rutherford reste l'un de mes héros scientifiques favoris[1].

La contradiction ne fut résolue que lorsque le physicien Gamow montra que, dans un gaz porté à une certaine température, quelques atomes de ce gaz – des atomes « privilégiés », en quelque sorte – avaient des températures très supérieures. Autrement dit, qu'il existait dans le Soleil des atomes dont la « température » permettait les réactions nucléaires[2]. Comme ces réactions nucléaires produisent elles-mêmes de l'énergie, le phénomène pouvait être auto-entretenu. En 1939, Hans Bethe mit au point un schéma nucléaire cohérent qui expliquait quantitativement la production d'énergie par le Soleil.

Le mécanisme fondamental étant compris, il restait à cette nouvelle génération de scientifiques que

---

1. Rutherford prônait la prééminence des démonstrations mathématiques, son nom reste souvent attaché dans la science à des expériences qui sont à l'origine de toute la physique moderne et dont la beauté et l'élégance ne le cèdent en rien aux mathématiques.

2. Tel est le principe général, grossièrement simplifié, que l'on appelle « effet tunnel ». Comme si un tunnel existait pour certains atomes qui pouvaient, par cette voie, franchir la barrière d'énergie dressée par la répulsion naturelle entre noyaux tous porteurs d'une charge électrique positive.

l'on appelle astrophysiciens nucléaires à parachever le travail.

Les astrophysiciens nucléaires sont des physiciens nucléaires qui appliquent leurs connaissances à l'astronomie. Leur émergence ne date que de quarante ans. Mais, en quarante ans, ils ont reconstitué une étape fondamentale de l'histoire du monde en expliquant comment il a été possible de passer du mélange hydrogène-hélium aux 92 éléments chimiques que nous connaissons aujourd'hui dans l'Univers.

L'entreprise risque de paraître facile au profane, puisque l'on connaît le résultat et que Gamow et Rutherford en avaient énoncé le principe. Pourtant, les secrets de la nature ne sont pas si aisés à déchiffrer !

Il a fallu bien des connaissances, bien de la patience pour défricher les chemins qu'a dû emprunter la nature pour fabriquer sa panoplie chimique.

Si tous les atomes sont finalement des combinaisons plus ou moins complexes d'hélium et d'hydrogène, la manière dont ces combinaisons s'effectuent n'est pas simple. Les chemins de la nature sont compliqués, et, finalement, tout le mérite des astrophysiciens nucléaires fut de déterminer ces trajets.

Pour être acceptable, chaque étape du scénario doit remplir un certain nombre de conditions :

a) Obéir aux règles de la physique nucléaire.

b) Rendre compte des observations astronomiques : autrement dit, expliquer la couleur et la luminosité des étoiles.

c) Expliquer les abondances relatives des éléments chimiques observés dans la nature.

Ce qui fut fait, non sans mal. Non sans talent et imagination non plus.

Le scénario d'évolution stellaire qui a été bâti met en jeu une alternance de phases où les forces de gravitation et les forces nucléaires jouent le rôle dominant. Décrivons-en le rythme avant de passer brièvement en revue leurs modalités.

Supposons un nuage de gaz composé d'atomes en masse suffisante pour se contracter spontanément sous l'influence des forces de gravité, comme nous l'avons vu à propos de la formation des galaxies. En se rassemblant, il diminue de volume, et ressemble ainsi à une grosse boule. En se contractant, il augmente sa température car les particules de ce gaz se choquent et, ayant moins d'espace pour se mouvoir, s'agitent davantage. À un certain moment, la température atteinte par le gaz en cours de contraction va atteindre le seuil – disons 1 million de degrés – où une première série de réactions nucléaires de fusion peuvent se déclencher. La fusion nucléaire va immédiatement dégager une énorme quantité de chaleur, car les réactions nucléaires sont exothermiques. L'étoile évacuera cette chaleur d'origine nucléaire en irradiant dans l'espace. Autrement dit, elle brillera en émettant de la lumière, mais aussi des ondes infrarouges, des ondes radio. Toutes les ondes électromagnétiques, en s'échappant, emporteront de l'énergie.

Un équilibre va rapidement s'établir entre production d'énergie au centre de l'étoile et dissipation d'énergie à la surface[1]. Cet équilibre réaction nucléaire/émission de lumière durera tant qu'il y aura du combustible nucléaire disponible, c'est-à-dire assez d'atomes susceptibles de provoquer des réactions de fusion.

Chaque fois qu'il se produit une réaction de fusion, deux ou trois ou quatre atomes disparaissent, remplacés par un seul atome de structure plus complexe, plus lourd, mais guère plus volumineux. Le nombre d'atomes par unité de volume décroît donc. Tout cela finit par un arrêt des réactions de fusion au milieu d'un gaz moins dense, plus dilué. L'étoile va être mûre pour franchir une nouvelle étape, laquelle débutera par une nouvelle contraction gravitationnelle[2].

---

1. Chacun sait qu'un objet chauffé émet de la lumière rouge sombre, puis rouge vif, puis bleue, puis blanche. L'énergie thermique s'est transformée en énergie lumineuse. Ce que l'on sait moins, parce qu'on ne le voit pas, c'est qu'un corps chauffé émet des ondes de plus grandes longueurs que la lumière, comme les ondes infrarouges ou les ondes radio. L'étoile n'est, de ce point de vue, pas différente d'un objet chauffé.

2. Un nuage de gaz ou de particules est soumis en fait à deux types de forces : la force de gravitation, qui tend à rassembler le gaz et qui, si elle agissait seule, finirait par agglomérer la matière en un point ; l'agitation thermique, qui tend au contraire à dilater le gaz et à lui faire occuper tout l'espace disponible. Il y a lutte entre ces deux forces. Dans le cas d'une étoile, l'agitation thermique résulte de la fusion nucléaire. Lorsqu'il y a réaction nucléaire, la contraction par gravitation cesse, car température et gravitation s'équilibrent, mais dès que les réactions nucléaires cessent, la gravitation joue son rôle et contracte l'étoile.

Les atomes se rapprochent encore. Le cœur de l'étoile se contracte, mais, en même temps, la température s'élève. À un moment donné, la température atteint un nouveau seuil, celui où les réactions de fusion des atomes plus complexes – ceux qui sont le résultat de la fusion précédente – vont à leur tour pouvoir s'amorcer, dégageant du même coup une grande quantité de chaleur. En synthétisant des atomes un peu plus complexes, puisque produits par la fusion, l'extérieur de l'étoile va se dilater sous l'influence de cette nouvelle poussée de fièvre et émettre encore plus d'énergie sous forme de radiations lumineuses. L'étoile brillera davantage.

Puis s'établira un nouvel équilibre entre production d'énergie à l'intérieur et dissipation d'énergie à la surface, équilibre qui fixera la température au cœur, celle qui définit la nouvelle étape de synthèse.

Et l'histoire recommencera : épuisement du nouveau combustible nucléaire, nouvel épisode de contraction gravitationnelle, nouvelle augmentation de température, déclenchement d'une nouvelle étape, nouvel équilibre, nouvelle couleur de l'étoile, etc.

Ainsi, l'alternance contraction gravitationnelle / réaction nucléaire va conduire à augmenter progressivement la température de l'étoile, mais par paliers successifs. Chaque étape sera caractérisée par une réaction de fusion, une température, un type d'élément chimique synthétisé. En même temps, la nature des atomes synthétisés par l'étoile va devenir plus complexe, plus complète, avec plus de neutrons et de protons dans leur noyau, plus d'électrons dans leur cortège périphérique. Comme on l'a vu, la synthèse des atomes, c'est d'abord la synthèse des noyaux atomiques. Ces derniers se composent en première approximation de deux types de particules : les neutrons, électriquement neutres, et les protons, chargés positivement. Fabriquer de nouveaux noyaux, c'est donc bâtir un nouvel assemblage de neutrons et de protons. La stabilité de ce type d'assemblage obéit à des règles extrêmement précises. La nature ne peut pas faire n'importe quoi. Il fallait donc découvrir ces lois de la physique nucléaire – ces lois des noyaux atomiques – afin de pouvoir comprendre la logique de leur fabrication dans les étoiles. Voyons-en les étapes telles qu'on se les imagine aujourd'hui.

La première étape dans l'évolution stellaire se déclenche *à quelques millions de degrés*. Les atomes d'hydrogène s'assemblent pour réaliser la synthèse de l'*hélium*. Il faut quatre atomes d'hydrogène pour produire un atome d'hélium.

La deuxième étape se déclenche à *100 millions de degrés*. Les atomes d'hélium fusionnent pour donner naissance à un atome plus élaboré encore, le *carbone 12*. On appelle cette phase fusion de l'hélium.

La troisième phase a lieu à *600 millions de degrés*. Les atomes de carbone s'unissent à leur tour pour donner naissance au *magnésium 24*.

Quatrième phase, à *1 milliard de degrés* : ce sont

les atomes d'oxygène et de néon qui fusionnent à leur tour pour donner le *soufre 32* et le *calcium 40*.

Ainsi assiste-t-on à une évolution de la température des étoiles par paliers. Chaque palier correspond à un épisode de synthèse nucléaire (et donc d'émission lumineuse). Chaque « marche » entre paliers correspond à un épisode d'attraction gravitationnelle.

Au cours de ces étapes successives, la panoplie chimique s'est enrichie des éléments carbone, oxygène, magnésium, soufre, calcium. Mais plus il est difficile de fabriquer un élément, moins on en fabrique, moins il est abondant. Le carbone est moins abondant que l'oxygène, lui-même moins abondant que l'hélium, etc. Plus un atome est complexe, moins il sera abondant. Ajoutons que seules certaines étoiles bien particulières sont capables de réaliser les synthèses très complexes. L'abondance des éléments chimiques n'est donc pas uniforme, mais décroît avec la complexité, donc avec la masse de l'élément.

Cinquième phase : la température a atteint *6 milliards de degrés*. L'étoile est très chaude. Il se produit alors un phénomène nucléaire nouveau. À la fusion des atomes s'opposent désormais des forces de destruction. Lancés les uns contre les autres à grande vitesse, agités dans toutes les directions, les atomes se choquent et se cassent en morceaux plus petits. En pratique, il s'établit un équilibre entre destruction et construction. Les atomes nouveaux résultant de ce processus étant obtenus par fusion du silicium (28 + 28 = 56), il s'agit de l'élément chimique fer, et, autour de lui, d'autres éléments proches qui ont pour noms chrome, manganèse, cobalt, nickel, zinc. De cette bataille confuse où des atomes de natures diverses s'entrechoquent violemment, de cette mêlée nucléaire où se superposent et s'opposent destruction et construction, le fer émerge parce qu'il est le plus stable, nucléairement parlant. C'est parce que son noyau est plus solide, plus résistant que celui de ses voisins, qu'il est aussi plus abondant ! Dans la courbe d'abondance des éléments, dont l'allure est une décroissance régulière, avec la complexité de l'atome le fer va constituer un « pic » marquant une abondance anormalement élevée pour sa complexité !

La synthèse nucléaire par fusion s'arrête là. Pour aller plus « loin », pour fusionner, unir ensemble des noyaux comme le fer ou le nickel, il faudrait atteindre des températures supérieures à 10 milliards de degrés ! Mais, à ces températures, l'agitation thermique, la vitesse des atomes seraient si grandes, les chocs si violents que la destruction des noyaux l'emporterait sur leur union. Au lieu de construire, on détruirait et on finirait même, cassant les atomes en morceaux, à revenir à un nuage formé d'hélium et d'hydrogène !

En fait, le fer représente un maximum de stabilité nucléaire, un noyau plus stable que ses voisins ; il est donc théoriquement très difficile de fabriquer simplement des noyaux plus lourds que le fer. Pourtant, il existe des noyaux, donc des éléments chimiques, plus lourds que le fer. Comment se sont-ils construits ?

Par un processus totalement différent. L'addition par fusion de deux noyaux fait place à l'addition progressive, un à un, de neutrons[1]. Le neutron est, comme son nom l'indique, électriquement neutre. Il n'est donc pas repoussé par la charge positive du noyau. Lancé à grande vitesse, il peut s'y insérer et y rester prisonnier. Ainsi peut-on « bourrer » les noyaux lourds de nouveaux neutrons. Mais, dira-t-on, on ne va pas fabriquer de nouveaux éléments avec des neutrons[2] ?

Intervient ici la radioactivité, qui, lorsqu'il y a « trop » de neutrons dans le noyau, transforme par transmutation un neutron en proton. Ainsi, la combinaison additive de neutrons et la radioactivité permettent de bâtir des éléments plus lourds que le fer, jusqu'à l'uranium. Dans le détail, ce processus d'addition des neutrons est complexe. Il peut se produire sous diverses modalités. Les deux principales sont connues sous le nom de processus (S) – comme *slow*, c'est-à-dire par addition progressive, douce – et de processus (R) – comme *rapide* : l'addition est alors une avalanche de neutrons tellement forte et copieuse qu'elle se moque partiellement des radioactivités et fabrique des noyaux très exotiques. Ces noyaux exotiques sont radioactifs et vont donner lieu à une série de désintégrations en cascade, donnant finalement des noyaux stables. C'est ainsi que sont fabriqués tous les noyaux lourds du zinc à

1. Rappelons que le noyau est fait d'un mélange de protons et de neutrons.

2. Puisque ce qui caractérise un élément chimique, c'est son nombre de protons, égal au nombre d'électrons périphériques.

l'uranium, en passant par le rubidium, les terres rares, l'or ou l'argent.

Pour générer ces flux de neutrons en abondance suffisante, il faut des températures encore plus hautes que les précédentes, qui ne sont atteintes qu'exceptionnellement : dans les étoiles, dans des circonstances que nous évoquerons plus tard, mais qui, pour exceptionnelles qu'elles soient, n'en sont pas moins à l'origine de la plupart des éléments chimiques... Il est vrai que toutes les étoiles n'ont pas la même efficacité, loin s'en faut !

Revenons au problème astronomique.

Si une telle séquence de réactions nucléaires se produit dans les étoiles, nul doute qu'il doit en résulter une grande diversité de situations.

Est-on capable, par l'observation astronomique d'une étoile, de déterminer quelle cuisine nucléaire se prépare en son sein ?

À cette question, il est permis de répondre aujourd'hui par l'affirmative.

En fait, le succès de l'astrophysique nucléaire est d'avoir permis de comprendre le ciel à l'aide de l'atome, l'infiniment grand à l'aide de l'infiniment petit, la variété des étoiles à partir de la variété des synthèses d'atomes, le fonctionnement des étoiles à l'aide de la physique du noyau.

Tout commence par l'idée que l'on se fait du fonctionnement d'une étoile, sphère de feu et de matière gazeuse.

Au cœur, un formidable foyer nucléaire, un réacteur géant portant la matière à des températures hors du commun. À la périphérie, en surface, une émission de lumière intense, vive, permanente. L'étoile brille de tous ses feux.

Entre les deux parties, un ajustement des conditions de pression et de température que la physique moderne permet de comprendre théoriquement de manière satisfaisante. Ce gaz d'atomes libres obéit en effet à des lois physiques assez bien maîtrisées, et les ordinateurs modernes permettent de faire les calculs de simulation sans trop d'erreurs. En particulier, on est capable de reconstituer le profil de température à l'intérieur d'une étoile, de la périphérie jusqu'au cœur, lorsque l'on connaît la température de surface et la taille de l'étoile. Exercice inverse : la détermination du diamètre de l'étoile et de la température de surface (par la couleur) permet de calculer la température du cœur.

À partir de là, l'astronome va pouvoir utiliser les scénarios des astrophysiciens nucléaires, ou, plus exactement, pouvoir chercher le lien qui existe entre les observations astronomiques et les théories de synthèse des éléments appuyée sur la fusion nucléaire.

Pour étudier le ciel, l'astronome dispose de la lumière émise par les astres. La manière d'examiner cette lumière, qu'il collecte à l'aide de grands miroirs pour l'envoyer dans des lunettes précises, est multiple. Il peut mesurer l'intensité lumineuse, la quantité totale de lumière qu'il reçoit. Il peut aussi estimer la couleur moyenne. Cherchant à analyser plus avant ce paramètre, il peut, à l'aide d'un spectrographe, déterminer le spectre lumineux, les raies multiples du bleu au rouge dont l'assemblage constitue la couleur.

Pour pouvoir utiliser l'intensité lumineuse d'une étoile, l'astronome doit connaître sa distance. Il peut alors calculer l'intensité lumineuse absolue de l'étoile, la quantité d'énergie qu'elle émet.

À partir de la couleur, il peut déterminer la température de l'étoile, comme on le fait pour mesurer la température d'une flamme en laboratoire.

Grâce au spectre lumineux, il peut définir sa composition chimique, puisque chaque élément est caractérisé par un spectre caractéristique, sorte de signature lumineuse d'identification[1].

Bref, l'analyse de signaux lumineux permet de cerner un nombre important de paramètres physiques. Le message lumineux peut être traduit en caractéristiques physiques de l'étoile. À partir de ces paramètres physiques – intensité, température, couleur, composition chimique –, l'astronome va pouvoir chercher à déterminer « ce qui se passe » réellement à l'intérieur de l'étoile et faire le lien entre la théorie sur la synthèse des noyaux, la nucléosynthèse, et la classification des étoiles. Un diagramme résume les observations astronomiques, connu sous le nom de diagramme HR (Hertzsprung-Russell). On

1. Ce lien entre lumière (couleur) et nature chimique de la matière est une donnée fondamentale des atomes. Ainsi, l'excitation thermique de chaque atome du tableau de Mendeleïev donne naissance à un spectre coloré, formé de plusieurs couleurs. Ce spectre est une caractéristique de l'atome, sa véritable signature.

porte les luminosités en fonction des températures des étoiles. Disons, pour simplifier, que la luminosité est obtenue par la mesure de l'intensité lumineuse, et la température par la couleur.

Ce diagramme, facile à définir, rapide à décrire, a demandé des milliers d'heures d'observations nocturnes aux astronomes du monde entier, artisans obscurs, pourtant indispensables à ce travail de compréhension du cosmos. La reconnaissance scientifique et la notoriété vont toujours aux auteurs de découvertes spectaculaires. Pourtant, celles-ci ne sont souvent que l'aboutissement d'efforts multiples impliquant de nombreux chercheurs ; les auteurs couronnés ont eu simplement la chance de se trouver à l'extrémité de cette chaîne. Mais n'oublions pas les modestes artisans du succès.

Revenons au diagramme HR.

En diagonale, une bande. La grande majorité des étoiles s'y trouvent. Le Soleil, notre soleil, s'y trouve lui aussi. C'est ce que l'on appelle la séquence principale. Cette séquence est faite d'étoiles de tailles variées mais que l'analyse énergétique conduit à considérer comme appartenant à la même famille, au même clan.

Toutes les étoiles de la séquence principale ont une température interne située autour du million de degrés. Elles ne font que fabriquer de l'hélium par fusion de l'hydrogène ; suivant leur taille, leur masse, elles brûlent le combustible plus ou moins vite, donc elles s'autoconsument, et leur durée de vie est plus ou moins brève. La luminosité des étoiles varie comme la masse à la puissance trois, leur durée de vie est proportionnelle au rapport masse/luminosité ; donc plus une étoile est grosse, plus elle brille, moins elle dure. L'excès de poids assure une mort prématurée ! Paradoxe ? Les grosses étoiles ont des durées de vie faibles, les petites vivent plus longtemps. Les grosses vivent quelques millions d'années, les petites quelques milliards d'années, mais toutes ne font que synthétiser l'hélium, que franchir la première étape de la nucléosynthèse. Comme la majorité des étoiles se trouvent sur la séquence principale, il faut en conclure que celles-ci ne font que fabriquer un peu d'hélium, lequel vient s'ajouter à celui produit lors du big bang.

En dehors de la bande de la séquence principale, les deux zones les plus intéressantes sont situées vers le haut à droite et vers le bas à gauche.

Vers le haut à droite se placent les étoiles que l'on appelle géantes rouges et supergéantes rouges. C'est dans ces étoiles de très grande masse, à enveloppe dilatée, que se réalisent les synthèses des éléments plus lourds : carbone, oxygène, néon, jusqu'au silicium et au fer. En fait, le phénomène intéressant et fructueux est celui au cours duquel l'étoile quitte la séquence principale du diagramme [HR]. Pourquoi la quitte-t-elle ? Parce que le cœur de l'étoile a épuisé l'hydrogène qui était son combustible nucléaire. Elle l'a transformé entièrement, ou presque, en hélium. L'étoile est alors constituée par un cœur d'hélium et une enveloppe d'hydrogène. Son pauvre cœur ne peut plus produire d'énergie, car sa température n'est pas suffisante pour déclencher des réactions nucléaires plus puissantes, susceptibles de fusionner les noyaux d'hélium. Mais comme avec quatre noyaux d'hydrogène on a fabriqué un noyau d'hélium, le nombre de noyaux d'hydrogène par unité de volume, autrement dit la densité, a diminué. Le cœur de l'étoile peut donc se contracter. Dans le même temps, l'enveloppe de l'étoile se dilate, donc l'étoile se refroidit. Elle grossit. Elle rougit, elle devient petit à petit une géante rouge. Mais le trajet qu'elle va suivre va beaucoup dépendre de sa masse. Si c'est une étoile petite, de la taille de notre soleil ou moins, elle a toutes les chances de subir une explosion précoce. Si c'est une grosse étoile, cinq à cinquante fois la masse de notre soleil, alors vont s'enclencher des mécanismes complexes qui verront l'étoile tour à tour se refroidir, puis se réchauffer, allumer des réactions nucléaires puis s'arrêter. Contracter son cœur, être victime d'un arrêt cardiaque, suivi de petites explosions internes. Bref, une vie palpitante. Ces géantes rouges et les évolutions des étoiles pour atteindre ce stade sont passionnantes, d'autant qu'à l'intérieur de ce corps se passent des choses très intéressantes qui nous préoccupent au premier chef pour comprendre notre histoire des éléments chimiques. Car en son stade le plus évolué, l'étoile géante et rouge a une structure en pelure d'oignon, avec des zones concentriques à températures croissant du bord vers le centre. Vers le centre, on atteint de 3 à 10 milliards de degrés. Vers le bord, 1 million. Dans certaines étoiles les plus grosses, toutes les étapes de la synthèse nucléaire de l'hélium au fer se réalisent couche par couche, niveau par niveau : se fabriquent du fer au centre, de l'oxygène dans la première enveloppe, du carbone plus près de la surface, de l'hélium vers la périphérie. Parfois, au cours de ces changements de rythme, de température, l'étoile s'emballe et explose, incapable qu'elle est de retenir des atomes surchauffés. Ces explosions donnent naissance à ces structures que l'on appelle (à tort) nébuleuses planétaires[1]. Ce sont des nuages de gaz et de poussières en expansion et qui vont eux-mêmes être ensemencés, enrichis par les éléments chimiques nouvellement fabriqués.

Pourtant, ces étoiles géantes ou même supergéantes restent incapables de mettre au monde les éléments les plus lourds dont dispose aujourd'hui la nature pour construire la variété du monde. Les énergies mises en œuvre sont insuffisantes pour susciter ces jets de neutrons nourriciers dont l'adjonction dans des noyaux déjà volumineux permet de dépasser la « barrière » du fer. Cette formidable énergie ne peut se mobiliser que durant le court instant de l'explosion gigantesque qui a lieu lorsque les plus grosses supergéantes rouge ou bleue explosent, donnant lieu, à la plus grandiose manifestation cosmique : la *supernova*.

L'étoile chauffée à blanc, densifiée en son intérieur par ses aventures nucléaires successives, explose, projetant dans l'Univers toute sa substance. Mais une

1. Bien qu'il ne s'agisse pas de nébuleuses autour des planètes.

substance toute nouvelle qui n'existait pas au stade géante rouge. Car, dans les courts instants de cette ultime sublimation, elle a eu encore le temps de synthétiser les éléments lourds du zinc au sélénium, du rubidium au barium, de l'argent à l'étain, du xénon au plomb. Bref, beaucoup de ceux qui interviennent dans notre vie de tous les jours. Sitôt nés, sitôt projetés dans l'espace, livrés à la solitude dans l'immensité de l'Univers, ces éléments lourds se « mélangent » aux autres éléments plus anciens dans le nuage de gaz et de poussières que laisse après elle la supernova, relique de son histoire étincelante mais brève.

Comme leur nom l'indique en latin, les novae sont de nouvelles étoiles, les supernovae sont de nouvelles étoiles exceptionnelles dans la mesure où leur brillance soudaine dans le ciel est exceptionnelle. L'explosion d'une supernova est suivie d'une non moins brutale extinction, d'un assombrissement, et, on comprend donc que ces objets cosmiques aient fasciné les hommes depuis qu'ils observent le ciel. Les astronomes ont très tôt suspecté l'extraordinaire importance de ces objets célestes (ou plutôt de ces événements), mais la documentation leur manquait pour expliciter leur intuition. La première trace historique précise d'une explosion de supernova remonte à juillet 1054. Les astronomes chinois et japonais observèrent alors une brutale lueur dans l'espace, dans une région où l'on n'avait rien observé auparavant. Un an après, la lueur avait disparu. Ils notèrent tout cela sur leurs tablettes. Depuis, on a retrouvé des indices appuyant l'idée que les Indiens Pueblo, en Amérique du Nord, ont observé eux aussi le même phénomène dans la même région du ciel. Les Arabes au Moyen-Orient ont également observé le phénomène et l'ont enregistré dans leurs carnets d'observations. Curieusement, il n'existe aucune trace de cette explosion dans les archives européennes. Pourquoi ? Est-ce parce que les observateurs auraient été effrayés de décrire un phénomène que les Écritures déclaraient impossible puisque le ciel devait être immuable ? L'astronome anglais Fred Hayle le pense. Peut-être est-ce vrai. Quoi qu'il en soit, on a pu aujourd'hui déterminer où a eu lieu cette explosion. C'est dans ce qu'on appelle la nébuleuse du Crabe, vaste nuage de gaz et de poussière situé dans la constellation du Taureau, dans notre galaxie, dont la forme et l'allure ont fortement évolué avec le temps, et sur laquelle nous allons revenir (voir photo, planche 2).

En 1574, le grand astronome danois Tycho Brahe, le prince des observateurs astronomiques, a observé une supernova et l'a recensée dans un catalogue. Trente ans plus tard, son ancien assistant, devenu le père de l'astronomie moderne, Johannes Kepler, a lui aussi observé une supernova et a publié un livre qui lui est consacré, *De Stella Nova*. Ce sont les trois seules supernovae que l'on a vraiment observées dans notre galaxie (il pourrait y en avoir eu une autre en 1006, mais les témoignages chinois sont imprécis). Or, manque de chance, le télescope a été inventé par Galilée et ses contemporains, après la dernière explosion ; tous ces témoignages ont donc été relevés à l'œil nu, ce qui ne permet guère d'enregistrer les détails et les nuances.

Derrière leurs multiples appareils modernes, les astronomes guettent, attendent l'explosion de supernovae proches qui permettrait d'avancer encore plus dans nos connaissances. Bételgeuse, la grosse géante bleue, est la favorite pour l'explosion... attendue.

En 1987, les astronomes ont pu observer une supernova dans le grand nuage de Magellan[1], dont l'explosion date, on l'a dit, de cent soixante-dix mille ans (temps mis par la lumière pour nous parvenir). Les observations faites grâce aux techniques modernes ont enrichi notre compréhension de ce phénomène réellement extraordinaire. Il paraît rare. Pourtant, dans la durée cosmique, il ne l'est pas. S'il se produit une explosion de supernova par siècle dans l'Univers proche, cela en fait dix mille par million d'années. Cela en fait quarante millions depuis l'origine de la Terre ! Cela en fait des centaines de milliards pour tout l'Univers. La rareté dans le cosmos est toute relative !

Pourtant, à partir des maigres observations à l'œil nu, les astrophysiciens avaient pu bâtir un modèle de supernova qui a été très largement validé par l'explosion observée en 1987.

Il est vrai que, pour bâtir ce scénario, les astrophysiciens ont bénéficié d'une autre série d'observations aussi spectaculaires et étranges qu'inattendues

1. C'est-à-dire hors de notre galaxie.

et qui concerne les objets parmi les plus fascinants du cosmos : les pulsars.

Le 6 août 1967, Jocelyn Bell, alors étudiante à l'université de Cambridge et faisant sa thèse sous la direction d'Antony Hewish dans ce domaine alors tout nouveau qu'on appelle la radioastronomie, reçut sur son enregistreur un phénomène intrigant. L'enregistreur présentait des pulsations extrêmement régulières comme un battement de cœur, l'intervalle entre chaque battement était exactement de 1,33 seconde (en fait, l'intervalle de temps est reproductible avec sept chiffres après la virgule). Puis la pulsation s'arrêtait pour reprendre le lendemain exactement au même rythme. Quel était l'émetteur de cette étrange signal, réglé comme une horloge très précise ? On pensa d'abord à une origine humaine proche. Un coup de téléphone en Australie pour inciter les collègues à observer les signaux dans la même direction de l'espace leva vite ce doute, car les astronomes australiens enregistrèrent le même phénomène. S'agissait-il d'une civilisation extraterrestre cherchant à communiquer avec nous ? La régularité est l'opposé d'un message ! Cette idée ne dura pas. L'origine du phénomène a depuis été identifiée : c'est une étoile à neutrons (celle qui avait été prédite par Fritz Zwicky en 1930 et à laquelle personne ne croyait) qui tourne sur elle-même. Les neutrons compressés à d'extraordinaires pressions se comportent d'une manière que seule la physique quantique permet d'expliquer, ils forment une étoile qui tourne sur elle-même d'autant plus vite qu'elle est jeune, en émettant des signaux électromagnétiques : radio, visibles, et rayons X, non visibles, mais les signaux radio sont les plus faciles à détecter.

Après la découverte de Jocelyn Bell, on se mit à découvrir des pulsars un peu partout dans le ciel. Mais une découverte allait se révéler fondamentale. On découvrit un pulsar au centre de la nébuleuse du Crabe. La même nébuleuse où avait eu lieu l'explosion de la supernova de 1054. Et ce pulsar tournait très vite : 30 impulsions par seconde.

Alors tout s'explique. Cette nébuleuse du Crabe, c'est ce qu'il reste d'une explosion de supernova. D'un côté, un nuage de gaz et de poussières, produit par l'explosion, qui est chassé par l'onde de choc et qui est à l'origine de l'expansion continuelle de la nébuleuse et de la variation de sa forme. Son origine, c'est l'enveloppe gazeuse de l'étoile géante avant l'explosion, plus précisément avant la phase ultime de l'explosion. De l'autre côté, le résidu du cœur de l'étoile, compressé au-delà de tout ce à quoi la physique classique nous avait habitués, est formé par un pulsar, c'est-à-dire une étoile à neutrons en rotation. Car lorsque la matière est compressée au-delà des limites habituelles. Les protons et les électrons compressés ensemble donnent des neutrons, ces particules élémentaires neutres qui composent avec les protons les noyaux des atomes.

Depuis cette découverte fondamentale, on a détecté plus de six cents pulsars, et pour beaucoup d'entre eux on a repéré une nébuleuse gazeuse en expansion à leur proximité. Mieux encore, les théoriciens avaient prévu que ces étoiles devaient émettre des signaux pulsés non seulement dans le domaine des ondes radio mais aussi dans celui des ondes visibles et dans celui des rayons X et aussi que, avec le temps, le pulsar devait ralentir car ses émissions lui faisaient perdre de l'énergie. Or tout cela a été aujourd'hui observé, et avec les caractéristiques que les théoriciens avaient prévues. Mais on s'interroge alors immédiatement sur un autre type d'explosions plus modestes, à savoir celles qui affectent les géantes rouges, qui, nous l'avons dit, ne résistent pas au brusque dégagement de chaleur créé par la fusion des noyaux d'hélium. Un examen attentif a permis de montrer que ces explosions expulsaient elles aussi un nuage de gaz formé d'hydrogène et d'hélium mais que, dans leur cœur, se formaient des objets cosmiques très particuliers formés d'électrons assemblés, comprimés, collés les uns contre les autres et dégénérés, comme on dit en mécanique quantique. Les étoiles, petites et très pâles, résidus des explosions de géantes rouges, s'appellent les naines blanches. C'est sans doute cette fin qui est promise à notre soleil dans cinq milliards d'années (on a le temps !).

Est-ce là toute l'histoire ? Les grosses étoiles, les très grosses étoiles, celles qui sont cinquante ou cent fois plus massives que le Soleil, qui ne restent sur la séquence principale que peu de temps et se transforment très vite en géantes bleues (c'est-à-dire qu'elles deviennent très chaudes), finissent en supernovae et en pulsars ; les étoiles moyennes et petites finissent en naines blanches, toutes éjectant leurs enveloppes sous forme de gaz dans le cosmos. Tout en notant qu'il existe des scénarios intermédiaires complexes, il faut souligner que notre « zoologie cosmique » n'est pas complète. Pas tout à fait. Intervient en effet dans l'Univers un troisième type d'acteur cosmique encore plus mystérieux, plus intrigant, plus chargé de rêve et d'émotion, invisible et pourtant omniprésent, au nom qui évoque beaucoup de choses : les *trous noirs*.

Un trou noir est un objet cosmique dont la masse est tellement grande que même la lumière ne peut s'échapper de son attraction gravitationnelle. Toute matière, toute radiation reste confinée, enfermée dans le trou noir. Toute matière située à sa périphérie est inexorablement attirée et enfoncée dans le trou noir, à jamais ! Il est donc impossible de détecter directement un trou noir puisqu'on ne le voit pas. Alors, comment sait-on qu'ils existent et qu'ils ne sont pas seulement des fantasmes qui hantent l'imagination des théoriciens ou des singularités mathématiques qui altèrent leurs équations ?

En fait, les trous noirs attirent irrésistiblement toute masse cosmique située en deçà d'une certaine distance ; au-delà, ils exercent certes une attraction gravitationnelle, mais si l'objet est lui-même animé de certains mouvements, il ne « tombe » pas dans le trou noir, il tourne autour, comme la Terre tourne autour du Soleil. Mais ici c'est un soleil noir.

Ainsi en est-il de certaines étoiles massives qui s'associent avec des trous noirs pour donner des assemblages binaires, chacun tournant autour de l'autre comme dans une valse, comme des étoiles doubles, sauf que dans le cas des trous noirs une des deux étoiles est totalement invisible.

C'est ainsi qu'on a détecté les trous noirs. On a repéré des étoiles qui tournaient autour de quelque chose qu'on ne voyait pas. La vitesse de rotation et l'estimation de la masse de l'étoile permettaient de calculer la masse de l'objet invisible et de constater l'énormité de sa masse, analogue à ce que prédisait la théorie. Par ailleurs, cet assemblage bizarre, qui tourne très vite, dissipe une partie de son énergie en émettant des rayons X d'une intensité extraordinaire. C'est ainsi que le premier trou noir a été détecté par le satellite de rayons X Uhuru conçu et exploité par l'Italien Giacconi alors professeur à Harvard et qui a reçu le prix Nobel de physique en 2002. Depuis, on a détecté d'autres trous noirs dans l'Univers : des gros, des moins gros. Les trous noirs ne sont plus des spéculations, ils sont une réalité cosmique. Mais comment se forment ces trous noirs, comment une telle concentration de matière a-t-elle pu prendre naissance ?

Dans un trou noir, la matière doit être très compressée pour atteindre les masses gigantesques qui sont mises en jeu. En somme, un trou noir, c'est un stade de compression de plus que le pulsar. Quel meilleur candidat pour engendrer un trou noir qu'une très grosse supernova ? Au lieu de donner naissance à une étoile à neutrons, à un pulsar, on va plus loin encore dans le confinement de la matière ! Le trou noir est le cousin du pulsar. Ils ont des pères qui sont frères !

Il y a donc une parenté, une gradation dans les explosions de supernovae, les étoiles à neutrons et les trous noirs. Mais que se passe-t-il s'il y a plusieurs grosses supernovae qui explosent dans un « périmètre cosmique » restreint (rassurez-vous, les distances restent considérables) et que plusieurs trous noirs prennent naissance dans une même zone du ciel, tout en capturant au passage quelques grosses étoiles pour former des assemblages binaires ?

En fait, de tels phénomènes se sont sans doute produits lors de la naissance des galaxies vers leurs centres, et ces phénomènes ont donné naissance à des « objets cosmiques » complexes formés par des milliards d'étoiles si proches que, vues de loin, elles semblent n'en faire qu'une, tenues ensemble grâce à l'attraction qu'exercent sur elles d'énormes trous noirs, l'ensemble dissipant une quantité colossale d'énergie. Ces objets galactiques massifs très brillants sont appelés quasar (*quasi stellar objects*).

Voici encore un animal étrange qui vient enrichir le « zoo cosmique », où décidément règne déjà la variété et la diversité. Une diversité qui a de plus une origine historique puisque tous ces objets n'ont pas nécessairement le même âge et qu'ils correspondent à des épisodes différents du développement de l'Univers, seul l'écrasement du temps de l'observation astronomique nous faisant voir ces objets en même temps.

Pourtant, si le ciel nous émerveille par ses étoiles, par ses galaxies et, pour les initiés, par ses quasars, ses pulsars et ses trous noirs, ce qui « fait le volume » du ciel, c'est l'espace interstellaire.

Pendant longtemps, on a cru que cet espace était surtout « rempli de vide ». Et puis, petit à petit, on s'est aperçu que cet espace contenait beaucoup de matière. Oh, certes, cette matière est très diluée, très dispersée, quelques molécules au mètre cube, mais lorsqu'on en fait la somme elle est considérable. Près de la moitié de la matière observable de l'Univers (hors la matière noire) se situe dans l'espace interstellaire. Encore une fois, la densité de matière reste très faible, mais la somme totale est énorme.

Les régions les plus spectaculaires de l'espace interstellaire sont les nébuleuses. Les nébuleuses, immenses nuages de gaz aux formes étranges, aux noms poétiques (nébuleuse du Crabe, nébuleuse en Tête de cheval…), éclairées « par-derrière » par les étoiles proches, ont depuis longtemps fasciné les astronomes. Les progrès de l'observation dans tout le spectre électromagnétique (des rayons X aux ondes radio) par satellite permettent désormais d'analyser les lumières qu'elles diffusent avec les mêmes méthodes que celles des étoiles. Ce qui représente un progrès considérable dans la sensibilité des détecteurs, car ces lumières des nébuleuses sont très faibles, surtout lorsque les nébuleuses sont lointaines. Mais l'observation par satellite, qui permet de s'affranchir de la lumière terrestre, a rendu ces observations possibles. Et on a pu constater que la composition chimique de ces nébuleuses ne différait pas fondamentalement de celle des étoiles. Par exemple, l'hydrogène y est l'atome dominant, suivi de l'hélium, du carbone, etc.

Mais ce que nous ont surtout appris les moyens modernes d'observation, c'est que, outre les gaz, l'espace interstellaire contient des poussières solides. Ces poussières ont parfois une telle densité (attention, tout est relatif, il s'agit de trois grains au mètre cube !) qu'elles arrêtent presque totalement la lumière, dessinant de spectaculaires nuages de matière sombre. Ces poussières existent partout, dans les nébuleuses mais aussi dans les enveloppes des étoiles qui explosent comme les géantes rouges ou les supernovae, et encore dans les grands espaces interstellaires dilués qui ne forment pas des nébuleuses. C'est dans les enveloppes des étoiles qui explosent que ces poussières se forment par condensation à partir du gaz.

Ces poussières interstellaires jouent un rôle considérable dans l'Univers, à la fois sur le plan chimique (nous y reviendrons abondamment) et sur le plan physique, car ces particules densifient les nuages interstellaires et vont donc leur permettre, après s'être étendus, de se recontracter à nouveau. Patience dans l'azur, comme dirait Hubert Reeves – nous allons y revenir.

Par ailleurs, on a découvert dans ces espaces interstellaires, grâce à la radioastronomie, des molécules, oui, des molécules constituées de plusieurs atomes assemblés. Comment de telles molécules peuvent-elles se former dans un milieu aussi dilué ? Pour former une molécule, il faut que plusieurs atomes se rencontrent et s'assemblent, se lient entre eux. Dans un becher, dans une ampoule, c'est facile, il y a des milliards d'atomes agités qui se rencontrent, se choquent, s'assemblent. Mais dans l'espace interstellaire, comment est-ce possible ?…

Car bien sûr la question se pose : comment se forme cette matière interstellaire ? La réponse, nous l'avons donnée : à partir des étoiles, à partir des explosions d'étoiles et de supernovae qui éjectent dans l'Univers gaz et poussières qui alimentent le cosmos tout en se mélangeant. Mais, nous allons le voir au prochain chapitre, c'est aussi à partir de cette matière interstellaire que, par attraction gravitationnelle, les autres étoiles vont pouvoir naître. Ainsi les grandes nébuleuses comme celle du Crabe sont-elles à la fois les produits de la mort héroïque des grosses étoiles et le germe de leur résurrection, mélangée à d'autres pour donner de nouvelles étoiles. C'est à la fois un cimetière et un gynécée ! Ce qui est extraordinaire, c'est que, lors de cette grande évolution cosmique, se sont fabriqués, se fabriquent encore tous les éléments chimiques que nous connaissons, car chimie et astronomie sont étroitement liées. Mais l'efficacité chimique des étoiles est variable. Quatre-vingt-dix pour cent des étoiles ne font que fabriquer de l'hélium, 10 % enrichissent l'Univers des éléments qui vont du carbone au fer, mais seulement 1 ou 2 ‰ d'entre elles (les supernovae) donnent naissance aux éléments très lourds, du zinc à l'uranium.

Dans les grandes cuisines cosmiques que sont les étoiles, 90 % éclairent, 10 % travaillent, 2 ‰ font des miracles ! Les étoiles sont peut-être comme les hommes. La créativité féconde est rare !

Le fait d'avoir pu élaborer une théorie quantitative fondée sur la physique du noyau qui explique le fonctionnement des étoiles, leur classification, leurs diverses variétés est sans nul doute l'une des plus belles conquêtes de la science moderne, l'une des plus fécondes en tout cas.

Songez qu'on englobe dans une même théorie, dans une même logique cohérente, toute la physique du noyau, la théorie de la relativité, la physique du fonctionnement des étoiles, la radioastronomie, l'observation optique, l'astronomie des rayons X, et tout ce que les astronomes observant le ciel ont accumulé depuis cent ans !

Ni Hans Bethe, le pionnier qui fit le premier pas, ni Willy Fowler, le réalisateur infatigable de mesures de laboratoire et de calcul précis, ni Subrahmanyan Chandrasekhar le théoricien des étoiles à neutrons et des trous noirs, n'ont volé leur prix Nobel. Pas plus qu'Edouard Salpeter et Fred Hoyle n'ont volé leur prix Crafoord en expliquant comment on pouvait fabriquer du carbone et de l'oxygène à partir de l'hélium alors que l'assemblage de deux noyaux d'hélium est instable. Comment passer de 1 à 3 ou 4 sans passer par 2 ? Et à ceux-là, il eût fallu sans doute ajouter

Al Cameron ou George Gamow, qui ont, eux aussi, donné des impulsions décisives.

Mais rien de tout cela n'aurait été possible sans les extraordinaires progrès techniques dont a bénéficié l'astronomie. L'astronome était autrefois un savant méthodique qui derrière sa lunette ou son télescope observait les astres. Ensuite, il mit au foyer de son télescope un prisme (puis un réseau) pour analyser la lumière. Et ce fut le début tout à la fois de l'astrophysique et de la chimie cosmique. Mais depuis la guerre, quelle explosion ! On a commencé à étendre le spectre vers les grandes longueurs d'onde et ce fut l'essort de la radioastronomie, qui, bien sûr, a bénéficié de la technologie militaire des radars développés pendant la guerre. Puis on s'est intéressé aux courtes longueurs d'onde, rayons X puis rayons γ. Puis on a cherché à faire le lien entre les diverses spectroscopies, infrarouge et radiomillimétrique d'un côté (ces dernières sont les ondes qu'on utilise dans la téléphonie mobile), ultraviolet de l'autre.

Mais plus on avançait, plus on remarquait que l'atmosphère terrestre, surtout lorsqu'elle est polluée, devenait gênante. On conquit donc des sommets montagneux, et beaucoup d'entre eux sont désormais ornés de télescopes, mais ce n'était pas suffisant. Les technologies spatiales sont ainsi arrivées au bon moment, et aujourd'hui chaque nom de satellite astronomique est synonyme d'immenses progrès : COBE observa le rayonnement fossile, Uhuru, le satellite de rayons X, les trous noirs, IRAS, le satellite infrarouge, les étoiles en formation, enfin

Hubble, le télescope spatial, révolutionne l'astronomie d'observation, etc. Et, travaillant à tout cela, des milliers d'astronomes qui patiemment observent le ciel, classent les objets et font apparaître des régularités. Sans eux, sans leurs observations, il n'y aurait pas de progrès !

Avons-nous terminé pour autant l'histoire cosmique ? Pour compléter notre panorama cosmique et lui donner toute sa logique, il nous faut approfondir davantage l'épisode de la naissance des étoiles. Nous l'avons évoqué. Nous l'avons esquissé, mais nous ne l'avons pas véritablement traité. Or il s'agit d'un épisode décisif pour au moins deux raisons. La première, c'est que c'est lui qui va refermer le cycle stellaire. Connaître la mort d'une étoile, aussi glorieuse que peut l'être l'explosion expiatoire d'une supernova, c'est bien ; comprendre la naissance et même la renaissance des étoiles, c'est encore plus fondamental, car cette connaissance va permettre de « fermer » l'histoire cosmique. La seconde raison, sans doute aussi fondamentale pour nous, c'est que notre étoile, notre soleil, est née en même temps que se formaient nos planètes, notre terre, et que pour comprendre nos origines on ne peut se passer de reconstituer la naissance de l'étoile Soleil.

CHAPITRE V

L'étoile Soleil et l'histoire cosmique

Après avoir parcouru le temps et l'espace, évoqué la vie et la mort des étoiles, vie et mort elles-mêmes liées à la création de la variété des espèces chimiques, nous allons donc d'abord nous concentrer sur une étoile : la nôtre. Pour comprendre comment elle fonctionne, comment elle nous chauffe, mais aussi comment elle est née, et nous avec !

Le Soleil serait une étoile tout à fait banale, une parmi les milliards qui dessinent la séquence principale dans le diagramme HR, si elle n'était en effet *notre* étoile.

Toute notre histoire est associée à celle du Soleil. Notre vie terrestre en dépend. Le Soleil fournit l'énergie de tout notre environnement. Ses caprices gouvernent notre climat. Notre Terre est née avec lui. Sa mort marquera la fin de notre monde[1].

---

1. Dans quelque cinq milliards d'années, le Soleil, ayant

Cette dépendance à l'égard du Soleil a aussi des avantages pratiques et scientifiques non négligeables. Située dans notre environnement immédiat, l'étoile Soleil peut être étudiée plus commodément que les autres. Et comme c'est une étoile « banale », tout ce que nous en apprenons peut nous servir à comprendre les étoiles en général. De fait, il faut bien reconnaître que beaucoup de nos connaissances sur les étoiles proviennent de nos observations solaires, que beaucoup de nos théories stellaires ont d'abord été testées sur le Soleil.

On ne s'étonnera donc pas que l'« étape Soleil » soit indispensable pour comprendre notre propre histoire. D'abord pour compléter le tableau stellaire ; puis, plus précisément, pour apprendre comment s'est formé l'« astre roi », et, avec lui, le système planétaire qui nous abrite.

De l'auscultation des milliards d'étoiles du cosmos dans une théorie englobante, nous passons ici à la monographie, à l'étude de cas.

Le Soleil, avons-nous dit, est une étoile située vers le bas de la séquence principale. Sa masse, paramètre déterminant dans la physiologie stellaire, est plutôt petite. Sa luminosité est moyenne. Sa capacité à fabriquer des atomes est limitée, puisque, comme tous les membres de la séquence principale, il ne

---

épuisé son combustible nucléaire, se transformera en naine blanche.

fusionne en son cœur que l'hydrogène pour produire de l'hélium.

Malgré la multiplication et le développement des méthodes d'observation astronomiques qui utilisent toutes les longueurs d'onde, de la bande radio aux rayons X, le Soleil est loin d'avoir livré tous ses secrets. Mais on en sait quand même plus sur l'étoile Soleil que sur Bételgeuse ou Sigma X !

Le rayon du Soleil est de 700 000 kilomètres, à peu près cent fois celui de la Terre. Le volume variant comme la puissance troisième du rayon, on comprend que celui du Soleil soit un million de fois celui de la Terre. Il contient à lui seul 99,9 % de la masse de tout le système solaire (c'est-à-dire du Soleil, des planètes, des astéroïdes, des comètes, et des poussières réunis). Si l'on veut un échantillon représentatif de la composition initiale du système solaire, il suffit d'analyser le Soleil !

Sa structure interne se compose d'un cœur, porté à 10 millions de degrés, où se fabrique l'hélium, entouré d'une couronne d'hydrogène. La zone la plus externe, de 200 000 kilomètres d'épaisseur, est animée de mouvements de brassage analogues à ceux qui animent une casserole d'eau chauffée par en dessous, et que l'on appelle courants de convection[1].

---

1. La convection est un phénomène que nous rencontrons souvent et qui se manifeste dans les étoiles, la Terre, l'océan, l'atmosphère. La propriété essentielle d'un milieu convectif est d'être bien mélangé, donc d'avoir une composition relativement homogène.

La trace de ces mouvements de convection à la surface du Soleil est une série de petites cellules que l'on appelle « granules » – leur diamètre n'en est pas moins de 1 000 kilomètres. Ces mouvements de convection sont à l'origine d'un champ magnétique intense[1] qui agit sur toutes les particules chargées électriquement. Or la matière solaire, gazeuse, faite d'atomes libres, est, dans la zone externe, à l'état ionisé : les atomes y ont perdu leurs électrons.

La photosphère solaire rayonne. Elle émet des radiations : lumineuses, bien sûr, mais aussi vers les courtes longueurs d'onde (rayons X) et vers les grandes longueurs d'onde (ondes radio). Elle émet aussi un flux de particules ionisées, donc chargées électriquement. Une petite partie de ces émissions arrivent sur la Terre et y subissent, suivant leur nature, diverses vicissitudes. Les unes sont déviées par le champ magnétique terrestre et vont se concentrer vers les pôles, les autres sont plus ou moins « absorbées » par l'atmosphère terrestre.

Mais toutes ces informations sont mises à profit par les scientifiques pour étudier le Soleil. Les radiations et les particules émises par le Soleil sont en effet de précieux messages dont on cherche à tirer le maximum de renseignements.

Ainsi, nous savons que l'activité du Soleil n'est pas uniforme, identique tout au long du temps.

---

1. Le magnétisme est l'action qui, à distance, oriente la boussole ou plus généralement les particules chargées électriquement. La Terre a un champ magnétique, le Soleil aussi.

L'émission de particules chargées électriquement obéit à deux modalités. L'une, que l'on appelle le vent solaire, est à peu près stationnaire et varie lentement. L'autre, à laquelle on donne le nom de *flare*, est discontinue, soudaine, violente. L'interaction de ces flux de particules électriquement chargées avec la haute atmosphère terrestre, elle-même ionisée, est à l'origine d'une des composantes du champ magnétique terrestre. Cette composante, dite rapide, est fluctuante, avec de véritables orages magnétiques[1], lorsque le Soleil en crise nous envoie ses *flares*. En retour, l'examen attentif des pulsations magnétiques terrestres va constituer un nouveau moyen d'étudier le Soleil.

L'activité du Soleil varie aussi sur des échelles de temps plus longues. On sait par exemple qu'il existe un cycle d'activité solaire avec un maximum tous les onze ans. On subodore qu'il existe des variations de plus longues périodes, sans en être sûr. Bref, là encore, on dispose d'indices pour affirmer que le Soleil a une activité modulée dans le temps.

Ces fluctuations, ces palpitations, ces rythmes rapides ou lents ne font que traduire la vie complexe de cette étoile en équilibre précaire. Les réactions nucléaires fabriquant de l'hélium produisent de l'énergie près du cœur. Cette énergie doit être trans-

---

1. Les « orages » magnétiques du Soleil provoquent des perturbations dans la haute atmosphère de la Terre et gênent les émissions de radio. Les effets éventuels sur la santé ou la psychologie des hommes semblent être non fondés.

portée à la surface et évacuée sous forme de rayonnements. L'ajustement entre production et émission d'énergie se fait, mais de manière quelque peu chaotique. D'où les bouffées, les spasmes, les syncopes qui traduisent ces ajustements vers l'équilibre. La convection stellaire est turbulente et obéit sans doute à ces lois du chaos que les physiciens des fluides ont établies.

Les grandes lignes du fonctionnement de cette extraordinaire « centrale nucléaire » commencent à être bien comprises. Du moins le croit-on. Car la science progresse en ménageant chaque jour de nouvelles surprises.

Ainsi, les pulsations qui affectent la couronne solaire sont aujourd'hui mises à profit pour développer ce qu'on appelle l'héliosismologie. Les vibrations propres du Soleil, étudiées par des méthodes mathématiques analogues à celles qu'utilisent les sismologues terrestres pour examiner l'intérieur de la Terre, révèlent des structures internes plus complexes qu'on ne le pensait. Les modes de convection concernent vraisemblablement plusieurs couches superposées avec des rouleaux qui périodiquement s'interpénètrent.

Une autre expérience plus fondamentale concerne la détection des neutrinos solaires. Le neutrino est une particule neutre, de masse infime (si ce n'est nulle), qui joue un rôle dans les réactions nucléaires, en particulier pour satisfaire certaines relations de conservation. Ces particules sont très difficiles à détecter car elles interagissent mal avec la matière.

Par ailleurs, il en existe sans doute en provenance de divers endroits de l'Univers. Aussi a-t-il fallu mettre au point un dispositif expérimental très complexe, profondément enterré dans d'anciennes mines, pour détecter les neutrinos solaires. Bien que les résultats de l'expérience soient le sujet d'âpres discussions, disons que, pour l'instant, ils ne confirment pas ce que l'on pensait être le mécanisme fondamental des réactions de fusion de l'hydrogène[1]. Mais attendons pour conclure…

Tout cela montre que même pour l'étoile la plus proche de nous, notre étoile, facile à étudier, toujours disponible, bien des points d'interrogation subsistent sur sa physiologie.

Cette très rapide évocation des caractères essentiels du Soleil n'a d'autre objet que de compléter le panorama stellaire et d'introduire la discussion essentielle sur sa genèse. De la rapide évocation du fonctionnement du Soleil, retenons pour l'heure deux propriétés principales.

D'une part, c'est un objet fluide très chaud, bien mélangé par des mouvements de matière vigoureux, de sorte que la composition chimique de la couronne externe, la chronosphère, celle qui émet vers nous des rayons lumineux, peut être considérée en pre-

1. Les réactions qui ont lieu dans le Soleil devraient, d'après les théories nucléaires, donner naissance à un certain flux de neutrinos. Or on en mesure beaucoup moins.

mière approximation comme celle du Soleil tout entier.

D'autre part, le Soleil émet vers nous de nombreux messages sous forme d'ondes (lumineuses ou radio) ou de flux de particules chargées, si bien que sa composition chimique peut être déterminée avec précision. La méthode classique est celle de la spectroscopie, ou décomposition spectrale de la lumière, laquelle permet d'identifier le spectre de raies de chaque élément chimique et, en fonction de l'intensité de ces raies, d'en mesurer l'abondance relative. Or cette analyse chimique du Soleil, même grossière, pose immédiatement un problème. Alors que l'on ne s'attendrait à y trouver que de l'hydrogène et de l'hélium, on constate que *tous* les éléments chimiques, ceux qui forment le tableau de Mendeleïev, existent dans le Soleil : les éléments légers comme le carbone, l'oxygène ou le magnésium, mais aussi les éléments lourds comme le fer, le nickel ou le chrome, ainsi que les éléments très lourds comme l'argent, l'or, le plomb ou l'uranium. Mais comment peuvent-ils être présents dans cette étoile, puisque nous savons que la seule synthèse dont elle est capable consiste à fabriquer de l'hélium ?

Seule issue à cet apparent dilemme : ces éléments chimiques n'ont pas été fabriqués par l'étoile ! Ils l'ont été ailleurs, *avant* l'étoile. Les nombreux éléments chimiques présents dans le Soleil sont donc présolaires. Ils ont été fabriqués au cours d'histoires stellaires antiques, dans des géantes ou des supergéantes rouges ou bleues, ou dans des supernovae anciennes. Ils ont été fabriqués puis projetés dans l'Univers par des explosions de novae ou de supernovae. Là, ils se sont mêlés pour donner naissance à de vastes nuages interstellaires qui se sont dilués petit à petit dans les immenses espaces de l'Univers. Ce milieu interstellaire a été nourri ainsi par des milliers, des millions, des milliards d'explosions, par des quantités considérables de gaz et de poussières venant de ces explosions. Fixons les idées par quelques chiffres. La Terre pèse 410^{24} kilogrammes. Elle est constituée d'oxygène, de magnésium, de silicium et de fer, donc des éléments formés dans les étoiles géantes et les supernovae. Une étoile géante expulse 2.10^{16} kilogrammes de poussières solides analogues à la composition terrestre lorsqu'elle explose. Il a fallu 200 milliards d'explosions de supernovae pour amasser le matériel de la Terre. Après quelques millions d'années d'errance cosmique, une partie d'un de ces nuages a commencé à se rassembler sous l'effet de l'attraction gravitationnelle et a fini par donner naissance à une étoile. Ici le Soleil.

Voilà comment est né notre soleil : à partir d'un banal échantillon de matière interstellaire rassemblé et accumulée en une boule où l'augmentation de température a permis le déclenchement de réactions nucléaires.

Si ce scénario est valable pour le Soleil, pourquoi ne le serait-il pas pour d'autres étoiles tout aussi banales de la séquence principale ?

Le scénario stellaire que nous avons décrit sous

forme d'une succession d'événements nucléosynthétiques correspondant à une suite d'étoiles se complique néanmoins du fait de l'existence de cycles.

Vie et mort des étoiles se succèdent dans le ciel : naissance d'une boule de gaz, échauffement, synthèse nucléaire, mort de l'étoile, explosions, nuages interstellaires, mélange de nuages d'origines diverses, formation, à partir de là, de nouvelles étoiles, etc. Par leurs cycles de vie et de mort, de synthèse d'éléments chimiques, d'explosions, les populations d'étoiles enrichissent constamment le cosmos en éléments chimiques qu'elles fabriquent à chaque étape. Seules les plus grosses d'entre elles, celles qui auront pris naissance à partir d'un nuage suffisamment important, pourront atteindre les stades ultimes d'évolution qui leur permettent de créer beaucoup d'éléments chimiques nouveaux, et, en explosant, de les disperser dans le cosmos. Dix pour cent des étoiles entrent dans cette catégorie. Les autres, plus petites, plus nombreuses aussi, se contenteront de briller en brûlant de l'hydrogène et en fabriquant un peu d'hélium et un tout petit peu de carbone.

C'est le cas du Soleil. Ce n'est pas l'astre roi. Il n'est qu'un parmi les modestes.

Ainsi, le scénario cosmique qui a précédé la naissance du Soleil, et qui a duré près de huit milliards d'années, n'a été que la répétition à l'infini de ces épisodes de vie et de mort d'étoiles dont les « cendres » ont été jetées aux quatre vents de l'Univers, puis mélangées et mêlées.

Pour nous qui sommes à la recherche de nos origines, de notre généalogie, le résultat est tragique : nous ne savons pas d'où nous venons, nous ignorons où nos éléments chimiques, ceux qui constituent notre corps, notre planète, notre soleil, se sont formés. Ils ne viennent pas de telle ou telle étoile, de telle ou telle supernova, de telle géante rouge ou bleue. Ils viennent de partout. De milliards de « cuisines stellaires » dont les produits ont été mélangés dans l'immensité du cosmos.

De même que nous ne savons pas d'où viennent les grains de blé qui entrent dans la confection de notre pain (de quelle région ? de quel champ ? de quels épis ?), mélangés qu'ils furent à la minoterie, nous ne connaissons pas les innombrables étoiles responsables de la formation de nos atomes. De cette origine incertaine, nous pouvons seulement conclure que tous les atomes qui constituent notre corps sont beaucoup plus vieux que le Soleil. Mais de combien ? Combien d'étoiles y ont contribué ?

Éloignons-nous dans l'espace pour examiner si les déductions que nous venons de faire d'une manière logique sont bien conformes à l'observation.

Les spectres lumineux des diverses étoiles proches sont quasi identiques au spectre solaire. Comme dans le Soleil, outre l'hydrogène et l'hélium, présents en beaucoup plus faibles proportions, se trouvent tous les autres éléments chimiques : les éléments légers, les éléments lourds, et même très lourds, le carbone et le fer tout comme l'uranium ou le plomb, dans des proportions identiques à celles du Soleil. L'uniformité chimique semble la règle, tout au moins dans le cosmos proche et dans les limites de précision de nos méthodes d'observation.

Ce constat valide le schéma que nous avons évoqué, celui du grand mélange de la matière cosmique produit dans l'espace interstellaire et qui donna naissance à cette uniformité chimique faite de la convergence de toutes les diversités.

Autre confirmation de cette uniformité chimique de l'Univers proche : la composition des rayons cosmiques.

Ces « rayons cosmiques » ne sont pas des rayons à proprement parler, mais un flux de particules chargées qui parcourent l'Univers à des vitesses réellement astronomiques[1]. Il a fallu des décennies à l'homme pour atteindre des énergies comparables dans les accélérateurs de particules ; c'est pourquoi, pendant longtemps, les rayons cosmiques tombant sur la Terre ont été utilisés par les physiciens des particules comme projectiles pour déchiffrer la structure interne du noyau[2]. On ne connaît pas exac-

1. Les rayons de type électromagnétique, quelle que soit leur longueur d'onde (grande = radio, moyenne = lumière, courte = rayons X), se propagent tous à la même vitesse, celle de la lumière : 300 000 kilomètres à la seconde. Les flux de particules cosmiques sont beaucoup moins rapides, mais néanmoins de l'ordre du millier de kilomètres à la seconde.

2. On faisait des expériences en haute altitude, comme au pic du Midi dans les Pyrénées. En haute altitude, parce que les

tement l'origine de ces rayons cosmiques, mais la théorie la plus répandue est celle qui voit leur origine dans l'explosion des supernovae. Les rayons cosmiques seraient projetés dans l'Univers à ce moment-là. Particules chargées électriquement, ils seraient ensuite accélérés et déviés par les champs électriques et magnétiques des étoiles comme les particules le sont dans les grands accélérateurs tel celui du CERN de Genève.

Venant de partout, de loin, d'il y a longtemps, ils sont identiques dans toutes les directions de l'espace. Ce sont donc des échantillons cosmiques intéressants. L'analyse chimique de ces rayonnements, dont le composant le plus important est l'hydrogène ionisé, autrement dit le proton, a fait apparaître une composition analogue à celle des étoiles et à peu près uniforme quelles que soient l'époque de mesure ou la direction de l'Univers d'où ils semblent provenir.

L'uniformité chimique de l'Univers proche semble donc bien établie. L'observation de la composition chimique des galaxies, des plus proches aux plus lointaines, conforte encore nos déductions. Les galaxies éloignées de nous de plusieurs milliards d'années-lumière, qui sont donc des « fossiles vivants » de très anciens moments de l'Univers, sont pauvres en éléments lourds. Plus elles sont proches de nous, plus

---

rayonnements cosmiques n'avaient pas eu le temps de « s'affaiblir » par interaction avec l'atmosphère. On soumettait donc des « cibles » de matrices à ces rayonnements et on observait les résultats. Louis Leprince-Ringuet fut en France l'un des grands promoteurs de ce type d'expérience.

la richesse des galaxies en éléments lourds augmente. Preuve que la fabrication d'éléments lourds a demandé la superposition d'épisodes multiples, chacun illuminé par des géantes rouges et bleues, des novae, des supernovae, chacun ajoutant au précédent sa semence d'éléments lourds. La fabrication des éléments chimiques lourds dans le cosmos demande du temps[1].

Nous avons ainsi complété le scénario des cycles stellaires, à la fois successifs et simultanés, au cours desquels, dans un bain continu d'hydrogène, la fabrication banale d'hélium se poursuit dans les étoiles banales de la séquence principale, et où, de temps à autre, naissent des étoiles géantes qui explosent parfois en supernovae et fabriquent alors la variété des 92 éléments chimiques que nous connaissons.

Tout cela a été brassé, mélangé, homogénéisé pendant les huit milliards d'années qui ont précédé la naissance du Soleil dans les espaces interstellaires.

Voilà donc cette matière uniforme, matrice de

---

1. Souvenons-nous : la lumière mettant du temps à nous parvenir, ce que nous voyons d'une galaxie distante de dix milliards d'années-lumière est l'état de cette galaxie il y a dix milliards d'années-lumière. C'est donc une galaxie dans son stade de jeunesse. À l'inverse, une galaxie proche, distante d'un million d'années-lumière, se montre à nous après 12 milliards d'années-lumière d'évolution, c'est donc une galaxie qui nous apparaît à un stade beaucoup plus ancien. (Quel est l'état actuel des galaxies lointaines ? Nous n'en savons rien, puisque leur message lumineux le plus rapide ne nous parviendra que dans plusieurs milliards d'années !)

base de la formation de notre système solaire. Une matière que rien ne distingue vraiment de celle qui a donné naissance aux autres étoiles proches, celles de notre Voie lactée. C'est à partir de cette matière banale que s'est différencié et formé le Soleil et, avec lui, le système solaire.

Comment, à partir d'un matériau si banal, ce système « si particulier » s'est-il construit ?

L'astronomie moderne a été pendant longtemps plus à l'aise pour élaborer un scénario relativement précis de la vie et de la mort des étoiles que pour décrire leur naissance. La raison en est assez simple : dès que l'étoile existe, elle rayonne, brille, et la lumière qu'elle émet permet en retour de l'étudier. Avant cela, avant que le réacteur nucléaire ne s'allume, c'est l'obscurité ou la faible lumière ; d'où une difficulté considérable d'observation.

Pourtant, depuis vingt ans, les observations se sont accumulées et le scénario de naissance des étoiles s'est resserré.

On sait d'abord où naissent les étoiles : dans les nuages interstellaires sombres, donc riches en poussières, dans les nébuleuses brunes jetées aux quatre coins de l'Univers par les explosions de supernovae. Comme la nébuleuse d'Orion ou celle de la Tête de cheval. De cette observation du lieu de naissance des étoiles, on a déduit une conséquence théorique importante : l'attraction gravitationnelle, pour donner naissance à une protoétoile, est beaucoup facilitée si le nuage interstellaire est riche en poussières. Les poussières augmentent en effet la densité du nuage et donc son pouvoir d'attraction et empêche un échauffement excessif du gaz qui le disperserait.

Souvent, toutefois, cette densification n'est pas suffisante pour provoquer le rassemblement du nuage. Le phénomène d'agglomération est grandement accéléré par les ondes de choc émises par les explosions de supernovae. Comme un balai, l'onde de choc rassemble la poussière et le gaz, et au front de l'onde de choc la contraction du nuage se fait beaucoup mieux.

Mais dans une galaxie, où se trouve la plus grande densité d'étoiles, donc la plus grande probabilité de supernovae ? Réponse : dans les bras spiraux de la galaxie (souvenez-vous de notre analogie avec la place Denfert-Rochereau !). On arrive donc à cette idée fondamentale que les étoiles naissent dans les nuages interstellaires denses, dans les bras de la galaxie, à proximité des explosions de supernovae. Décidément, ces supernovae sont magiques. Elles fabriquent les éléments chimiques lourds, les pulsars et les trous noirs, mais en outre elles sont à l'origine de la naissance des nouvelles étoiles ! La supernova mérite bien le qualificatif de super, comme disent les teenagers d'aujourd'hui !

La seconde série d'observations est plus directe. Cherchant à localiser où sont situées les jeunes étoiles, les bébés étoiles, les embryons étoiles dans le diagramme HR, des astronomes ont pu de proche en proche localiser une zone avec une soixantaine de candidats à l'appellation de bébé étoile, dont l'étoile type est dans la constellation du Taureau et qu'on nomme T. Tauri. On a observé cette étoile et son évolution, mais aussi d'autres étoiles comme β Pictoris. Ainsi, petit à petit a commencé à émerger un scénario cohérent. Les théoriciens ont de leur côté fait des calculs sur des scénarios possibles et ont enrichi le tableau.

Ces bébés étoiles sont des objets qui tournent (comme tous les objets cosmiques) mais dont la vitesse de rotation augmente en fonction de leur force de contraction. Ces étoiles naissantes sont entourées d'un nuage de gaz chauds, qui peu à peu prennent la forme d'un disque, avec une sphère au centre. Le comportement de ces bébés étoiles est très étrange. On voit des gaz tomber sur leur disque, en les faisant donc grossir, et des gaz se rapprocher de la sphère centrale. En même temps, cette dernière expulse violemment de la matière sous forme de jets allongés qui prennent naissance aux pôles et qui sont centrés sur l'axe de rotation. Ces étoiles n'ont pas d'activité nucléaire très intense puisqu'elles contiennent en quantité non négligeable l'élément chimique appelé lithium, qui est un élément fabriqué lors du big bang ou de réactions avec les rayons cosmiques, mais qui est un élément fragile, facilement détruit par les réactions nucléaires qui ont lieu dans les étoiles. On voit ces étoiles progressivement briller et donc se rapprocher de la séquence principale, mais cet allumage se fait avec des hauts et des bas, des pulsations – bref, la naissance n'a pas lieu sans péripéties.

Le Soleil a dû naître dans des vicissitudes analogues. Mais ce qui nous intéresse encore plus – ou au moins autant – n'est pas tant la brillance du Soleil que la manière dont les planètes, ces satellites du Soleil, sont nées. Car si 99,9 % de la masse du système solaire sont contenus dans le Soleil, celui-ci n'est pas *tout* le système solaire. Il y a aussi les neuf planètes[1] et leurs satellites, une myriade d'astéroïdes, quelques dizaines (ou centaines) de comètes, et une certaine quantité de poussière répartie dans l'espace interplanétaire.

Ce système évolue comme une véritable horlogerie suivant les lois découvertes par Johannes Kepler, qui constituèrent sans doute le premier grand succès de la science astronomique alors naissante. L'exploration spatiale et les missions envoyées vers chaque objet important de ce système nous l'ont fait beaucoup mieux connaître. Désormais, on sait par exemple que toutes les planètes géantes possèdent des anneaux formés de poussière et de petits cailloux organisés en cercles concentriques. On sait que toutes les planètes, en partant de la Terre et en allant vers l'extérieur, ont des satellites, et que les systèmes de satellites des planètes géantes forment de véritables petits systèmes solaires[2]. On connaît également mieux la com-

1. Mercure, Vénus, Terre, Mars, qui sont les planètes « internes », encore appelées telluriques, puis les planètes « externes ou géantes », Jupiter, Saturne, Neptune, Uranus, Pluton. Les planètes internes ont peu de satellites, Mercure et Vénus aucun. La Terre, un : la Lune ; Mars, deux : Phobos et Deimos. Les planètes géantes ont beaucoup de satellites.

2. Les satellites tournent autour de la planète comme les planètes tournent autour du Soleil. Lorsqu'il y a beaucoup de

position chimique des diverses planètes et de leurs satellites. Bref, l'anatomie et la physiologie du système solaire nous sont beaucoup plus familières aujourd'hui qu'il y a trente ans. Pourtant, l'observation directe par les moyens spatiaux ou astronomiques nous a relativement peu appris sur la manière dont ce système s'est formé.

Celui-ci s'est constitué en une fois. Il n'y a pas eu d'un côté la naissance du Soleil, de l'autre celle de telle ou telle planète, puis de telle autre ; le système solaire n'est pas un édifice qui se serait bâti petit à petit au fil du temps. Comme l'avait déjà bien vu Laplace, il est impossible de concevoir un mécanisme physique fait d'une superposition d'événements qui réussirait à faire tourner toutes les planètes dans le plan équatorial de la rotation solaire tout en les faisant tourner sur elles-mêmes dans le même sens (sauf Vénus et Uranus). Si l'on veut comprendre l'origine de la Terre, force nous est donc de comprendre aussi la formation du système solaire tout entier.

Depuis vingt ans, les observations astronomiques sont venues là encore apporter des informations nouvelles et précieuses sur la naissance des systèmes planétaires autour des étoiles jeunes. Comme l'avaient bien prédit Emmanuel Kant puis Pierre-Simon Laplace, les étoiles jeunes en rotation donnent naissance à un disque plat fait de gaz et de poussières qui tourne avec l'étoile. C'est dans ce

---

satellites (Jupiter, Saturne), on a l'impression de voir reproduit en plus petit le système solaire.

disque que les planètes ont pris naissance. Grâce au satellite IRAS, on a pu photographier en infrarouge un tel disque autour des étoiles Beta Pictoris, Fomalhaut ou Vega. Ces observations ont été complétées par d'autres plus précises encore faites à partir de la Terre. On a pu aussi montrer que les disques contenaient des poussières formées de silicates et de carbone, c'est-à-dire de composés chimiques qui constituent les planètes du système solaire.

Et les planètes elles-mêmes ? En a-t-on observées ? Oui, on vient d'en observer une en septembre 2004 !

Mais pour la majorité, on a déterminé leur existence autour de huit jeunes étoiles, indirectement en observant les fluctuations de la vitesse de rotation de ces dernières. En appliquant les lois de Newton-Kepler, on connaît la masse de ces planètes et le rayon de leurs orbites. Ces étoiles s'appellent Ursae Majoris 47, Pegase 51, Cancri 55, Tan Böotis, 70 Virginis, etc. Il s'agit de planètes géantes comme Jupiter ou Saturne, dont certaines sont très proches de leur étoile, d'autres, très éloignées. Il ne fait donc plus de doute aujourd'hui que le système solaire n'est pas unique ! Il existe d'autres systèmes planétaires dans l'Univers, sans doute semblables aux nôtres.

Ce qui est assez remarquable, dans les « observations » récentes de ces « exoplanètes », c'est qu'elles sont en accord avec les modèles théoriques qu'on avait pu imaginer à partir de l'unique observation de notre système solaire.

Mais pour l'instant on n'a toujours pas vu de photographies de planète. On n'en connaît ni la composition chimique, ni l'allure externe, et sa taille est calculée. Notre information reste donc astronomiquement limitée. C'est là qu'entrent en scène les pierres. Silencieuses jusque-là, elles vont peu à peu se mettre à « parler » et occuper la place de témoin principal de l'histoire que nous cherchons à reconstituer.

Les pierres auxquelles nous allons d'abord nous intéresser sont un peu particulières, puisqu'il s'agit de pierres qui tombent du ciel. Les météorites sont en effet des roches qui traversent l'atmosphère en laissant des traînées d'« étoiles filantes », puis tombent sur terre en y créant des cratères d'impact parfois gigantesques. Ce sont bien des roches formées de minéraux assemblés, semblables pour beaucoup à nos minéraux terrestres ; elles sont dures et résistantes. Nos ancêtres ont eu beaucoup de mal à admettre qu'elles tombaient du ciel, et ce simple phénomène a fait l'objet de débats animés à la fin du XVIIIe et au début du XIXe siècle. Aujourd'hui, ce débat n'est plus à l'ordre du jour, et pour collecter des météorites on organise des expéditions dans l'Antarctique, là où la neige vierge et les mouvements des glaciers rassemblent de véritables « moraines extraterrestres ».

Cet intérêt pour les météorites est suscité par deux propriétés essentielles de ces objets rocheux : *elles ont la composition chimique du Soleil et elles ont son âge*. Autrement dit, elles sont des témoins rocheux, des vestiges de la période qui a vu la naissance du système solaire. Les météorites sont donc des reliques très anciennes d'un intérêt tout à fait exceptionnel.

Cette constatation, qui s'est forgée petit à petit, est aujourd'hui un fait bien établi. Toutes les météorites n'ont pas la composition chimique solaire, mais les plus abondantes, les chondrites, l'ont à peu près. La meilleure preuve en est que les astronomes recommandent de prendre comme modèle de la composition du Soleil celle des chondrites carbonées ! L'analyse en laboratoire de ces cailloux est plus précise que celle faite à l'aide de spectrographes. Encore fallait-il se convaincre qu'il s'agissait bien de la même matière. Cette démonstration ne s'est pas faite sans accrocs. Comment admettre facilement que cette composition chimique du Soleil, que l'on a tant de mal à déterminer à l'aide de la spectrographie astronomique, puisse être fournie par la simple analyse d'une roche en laboratoire ?

Les premières comparaisons faisaient apparaître une convergence, mais il existait une différence importante : le fer. Cet élément lourd, très abondant, était apparemment beaucoup plus rare dans le Soleil. En fait, il s'agissait là d'une erreur d'expérience ! Erreur de calibration des raies spectrales du fer. Correction faite, les astronomes durent se rendre à l'évidence. La teneur en fer du Soleil était identique à celle des chondrites carbonées. De fait, aujourd'hui, à l'exception de l'hydrogène, de l'hélium et de quelques gaz très mobiles, la composition des météorites est effectivement identique à celle du Soleil. C'est bien là un témoignage de la cohérence de la composition chimique de tout le système solaire et de son homogénéité[1].

La seconde propriété fut plus longue et difficile à établir, mais il s'agit là d'un des grands succès remportés par la géologie isotopique. Je veux parler de la détermination de l'âge des météorites et du système solaire.

Déterminer l'âge des météorites grâce à la radioactivité de l'uranium traduite dans la composition isotopique du plomb est une opération techniquement très difficile, mais elle l'était encore davantage dans les années 1950 lorsque Clair Patterson s'y livra pour la première fois. Il montra que les météorites, les sédiments marins terrestres, les basaltes issus des profondeurs de la Terre avaient tous la même ancienneté : 4,55 milliards d'années. Là encore, lorsque cet âge fut affiné, les astronomes n'y crurent pas. Les observations de Hubble donnaient pour l'âge de l'Univers des chiffres voisins de deux à trois milliards d'années. La Terre ne pouvait antidater l'Univers. Pourtant, comme pour la composition du Soleil et sa teneur en fer, il fallut se rendre à l'évidence : la datation des météorites était exacte. En fait, force est de constater que, chaque fois qu'il y a eu désaccord entre les astronomes et les géo-

1. Rappelons que la composition chimique, c'est-à-dire la nature et la proportion des atomes qui la constituent, ne varie pas lorsqu'on passe de l'état gazeux à l'état liquide ou à l'état solide. La matière du Soleil est gazeuse. La matière des météorites est solide. Peu importe : ces deux objets ont des compositions voisines.

logues, ce sont ces derniers qui ont eu raison. Et, à mon avis, ce n'est pas fini ! (Affirmation biaisée par ma profession, bien sûr...)

Quatre milliards cinq cent cinquante millions d'années est l'âge de formation du système solaire. C'est l'époque où tout ce que nous avons décrit – rassemblement du nuage de gaz, démarrage du réacteur solaire, naissance des planètes – s'est produit.

Ce chiffre doit être comparé à celui donné pour l'âge du big bang : douze milliards d'années. Ce qui fait sept milliards et demi d'années d'histoire stellaire, présolaire, durant lesquelles se sont formés les éléments chimiques.

Mais revenons à nos précieux vestiges, je veux dire aux météorites. Parmi celles-ci, certaines sont encore plus précieuses que d'autres : ce sont les chondrites carbonées, météorites qui ont la composition chimique la plus proche de celle du Soleil. Leur étude va nous renseigner sur l'origine du système solaire plus que toutes les missions spatiales réunies.

Pour l'instant, nous allons concentrer notre attention sur certaines compositions isotopiques contenues dans ces météorites carbonées. Mais de quoi s'agit-il ? Nous avons employé à plusieurs reprises l'expression de géologie isotopique sans jamais définir ces termes. Nous ne pouvons continuer à évoquer les isotopes sans dire brièvement ce qu'ils sont.

Répétons ce qu'est un atome : un noyau central portant toute la masse de cet atome et entouré d'électrons. Le noyau central est composé (en première approximation) de neutrons et de protons, particules de masse à peu près égale dont seules les secondes sont chargées positivement. Dans un atome, le nombre de protons du noyau est égal au nombre d'électrons périphériques, et ce nombre (appelé numéro atomique) définit l'élément chimique dont l'atome considéré est le constituant ultime. Le carbone est l'élément chimique numéro 6, son atome a 6 électrons périphériques et 6 protons dans son noyau. Le fer est l'élément numéro 26, il contient 26 électrons périphériques et 26 protons dans son noyau.

Mais, dans ce cadre, le nombre de neutrons peut varier. L'atome de carbone peut avoir dans son noyau 6, 7 ou 8 neutrons (sa masse sera alors de 12, 13 ou 14 unités de masse). L'atome de fer peut avoir dans son noyau 28, 30, 31 ou 32 neutrons (cela donnera des atomes de fer avec des masses 54, 56, 57 et 58).

On appelle isotopes ces variétés d'atomes d'un même élément dont les masses sont différentes. Ils ont tous le même nombre d'électrons, le même nombre de protons. Ils ont tous les mêmes propriétés chimiques. Seules leurs masses les différencient. Dans la nature, lorsqu'on isole un élément chimique, c'est-à-dire qu'on sépare par exemple un gramme de carbone ou un gramme de fer, les « milliards de milliards » d'atomes qui constituent ce gramme de matière sont des mélanges de divers isotopes. En quelles proportions ? Dans des proportions presque fixes, déterminées par les processus de synthèse nucléaire dans les étoiles. Mais, autour de ces proportions fixes, il existe certaines variations. Et c'est là toute l'affaire…

Un élément chimique est donc un mélange de plusieurs isotopes. L'abondance relative de ses divers isotopes définit la *composition isotopique* de l'élément. Pour la mesurer, on utilise un instrument particulier, sorte de balance atomique que l'on appelle spectromètre de masse, qui mesure la masse des atomes. Cet instrument est extrêmement précis et peut détecter des différences aussi petites que le dix millième. Si infimes qu'elles puissent paraître, nous verrons que de telles différences sont signifiantes et extrêmement instructives.

En fait, le spectromètre de masse nous a appris autant de choses sur nos origines que le télescope, dont il n'a pourtant ni le prestige ni la célébrité. Cela viendra peut-être, et j'espère y contribuer un peu par ce livre ! Dans nos descriptions de l'évolution de la recherche scientifique, nous avons tendance à privilégier les grandes idées, les grandes synthèses, les théories embarrassantes. Quitte d'ailleurs à les décrire souvent de manière un peu trop « parfaite » et logique. En fait, nous l'avons déjà dit, les théories les plus parfaites ne sont rien sans l'épreuve des faits d'observation. Or l'observation est avant tout tributaire de l'instrument qui permet d'y procéder. Des champs entiers de la science s'ouvrent dès que l'on dispose d'un nouvel instrument pour observer.

Que serait la biologie de la cellule sans microscope ? Que serait l'étude de la matière sans rayons X ? L'astronomie sans télescope ? La physique des particules sans accélérateur ? Sans spectromètre de masse, nous ne connaîtrions pas l'âge de la Terre, pas davantage l'âge de l'apparition de l'Homme, et peu de choses sur l'origine de notre planète.

Revenons donc à nos analyses isotopiques de météorites carbonées. Grâce à elles, John Reynold d'abord puis Gerald Wasserburg, avec qui j'ai partagé le prix Crafoord, ont pu montrer qu'à l'orée de la formation du système solaire il existait parmi la matière présolaire des isotopes radioactifs de si courte période qu'aucun n'a survécu jusqu'à nous[1]. Ce sont l'iode 129, l'aluminium 26, le palladium 107, le manganèse 53 (que nous avons découvert avec Jean-Louis Birk), l'hafnium 182 et le calcium 41. Comme ils n'existent plus aujourd'hui, on les détecte grâce aux isotopes qui sont produits par leurs désintégrations et qui provoquent des anomalies dans la composition isotopique des éléments correspondants. Ce sont le xénon 129, le magné-

1. Un isotope radioactif d'un élément est un isotope dont le noyau est instable et se modifie spontanément en expulsant une particule. Ce faisant, il se transforme en un autre atome, en un isotope d'un autre élément. Le carbone 14, isotope du carbone, n'est pas stable, il se transforme par radioactivité en azote 14, isotope de l'élément azote. La radioactivité modifie donc la composition isotopique (la proportion d'isotopes) de l'élément qui se désintègre, mais aussi de l'élément produit par la radioactivité.

sium 26, l'argent 107, le chrome 53, le tungstène 182, etc.

Si des isotopes radioactifs existaient à cette époque, c'est qu'ils avaient été fabriqués peu de temps auparavant, sinon ils auraient disparu, éliminés par leur propre radioactivité avant même qu'ils puissent être incorporés dans les cristaux de météorites. Or ces éléments chimiques, ces isotopes, ont tous été fabriqués par de grosses étoiles qui ont explosé. Qu'elles soient des géantes rouges ou des supernovae.

Ils prouvent donc que peu de temps avant la formation du système solaire, dans le voisinage du nuage présolaire, des géantes rouges et des supernovae ont explosé.

Les radioactivités qu'on appelle éteintes sont ainsi la preuve de cette créativité chimique ultime qui a précédé la naissance du système solaire, de la même manière que la détection du technecium par l'astronome Merill près d'une étoile a été la preuve que les éléments chimiques étaient formés dans les étoiles. Peu de temps, avons-nous dit ? Combien de temps avant la naissance du Soleil ? La période de désintégration de l'aluminium 26 étant de un million d'années, celle du calcium 41 étant de cent quarante mille ans, cela indique une activité nucléosynthétique de trois cent mille ans au maximum avant la formation du système solaire, peut-être moins. Y a-t-il eu une seule supernova, plusieurs, y a-t-il eu aussi des étoiles géantes rouges ? Tout cela est possible et nul doute qu'une réponse nous sera donnée dans les années qui viennent.

À partir de là, un nouveau scénario prend corps. L'explosion de cette ou de ces supernovae semble avoir eu un rôle dans la formation du système solaire lui-même. Chaque explosion engendre une onde de choc. Cette onde de choc, chassant gaz et poussières devant elle, aurait été à l'origine de la coalescence du nuage de gaz destiné à devenir le Soleil. Un scénario plausible émerge peu à peu…

Il y a environ quatre milliards et demi d'années, alors qu'un grand nuage de gaz interstellaire sombre, nourri par des milliards d'années d'activité stellaire, passait dans les bras de la galaxie que nous appelons Voie lactée, là où naissent les étoiles, une ou plusieurs explosions de supernovae en ont isolé une partie, l'ont rassemblée, agglomérée, densifiée, et ont déclenché le mouvement de contraction gravitationnelle qui allait donner notre système solaire, le soleil et des planètes.

Rien d'exceptionnel dans cette naissance : la matière est de composition banale, le mécanisme sans grand mystère, le lieu où elle s'est effectuée est sans doute un lieu où sont nées des milliards d'autres étoiles.

Tout semble donc dépourvu d'originalité dans l'émergence du système solaire. À partir de là, quoi de plus naturel que d'admettre que des millions de systèmes solaires identiques aient vu le jour dans l'Univers avec leur cohorte de planètes, leur multitude de « Terres », leur multiplicité de types de vie, et, pourquoi pas, leurs milliards de petits hommes verts, jaunes ou rouges ?…

C'est le raisonnement que font certains. Appelant à la rescousse le calcul des probabilités, ils peuvent démontrer sans trop de difficulté que la vie existe ailleurs et que, sans nul doute, des êtres intelligents, semblables à nous, peuplent l'Univers.

Si la naissance du système solaire est si banale, les mêmes causes produisant les mêmes effets, pourquoi pas ?

Pourtant, rien ne permet de développer un tel raisonnement.

Dans la signification physique de nombres entiers, il y a plusieurs discontinuités fondamentales sur lesquelles les mathématiques n'insistent peut-être pas assez. Ces discontinuités sont placées entre zéro et un, entre un et deux. Avec un, l'événement existe ; avec zéro, il n'existe pas. Cette discontinuité étant bien connue, je n'y insiste pas.

Mais la différence entre un et deux est tout aussi importante. Un, c'est l'unicité, l'originalité ; deux, c'est la répétition, la duplication. Le langage ne s'y trompe pas, qui fait débuter le pluriel à deux.

Si l'on observe un jour une autre Terre, une autre forme de vie, un autre type d'être intelligent, ailleurs dans l'Univers, alors on pourra faire tous les calculs de probabilités que l'on voudra et déclarer que l'intelligence est une propriété banale de l'Univers, je serai prêt à les croire. Jusque-là, je les considérerai comme hors de propos, hors de la science.

Pour moi, ce genre de calcul est du même ordre

que celui qui consiste à évaluer la probabilité qu'un singe muni d'une palette de peintre reproduise un tableau de Sisley ou de Pissarro !

Il n'y a pas si longtemps, j'avais entendu le même type de raisonnement à propos du système solaire : la vie devait exister sur Mars, sur Triton, etc. L'exploration spatiale a mis fin à cette chimère. Seule la NASA persiste encore dans cette illusion pour obtenir du Congrès américain des crédits qu'elle gaspille dans l'absurde station spatiale ! Pour ce qui est du cosmos, dans la Voie lactée ou ailleurs, le problème est certes beaucoup moins simple. Peut-être la vie existe-t-elle ailleurs. Peut-être pas…

Nous reviendrons, mieux armés, sur cette question. Je voudrais seulement insister ici sur une confusion souvent faite par les tenants de l'uniformisation à tout prix.

Une analogie pour illustrer mon propos : les lois de la génétique humaine s'appliquent à tous les hommes et femmes ; pourtant, il n'y a pas deux individus identiques. Pourquoi n'en irait-il pas de même dans le cosmos ? Les lois sont les mêmes, la matière, semblable ; pourtant, il est possible qu'il n'existe dans l'Univers qu'un seul Soleil, qu'un seul système solaire, qu'une seule Terre porteuse de vie…

Certes, il existe d'autres planètes dans le système solaire. Certes, il existe sans doute d'autres planètes hors du système solaire. Mais, à partir de là, on ne sait rien en ce qui concerne la vie.

Nous sommes désormais bien armés pour tenter de brosser une grande fresque de l'évolution du cosmos.

L'étoile en est le personnage central. Les étoiles naissent dans les nuages interstellaires. Ces derniers sont donc peuplés de jeunes étoiles, en particulier de très grosses étoiles dont la durée de vie sera très brève, celles qui ont des masses de cinquante à cent fois celle du Soleil, qu'on appelle étoiles O ou B, qui deviendront plus tard des géantes bleues et des supernovae. Ces étoiles lumineuses éclairent violemment ces nuages de gaz et de poussières, et, par la manière dont leurs lumières sont absorbées, les couleurs qui en résultent permettent leur étude.

Une fois formées, ces étoiles évoluent en fabriquant des atomes dont la complexité et la masse dépendent de celles de l'étoile. À étoile lourde, éléments lourds. À étoile légère, éléments légers, comme l'hélium.

Ensuite, ces étoiles explosent, jetant aux quatre coins de l'Univers leurs semences chimiques fraîchement synthétisées. Ces matières interstellaires gazeuses et poussiéreuses se mélangent, donnant naissance à des nuages interstellaires. Dans ces nuages interstellaires, ou dans leur environnement proche, les explosions de supernovae vont les rassembler, les enrichir, tout en laissant derrière elles des rémanences sous forme de pulsars et de trous noirs. De nouvelles étoiles naissent et le cycle recommence.

Ainsi le ciel, l'Univers, semble être le siège d'un éternel recommencement, les cycles stellaires succèdent aux cycles stellaires, les épisodes de nucléosynthèse succèdent aux épisodes de nucléosynthèse, depuis toujours jusqu'à toujours…

Mais dans tout cela, où est l'histoire, le sens de l'histoire ?

Nous avons parlé d'un big bang, d'un début, de la formation des galaxies, d'une évolution. Or, dans la description que nous venons d'esquisser, nous avons presque occulté l'histoire.

Les premières étoiles étaient-elles identiques aux étoiles « modernes » ? Les supernovae étaient-elles plus fréquentes ? Moins fréquentes ? Et puis, dans le ciel, la séquence principale et les trajets d'entrée et de sortie de cette séquence ne décrivent pas tout. Il existe des étoiles riches en certains éléments, pauvres en d'autres. Comment expliquer dès lors la diversité du cosmos, avec les mécanismes cycliques constamment renouvelés que nous venons d'évoquer ?

Pendant longtemps, les astrophysiciens ne se sont pas beaucoup préoccupés de ces problèmes. Le physicien est un scientifique que sa formation – et presque sa méthode – éloigne des notions telles que l'histoire et la diversité. Il cherche des lois générales, les plus générales possible et éternelles, valables de tout temps. Sa quête pour la grande unification illustre bien cette démarche unificatrice, mais hélas aussi uniformisante. La variété du monde est une réalité même au niveau des particules élémentaires ! Histoire et diversité sont en revanche des notions familières aux naturalistes et aux chimistes. Et pourtant elles s'imposent aujourd'hui irrésistiblement en astronomie (comme le pensaient d'ailleurs les grands observateurs astronomiques du début du siècle, qui, tout en utilisant des instruments fondés sur la physique, étaient de véritables naturalistes).

Dès lors qu'on parle de big bang, on entre dans l'histoire. De fait, depuis vingt ans, les astronomes tentent d'écrire une histoire du cosmos, et notamment une histoire chimique. Puisque les éléments lourds, notamment le fer, ne peuvent être synthétisés que par les grosses étoiles qui explosent, on peut se demander quand a eu lieu cette synthèse des éléments lourds. Au début de l'Univers ? Mais alors le ciel de cette époque était un véritable feu d'artifice, avec des supernovae explosant partout...

On l'a pensé pendant longtemps, avec un argument « logique ». L'Univers primitif était plein d'énergie, plein de créativité, puis petit à petit il s'est affaibli, affadi.

Mais, disons-le encore une fois, les idées ne sont bonnes que lorsqu'elles sont appuyées par l'observation. Or l'observation ne nous indique pas cela !

On peut caractériser la richesse en éléments lourds d'un objet cosmique par le rapport fer/hydrogène. Le fer, symbole des éléments lourds ; l'hydrogène, l'élément le plus léger, le plus primitif.

Or, lorsqu'on étudie la variation de ce rapport en fonction de l'éloignement des galaxies, c'est-à-dire de leur âge, on constate que le rapport diminue avec l'âge. Dans les galaxies les plus anciennes, on ne trouve presque pas de fer (mille fois moins que dans le Soleil).

Les éléments lourds ne sont donc pas des produits des premiers instants de l'Univers, ils se sont formés petit à petit, tout au long de son histoire et, semble-t-il, d'une manière uniforme.

Mais cette observation, si elle résout une question, en pose aussi une autre : pourquoi les premières étoiles ne fabriquaient-elles pas de fer ? Les nuages d'hydrogène lancés dans l'espace étaient sans doute difficile à agglomérer, car leur densité était trop faible et ils s'échauffaient trop facilement. Il a probablement fallu beaucoup de temps pour qu'ils se refroidissent et se rassemblent en formant des étoiles vraisemblablement très grosses et très instables, qui explosaient avant même d'avoir fini leur cycle de vie. On peut imaginer les choses ainsi. Mais nous n'avons guère d'observations valables. Ce n'est qu'un scénario, une hypothèse de travail.

Passons à un autre aspect du problème. Si la matière s'est enrichie en fer au cours du temps, elle a pu s'agglomérer de plus en plus facilement, l'activité stellaire s'est donc sans doute accélérée. En même temps, si les nuages interstellaires se compactent facilement, parce que leur densité est élevée, la formation d'étoiles petites devient privilégiée, par conséquent la proportion de supernovae diminue... Évolutions... Évolutions...

Le big bang assemble les premiers éléments de matière. Une matière très primitive, réduite à l'hydrogène et à un peu d'hélium. De ce nuage d'atomes projetés violemment dans toutes les directions de l'Univers naîtront les galaxies et les étoiles. L'Univers va ainsi s'auto-organiser, se structurer. Des formes, des objets vont émerger au cœur de cette organisation cosmique ; l'objet essentiel en sera l'étoile. L'étoile, résultat de l'organisation de l'Univers, va à son tour l'enrichir par son activité créatrice propre. Elle va créer la panoplie atomique, c'est-à-dire la panoplie chimique. À partir de deux types d'atomes primitifs, hydrogène et hélium, l'activité stellaire va générer la diversité : 92 éléments chimiques. À partir de là, les combinaisons d'atomes 2 à 2, 3 à 3, 4 à 4..., *n* à *n*, vont donner naissance à l'infinie variété du monde.

Molécules et cristaux, qu'ils apparaissent sous forme liquide, solide ou gazeuse, sont formés de milliers de combinaisons d'atomes. La chimie rend compte de cette variété, et de la naissance des formes et des couleurs. La vie et la mort des étoiles n'est qu'un épisode parmi d'autres dans la grande construction de systèmes multiples dont notre système solaire n'est qu'un parmi des milliards.

Trente milliards d'étoiles, et nous, et nous, et nous ?...

D'un nuage gris, uniforme, diffus, dispersé aux quatre coins de l'Univers, s'est différencié un système formé d'étoiles colorées. Dans cette immensité, nous ne sommes rien, nous qui pensons être tout... L'homme n'est pas le centre de l'Univers, il n'est qu'une simple poussière d'étoile.

Cette diversité, cette variété du monde cosmique est née de trois facteurs essentiels :

• la masse des objets, quels qu'ils soient, est déterminante car de la masse dépend la manière dont les forces de gravitation vont agir ;

• l'histoire, car c'est elle qui détermine la richesse chimique et qui va donc décider du scénario nucléosynthétique qui s'applique dans la formation des éléments ;

• enfin, et c'est sans doute curieux, la « sociabilité » des objets cosmiques. En effet, ces objets cosmiques sont tantôt célibataires, isolés dans l'Univers, tantôt se marient à deux dans des configurations diverses : étoiles doubles, pulsar et étoile, naine blanche et étoile géante, trou noir et géante rouge ou bleue. Les mariages donnent lieu à des échanges de matière intenses, matières qui deviennent des semences, mais aussi à des dissipations d'énergie qui sont la source de violentes émissions d'ondes radio, de rayons X mais aussi de matière, de particules, de gaz et de poussières.

Mais les couples, aussi importants soient-ils, ne forment pas à eux seuls une société. Pour cela, les étoiles s'assemblent en familles, en tribus et finalement en galaxies. Tout cela avec des formes et selon des modalités variées.

Nous retrouvons bien là l'histoire naturelle, ses aléas, ses lois, mais aussi sa contingence. La contingence, clé de l'histoire des hommes et de l'histoire naturelle…

CHAPITRE VI

Poussières d'étoiles

L'histoire stellaire a fabriqué la matière ; plus exactement, à partir de la matière primitive d'hydrogène et d'hélium, elle a créé la variété que constituent les 92 éléments chimiques qui composent l'Univers.

Cette matière chimique, produite par les étoiles, a été dispersée dans l'Univers sous forme d'atomes isolés, de gaz atomique extrêmement dilué : un à dix atomes par mètre cube, dix fois plus peut-être. Ce n'est pas grand-chose quand on songe qu'un mètre cube d'air à la pression atmosphérique contient 5.10^{25} atomes !

Comment ce gaz d'atomes si dilué, si évanescent, va-t-il donner naissance à ces planètes solides où sont concentrés tant et tant d'atomes ? À ces roches si dures et si compactes qui constituent notre sous-sol ? Songeons que pour fabriquer un gramme d'eau il faudrait rassembler plus de mille milliards de milliards d'atomes dispersés dans mille milliards de kilomètres cubes d'espace interstellaire ! Par quel mécanisme a-t-on obtenu une si impressionnante concentration de matière cosmique ?

Dans ce passage entre gaz cosmique dilué et solides planétaires concentrés, distinguons par la pensée deux étapes : le passage du gaz au solide, d'une part, qui peut se concevoir comme la fabrication de grains de poussière cosmique ; le rassemblement de la poussière cosmique en solide compact pouvant atteindre la taille d'une planète, d'autre part.

Au premier processus, on donne le nom de *condensation*. Au second, celui d'*accrétion*. On parle de la *condensation* du gaz cosmique comme on parle de l'*accrétion* des planètes.

Dans la vie courante, nous référant à la physique élémentaire apprise au lycée, nous avons l'impression que le passage de l'état gazeux à l'état solide s'opère toujours par l'intermédiaire de l'état liquide. Lorsqu'on recouvre une casserole d'eau bouillante avec une assiette froide, ce sont bien des gouttes d'eau liquide qui se condensent sur l'assiette, comme c'est bien du liquide qui ruisselle sur le corps des adeptes du sauna.

Pourtant, dans l'Univers, il n'en va pas de même. Lorsque la pression est très faible, lorsqu'il n'y a que quelques centaines de molécules ou d'atomes par mètre cube, la condensation du gaz peut se faire directement sous forme solide. Ainsi prépare-t-on en laboratoire certains composés ultrapurs d'aluminium ou de titane. Ainsi en va-t-il dans le cosmos.

Le gaz cosmique donne naissance à des poussières, et c'est l'agglomération de ces poussières qui donne naissance aux planètes.

L'existence de poussières au milieu des nuages de gaz interstellaires n'est pas une simple déduction de l'esprit, elle est attestée par les observations faites par les astronomes depuis longtemps mais que des études modernes ont permis de préciser avec une grand luxe de détails. On sait qu'il y a là des particules de glace, des silicates, des oxydes de fer, du carbone. On sait que certains nuages interstellaires sont particulièrement riches en poussières, etc. Le passage gaz-poussière est bien un phénomène cosmique.

À partir de là, comment ce matériau s'est-il retrouvé un beau jour à l'état de planète ?

Nous allons commencer par exposer le scénario dit de la nébuleuse protosolaire chaude. Ce scénario a dominé pendant vingt ans toute la démarche des scientifiques qui s'occupent de ces questions.

Comme nous l'avons dit, chacun s'accorde à voir la formation d'une étoile comme le résultat de l'attraction gravitationnelle d'un nuage de gaz interstellaire. Le jeune Soleil n'a pas échappé à ce scénario. Le nuage, en se rassemblant, en se contractant, s'est sans doute échauffé pour finir par atteindre en son centre les températures propres à allumer le feu nucléaire. Ce mouvement de contraction, sans doute accompagné d'un mouvement de rotation [1], a

1. Comme nous l'avons dit à propos des galaxies, les objets

donné naissance à un disque renflé en son centre, un peu comme un de ces casques légèrement bombés que portaient certains soldats de la Renaissance.

Le processus s'accélérant, l'évolution du disque a tendu à se dissocier de celle du cœur. Alors que le cœur sphérique s'échauffait de plus en plus et allait entrer dans son épopée stellaire, atteignant des températures se mesurant en millions de degrés, déclenchant la fusion des atomes d'hydrogène et, par là, la synthèse de nouveaux noyaux d'hélium, le disque, de plus en plus plat, de plus en plus mince, commençait à se refroidir et à s'étaler. La chaleur perdue par radiation n'était pas compensée par celle née de la contraction gravitationnelle et des chocs moléculaires qu'elle engendrait. Ce refroidissement régulier du gaz protosolaire a dû logiquement conduire à la condensation des gaz en espèces solides. En effet, lorsque la température de condensation des divers composés a été atteinte, ces derniers ont commencé à se former, prenant appui souvent sur les quelques poussières interstellaires qui avaient survécu à l'épisode torride de la contraction gravitationnelle protosolaire. Ainsi, le nuage protosolaire essentiellement gazeux est devenu fortement chargé en poussières solides.

Naturellement, avec le temps, la température a dû décroître d'autant plus vite que l'on était plus éloi-

cosmiques tournent tous sur eux-mêmes, que ce soient les galaxies, les étoiles ou les planètes. La cause ultime en est le big bang et la distribution hétérogène de vitesse.

gné du foyer solaire central en cours d'allumage. Les régions situées vers Neptune et Pluton ont dû se refroidir plus vite que celles qui avoisinaient le Soleil, par exemple la zone où se trouve aujourd'hui Mercure.

Dans un tel scénario, la logique de formation de notre système solaire trouve une explication. Comme nous l'avons dit, Laplace avait fort justement remarqué que l'existence de planètes situées toutes dans un même plan, tournant toutes dans un même mouvement autour du Soleil, impliquait une seule et même origine. Aucune série d'événements fortuits successifs n'aurait été capable de construire une telle harmonie, si bien décrite par les lois de Kepler.

Dans ce disque tournant dont on peut imaginer l'organisation en anneaux – un peu semblables à ceux de Saturne ou de Jupiter –, l'agglutination d'un anneau de poussière en une grosse boule a donné naissance aux diverses planètes. La rotation du disque s'est transmise aux planètes, qui tournent à la fois sur elles-mêmes et autour du centre.

Cette théorie permet non seulement d'expliquer l'horlogerie planétaire, mais aussi de bâtir une logique chimique du système solaire. En effet, comme l'a fait remarquer Harold Urey dans un livre qui marque une discontinuité dans les études planétologiques[1], la chimie du système solaire est tout aussi importante à comprendre que sa mécanique. C'est la chimie qui introduit la diversité, la variété. Sans chimie, toutes

1. H. Urey, *The Planets*, Oxford University Press, 1958.

les planètes seraient identiques. Or, l'exploration spatiale nous l'a confirmé, chaque planète, chaque satellite est unique. Pourtant, ces originalités multiples se comprennent dans une logique d'ensemble dont l'un des paramètres est la distance par rapport au Soleil. Cette logique trouve une explication simple dans le modèle de la nébuleuse protosolaire chaude.

Éloignons-nous progressivement du Soleil. Nous rencontrons d'abord Mercure, avec sa densité proche de celle du fer natif, sans atmosphère, à la surface pelée et cratérisée comme une vieille pomme rabougrie, désertique.

Plus éloignée du feu central, Vénus, dont la densité est voisine de celle de la Terre, entourée d'une atmosphère épaisse et torride mais composée surtout de gaz carbonique et où manque le composé essentiel de la Terre, l'eau, et donc l'hydrogène qu'elle contient.

En s'éloignant toujours, la Terre, planète rocheuse entourée d'une atmosphère ténue, mais recouverte de l'ample réservoir d'eau que sont les océans.

Plus loin, Mars, dont la composition est toujours celle d'une planète rocheuse, mais dont la densité moyenne est inférieure à celle de la Terre, entourée d'une atmosphère vaporeuse, surtout carbonique, avec une calotte polaire emprisonnant l'eau qui est, ici aussi, présente.

Puis un grand intervalle d'espace libre. Entre Mars

et Jupiter, il n'existe aucune planète véritable, mais une myriade d'objets pierreux que l'on appelle astéroïdes et qui tournent eux aussi autour du Soleil tout en se cognant les uns contre les autres. Cette distribution d'objets rocheux de tailles variables, allant de petites lunes à des cailloux gros comme le poing, tournant autour du Soleil sur des orbites voisines, a été appelée par analogie la « ceinture d'astéroïdes ».

En s'éloignant encore du Soleil, lorsqu'on atteint cinq unités astronomiques, c'est-à-dire cinq fois la distance Terre-Soleil, apparaît Jupiter, la plus grosse des planètes, la plus majestueuse.

Nous avons quitté le domaine des planètes telluriques, ou planètes internes, où domine la roche dure et dont l'atmosphère n'est qu'une enveloppe légère. Avec Jupiter, nous avons affaire à un tout autre objet. Si le cœur de pierre existe peut-être, il est solidement enfoui au centre invisible, inconnu ; la composition externe est tout autre : y dominent sous forme de glace hélium, ammoniac, méthane et hydrogène. Tournant autour de cette énorme masse de roche, de glace et de gaz, des anneaux faits de débris et de poussières, puis, plus loin, les satellites, sortes de miniplanètes, nombreux, régulièrement espacés, reconstituant en réduction un autre système solaire. La densité de cette planète est faible, ses constituants se rapprochent de ceux du Soleil.

En s'éloignant encore plus loin « vers l'infini », c'est-à-dire les espaces intersidéraux, on rencontre Saturne, dont les anneaux ont été découverts il y a longtemps, puis Uranus, Neptune et Pluton. Toutes ces planètes ont été approchées aujourd'hui grâce aux sondes spatiales. Toutes ont été photographiées « de près ». Toutes ressemblent à Jupiter, en moins massives. Toutes sont pourvues d'anneaux et de satellites. Toutes ont des compositions chimiques « légères », formées d'éléments qui, à température et pression ordinaires, sont gazeux. On connaît en gros les compositions chimiques des satellites glacés comme Encelade ou Mimas, ou soufrés comme Io, ou complexes et riches en composés chimiques de type hydrocarbure comme Triton[1]...

Pour comprendre cette zonation chimique, faisons l'exercice théorique suivant. Considérons un gaz de composition solaire et refroidissons-le. À chaque palier de température, on peut calculer à l'aide de formules simples quels sont les composés chimiques qui se condensent, se forment à l'état solide. On obtient ainsi une séquence température après température, composé après composé.

Que nous apprend cet exercice théorique ?

À 1 700 degrés Kelvin, les premiers composés à se condenser à l'état solide sont des oxydes d'aluminium et de titane. Ces types d'oxydes sont très connus dans l'industrie, où on les utilise pour les revêtements des fours ou pour protéger les produits fabriqués à haute température. Ce sont des sortes de céramiques.

---

1. Les satellites de Jupiter sont au nombre de seize ; les principaux s'appellent Io, Europa, Ganymède, Callisto. Ceux de Saturne sont au nombre de vingt ; les plus célèbres sont Mimas, Encelade, Téthys, Rhéa, Titan. Ceux d'Uranus sont au nombre de quinze, ceux de Neptune de trois.

Abaissons la température du gaz. À 1 500 degrés Kelvin se condense le fer natif, le fer métallique, que nous connaissons bien. Allié avec un peu de nickel, il est néanmoins relativement pur. Est-ce si surprenant ? Non, si l'on se souvient de deux données importantes : premièrement, le fer est l'un des éléments les plus abondants dans l'Univers ; en second lieu, on est dans une atmosphère réductrice riche en hydrogène. Le fer ne peut donc pas se lier à l'oxygène pour donner des oxydes, comme à la surface de la Terre.

Abaissons encore la température. Apparaissent alors les minéraux silicates, ceux que nous rencontrons le plus fréquemment dans nos roches terrestres : olivine, pyroxènes et feldspaths.

Les éléments plus abondants, comme l'hydrogène, l'hélium, le carbone, l'azote, demeurent à l'état gazeux.

Si l'on abaisse encore la température, vont apparaître deux sortes de composés : ceux qui contiennent du soufre, ceux qui contiennent de l'eau. Ce seront les sulfures de fer et les minéraux que l'on range dans la famille des argiles, qui sont, sur la Terre, caractéristiques de la surface. Dans cette séquence, ils sont sans doute le résultat de la réaction de l'eau gazeuse avec les silicates solides.

Abaissons encore la température. Nous atteignons 0 degré centigrade. Nul ne s'étonnera qu'à cette température l'eau se condense en glace.

Dépassons vers le bas ce zéro qui n'est pas absolu.

Nous voyons apparaître dans le « condensat » l'ammoniac d'abord, le méthane ensuite, puis l'hélium et l'hydrogène. Tous à l'état solide.

À partir de là, un scénario intéressant peut être construit.

Imaginons que nous soyons dans la première « banlieue » du Soleil au moment où le gaz protosolaire se condense. La proximité du Soleil confère au disque une température importante. Seuls les oxydes d'aluminium, le fer natif – le plus abondant – et quelques silicates se condensent. Leurs agglomérations donneront naissance à Mercure, une planète « lourde », plus exactement dense, riche en fer, sans atmosphère.

Quand on s'éloigne du Soleil, la température ambiante baisse. Aux produits précédents s'ajoutent en abondance les silicates. En s'accrétant, ces matériaux donneront naissance à la planète Vénus. Une précision supplémentaire, toutefois : en s'agglomérant, ces premiers solides ont emprisonné un peu de gaz de l'atmosphère primitive, gaz carbonique et azote. L'échauffement produit par la compaction de la planète les libérera ultérieurement. Voilà expliquée l'atmosphère vénusienne.

Le scénario sera à peu près le même pour la Terre, à un petit détail près : l'eau. La température étant encore plus basse, des minéraux porteurs d'eau ont pu se condenser, puis, avec les autres matériaux, s'agglomérer pour donner naissance à notre planète favorite. Lorsque, avec les autres gaz emprisonnés, l'eau sera expulsée vers la surface, l'océan pourra se former[1].

Pour Mars, le scénario reste le même, si ce n'est qu'argile et soufre sont plus abondants et que la densité du solide diminue donc.

Après avoir franchi la ceinture des astéroïdes, nous atteignons, en nous éloignant de plus en plus du Soleil, une zone où, même à l'époque de la condensation, régnait une température froide. Tous les composés chimiques se sont condensés, ou presque : fer natif, silicate, argile, mais aussi l'eau, l'ammoniac, le méthane, l'hélium. Nous avons là les planètes lointaines dont la composition va correspondre aux composés les plus froids de la séquence de condensation. Comme tout se condense, il n'y a guère de variations de composition entre les planètes géantes, quelle que soit leur taille[2].

Comme on le voit, le modèle de la nébuleuse protosolaire explique bien la zonation chimique des planètes. À une zonation thermique du disque protosolaire a correspondu une zonation chimique décli-

1. Telle est la théorie « officielle ». En fait, la raison de l'abondance exceptionnelle de l'eau sur Terre est mal expliquée. Certes, l'existence de minéraux ayant de l'eau dans leur constitution est une explication, mais ces minéraux existent sur Mars. Pourquoi la Terre est-elle si riche en eau par rapport à Mars ? Serait-ce parce que l'activité interne de Mars est plus faible et que l'eau y est restée enfouie à l'intérieur ?

2. Dans cette théorie, on n'explique pas bien pourquoi les planètes lointaines sont plus volumineuses que les planètes internes.

nant les uns après les autres les termes de la séquence de condensation du gaz protosolaire en composés solides.

En fait, des spécialistes comme John Lewis, alors professeur au MIT, avaient poussé cette théorie très loin, raffinant les calculs ici, introduisant une variation thermique là, pour expliquer la composition des satellites, réussissant au total à donner une explication presque parfaite des diverses observations chimiques que l'on possédait sur les planètes.

Cette théorie, déjà fort élégante, allait connaître son apothéose vers 1970.

L'étude détaillée des météorites carbonées, dont la composition chimique est proche de celle du Soleil, en particulier de la météorite qui est tombée près du petit village d'Allende, au Mexique, le 8 février 1969, à quelques centaines de kilomètres du centre spatial de Houston, au moment même où l'étude des échantillons lunaires battait son plein, a permis une découverte capitale.

On y relève en effet l'existence des oxydes réfractaires d'aluminium et de titane prédits par la théorie comme étant les premiers produits de condensation. Ils sont à l'état de petits minéraux, eux-mêmes entourés parfois de fer natif, le tout enveloppé de silicates plus ordinaires comme l'olivine ou les pyroxènes. Dans ces météorites, objets rocheux dont nous savons qu'ils sont les vestiges rocheux d'époques où le système solaire s'est formé, nous avons bien là, sous le microscope, la preuve de la réalité de la fameuse séquence de condensation oxydes d'aluminium-fer-silicates... La publicité intelligente que Larry Grosman a su donner à cette découverte à laquelle il a participé activement a convaincu la communauté scientifique de l'authenticité des observations microscopiques faites sur la météorite d'Allende.

D'autant que ces observations constituaient le complément d'une explication générale de la variété chimique des météorites qu'avait développée Ed Anders, professeur à Chicago, à partir de la théorie de la nébuleuse chaude. Si un certain nombre de météorites, et notamment les carbonées, ont des compositions chimiques proches de celle du Soleil, la majorité s'en écartent pour nombre d'éléments. Regardant de plus près la nature de ces « déviations », Anders a constaté qu'il s'agissait d'éléments dits « volatils », c'est-à-dire qui, sous l'effet de la température, se vaporisent aisément, ou, ce qui revient au même, ne se condensent pas facilement. Ainsi a-t-on coutume de dire que les météorites sont, à des degrés divers, plus ou moins riches en volatils. Pour Anders, cet enrichissement est lié au lieu où elles se sont formées. Celles qui se sont agglomérées très loin du Soleil sont riches en éléments chimiques volatils, celles qui se sont agglomérées dans une plus grande proximité en sont plus pauvres. En somme, Anders explique la variété chimique des météorites comme Lewis explique la variété chimique des planètes. La structure thermique détermine les compositions chimiques.

Avouons que le modèle de la nébuleuse chaude a

beaucoup d'arguments en sa faveur. Il explique la variété chimique des planètes, des météorites, et – test ultime pour une théorie scientifique – il a été capable de prédire l'existence des oxydes naturels d'aluminium et de titane.

Dans les années 1970, nous étions tous persuadés d'avoir découvert l'une des grandes clefs de nos origines. Je me souviens d'une école d'été que nous avions organisée avec Stan Hart à Cargèse, en Corse, en juillet 1973, sur l'origine du système solaire. John Lewis, vedette incontestée de l'école, expliquait à de jeunes étudiants de troisième cycle venus du monde entier les subtilités du modèle de la nébuleuse chaude, et ce qui restait encore à préciser – des détails – pour parachever l'œuvre.

Cette théorie, qui triomphait au moment même où l'exploration lunaire battait son plein, où la NASA planifiait des missions ambitieuses sur Mars, Vénus, Mercure ou Jupiter, apparaissait du même coup comme la justification et le support théorique de tous ces efforts.

La science conquérante était arrivée à une étape décisive. Bref, tout allait pour le mieux dans le monde de la planétologie renaissante…

Pourtant, en quelques années, tout ce beau scénario, toute cette belle théorie, toute cette logique va s'effondrer, mise à mal par des observations qu'on aurait pu croire secondaires, voire insignifiantes. Les isotopes, mais aussi les observations astronomiques, vont encore une fois jouer les premiers rôles dans ce « drame » de la connaissance…

Robert Clayton est un spécialiste des isotopes de l'oxygène. Il mesure dans les objets naturels contenant de l'oxygène – que ce soit l'eau, les silicates, constituants essentiels des roches, ou l'air – la proportion des divers isotopes de masse 16, 17, 18[1]. Les très petites variations qu'il observe naturellement sont liées à des effets spéciaux bien répertoriés, bien connus, à partir desquels il reconstitue les mécanismes naturels qui ont donné naissance dans le passé aux divers « objets » qu'il étudie.

Étudiant par la même méthode les météorites, ces pierres qui tombent du ciel, témoins de l'époque où se formèrent le Soleil et les planètes, il fait soudain une constatation qui le trouble. Les variations d'abondance de l'isotope O17 sont anormales par rapport à tout ce qu'il a étudié jusque-là. Non seulement elles sont beaucoup plus importantes, mais elles ne suivent pas, contrairement à l'habitude, les variations de l'autre « petit isotope », O18.

Répertoriant et classant ce qu'il appelle bientôt des anomalies, il constate que l'abondance de O17-O18 (relative à l'isotope abondant O16) constitue pour chaque objet météoritique une signature caractéristique. Les diverses catégories de météorites, classées selon leur composition chimique et notam-

---

1. L'oxygène 16 a 8 protons, 8 neutrons dans son noyau. L'oxygène 17 a 8 protons, 9 neutrons. L'oxygène 18 a 8 protons, 10 neutrons.

ment leur teneur en fer, ont chacune une signature isotopique. Les roches terrestres, mais aussi l'eau terrestre, ont également une signature isotopique originale, distincte de toutes celles des météoritiques. Cette typologie isotopique des objets météoritiques amène à une conclusion.

La composition isotopique des divers objets planétaires du système solaire n'est pas identique. La *composition isotopique du système solaire est hétérogène*. C'est là une véritable bombe, car, jusqu'à la découverte de Clayton, on pensait exactement le contraire. Rappelons-nous que tous les isotopes d'un même élément chimique, l'oxygène par exemple, ne diffèrent que par le nombre de neutrons que contient leur noyau, le reste étant identique. Ils se comportent donc chimiquement de la même manière. Si, à partir d'un même stock de matière, d'un même réservoir, on isole un minéral, un gaz ou un liquide, ceux-ci auront tous la même composition isotopique – par exemple, la même proportion de O17 et O18 – que le réservoir dont ils sont issus.

Si tous les objets solides, rocheux, du système solaire dérivent de la condensation de la nébuleuse solaire chaude, bien mélangée et homogène, ils devraient avoir la même composition isotopique, notamment en oxygène. Or il n'en est rien.

Bien plus, Clayton, disséquant une même météorite en ses divers minéraux constituants, constate qu'eux non plus n'ont pas la même signature isotopique. L'hétérogénéité se manifeste à l'échelle d'une même roche, à l'échelle de quelques centimètres. Comment est-ce possible ?

Pour comprendre les implications d'un tel résultat, il faut revenir un peu sur l'idée que l'on se faisait de la nébuleuse protosolaire chaude.

On imaginait un nuage aplati de gaz, chaud, tournant sur lui-même, animé de violents mouvements, de courants, de tourbillons, de vents. Une sorte d'atmosphère plate, géante. Tous les calculs comme les expériences de laboratoire affirmaient qu'un tel milieu était bien mélangé, donc isotopiquement homogène. Certes, il pouvait être çà et là plus ou moins chaud, plus ou moins riche en tel ou tel élément chimique, mais, pour ce qui était de la composition isotopique de l'oxygène, celle-ci devait être identique au centre, au bord, partout. Comment une telle nébuleuse chaude aurait-elle pu fabriquer par condensation des objets isotopiquement différents ? Impossible ! répondaient les règles de la physico-chimie alliées à celles de la dynamique des fluides.

D'autant que les mesures isotopiques se multipliant, on a pu montrer que l'hétérogénéité isotopique n'était pas une exclusivité de l'oxygène, mais qu'elle était vraie pour beaucoup d'éléments chimiques plus lourds que l'oxygène.

Les atomes étant synthétisés dans les étoiles, les variations isotopiques observées témoignent que les éléments chimiques qui constituent les objets solides du système solaire ont été synthétisés dans des étoiles différentes, suivant des processus différents, donc des proportions d'isotopes différents.

Après cette synthèse à plusieurs origines, l'homogénéisation n'a pas eu le temps de se faire. Cette simple constatation appuie l'idée d'un laps de temps bref entre la synthèse nucléaire, la formation des grains solides et leur incorporation dans les objets rocheux.

Passons les étapes et les raisonnements qui ont permis de bâtir un nouveau scénario, car ils ne sont pas simples et impliquent beaucoup d'arguments techniques.

On imagine que la majorité des grains solides qui sont à l'origine des planètes sont arrivés dans le disque entourant le Soleil déjà à l'état solide, autrement dit se sont condensés à partir d'un gaz, non pas dans la nébuleuse solaire, *mais ailleurs et avant.*

Ailleurs ? Sans doute dans les enveloppes de quelque supernova ou de géantes rouges ou bleues. Là, dans un milieu gazeux, les éléments chimiques fraîchement synthétisés par l'étoile géante se sont combinés et, le refroidissement de l'enveloppe aidant, ont donné des minéraux, des poussières de minéraux dont la composition isotopique était celle que venait de synthétiser ou de modifier l'étoile. La densité de matière, augmentée encore par l'onde de choc chassant la matière devant elle, était suffisante pour permettre la formation de grains solides. Le rôle de ces ondes de choc de supernovae est peut-être plus important encore, puisque, nous l'avons vu, pour certains – comme David Schramm –, c'est cette onde de choc qui aurait initié le processus de rassemblement de la nébuleuse solaire. En somme, c'est elle qui aurait été à l'origine du système solaire en concentrant un nuage de gaz dilué, mais chargé de poussière, jusqu'à déclencher son agglomération par gravité.

Ce nouveau scénario, dit de la nébuleuse froide, est conforté par des observations astronomiques dans le domaine infrarouge et millimétrique, notamment grâce au programme IRAS.

Les étoiles en cours de formation, comme Beta Pictoris ou HL Tauri, présentent des disques planétaires, mais ces disques sont froids. Le « scénario froid » semble donc l'emporter puisque les observations isotopiques faites sur les météorites sont en accord avec les observations astronomiques.

Pour le compléter, le rendre aussi convaincant que le précédent, reste cependant à expliquer la zonation chimique des planètes en fonction de leur distance par rapport au Soleil et les différences de teneurs en éléments volatils des météorites.

On fait encore appel au Soleil comme source de chaleur, mais d'une autre manière. Le Soleil naissant, ressemblant à une étoile T-Tauri, aurait été particulièrement actif, tumultueux et très chaud. Il aurait émis des quantités considérables de rayons lumineux et de particules, dégageant aussi un supervent solaire, un souffle chaud et ardent. Ce Soleil ardent aurait brûlé, comme un superchalumeau, tout ce qui l'entourait. Les matières solides auraient été partiellement vaporisées ; seuls les matériaux réfractaires auraient résisté. Les gaz auraient été chassés vers l'extérieur. Le rôle du chalumeau aurait été d'autant plus fort que la matière était plus proche de l'astre naissant.

Mercure y aurait perdu toute atmosphère et beaucoup de silicates. Vénus, la Terre et Mars auraient été privées de toute atmosphère primitive, mais quelques gaz (dont de l'eau) seraient demeurés piégés avec les poussières, gaz qui, ultérieurement relâchés, auraient formé les atmosphères et l'océan terrestre.

Jupiter, à l'inverse, aurait été la grande bénéficiaire. Elle aurait récupéré tous les gaz chassés de la zone intérieure et serait devenue par là la planète la plus grosse. Saturne serait, à un degré moindre, dans le même cas.

Ainsi, toute la séquence chère à Lewis pourrait être utilisée, mais « à l'envers ». Au lieu d'une séquence de condensation en fonction de la température, il s'agirait d'une séquence de non-volatilisation, de résistance à la chaleur.

Pour les météorites, même explication : celles qui ont subi la cuisson du rayonnement solaire ont été plus « dévolatilisées » que d'autres.

Comme dans la théorie de la nébuleuse chaude, la distance héliocentrique détermine tout.

Quant aux observations microscopiques faites sur Allende, elles s'expliquent de manière inverse. Les oxydes riches en aluminium et en titane, ceux qui sont stables à haute température, sont non pas des précurseurs, mais des résidus résistants. Ils ont résisté au feu torride de l'enfant Soleil. L'on se souvient ici fort à propos d'un argumentaire du minéralogiste viennois Kurat, qui avait osé contredire Grosmann et, dès les années 1970, avait avancé que les textures des roches observées au microscope évoquaient plus un réchauffement secondaire qu'une condensation. Nul ne l'avait alors écouté, car ses observations égratignaient une belle théorie !

Mais avec les progrès de la science, la théorie de la nébuleuse froide va être à son tour critiquée.

D'abord à partir des observations isotopiques elles-mêmes, qui l'avaient fait émerger.

Poussant plus loin l'analyse fine des météorites carbonées, analysant des grains de plus en plus petits, Ed Anders, alors à l'université de Chicago, puis Ed Zinner à Saint Louis (Missouri) et l'inévitable Jerry Wasserberg, au Caltech, ont découvert que certains de ces grains avaient des compositions isotopiques vraiment extraordinaires. Clayton voyait des variations de quelques millièmes dans la composition isotopique de l'oxygène, on découvre alors des variations de 300 % ! Pour les gaz rares, c'est plus impressionnant encore puisque les compositions isotopiques de ces grains ont une facture, une signature totalement originale, inconnue dans aucune matière terrestre ou extraterrestre. Mais ces compositions, tout à fait exotiques pour le système solaire, deviennent « familières » si on considère comme référence l'espace interstellaire ou les scénarios variés de nucléosynthèse que nous avons évoqués. Les compositions étranges des grains « exotiques » des météorites ressemblent aux compositions détectées dans le cosmos ou calculées par le scénario de nucléosynthèse.

Mais alors, comment interpréter les compositions mesurées dans les météorites ? En admettant que les compositions isotopiques « extraordinaires » sont diluées dans un fond plus homogène qui est la composition moyenne de la nébuleuse solaire. L'hétérogénéité serait alors non pas générale mais exceptionnelle. L'homogénéité serait la règle, avec quelques anomalies, mais tellement énormes, qu'on en détecte la présence même lorsqu'elles sont minoritaires et diluées dans une pâte homogène.

En fait, l'inventaire montre que ces grains interstellaires anormaux ne représentent que quelques millièmes de la masse de la météorite.

De là à penser que la nébuleuse était « presque totalement » homogénéisée, il n'y a qu'un pas. Et, avec cette pensée, le scénario de la nébuleuse chaude revient.

L'astronomie arrive alors à la rescousse. Des observations nouvelles, notamment celles faites avec le télescope spatial Hubble, montrent que certaines étoiles en formation sont entourées de nuages de gaz *chauds*, très chauds même, y compris β Pictoris. Les théoriciens qui modélisent ces observations recommencent à parler de refroidissement de condensation interne à la nébuleuse présolaire, mais cette fois avec un refroidissement très rapide et une action du Soleil inverse de ce qu'on croyait. Le Soleil naissant attirerait vers lui la nébuleuse solaire, et notamment tout ce qui est à l'état de gaz ou de petites particules. Lorsque les particules sont agglomérées pour donner des roches ou des protoplanètes, elles ne sont pas englouties par l'enfant Soleil.

Quant au vent solaire T. Tauri, on s'aperçoit que sa partie la plus importante se développe aux pôles de l'étoile et non pas dans le plan du disque. L'observation de détail de certaines météorites montre qu'il existe plusieurs épisodes de fusion et condensation.

Ainsi, un troisième scénario commence à émerger. Les années 1970 étaient celles de la nébuleuse chaude, les années 1990 ont été imprégnées par le scénario de la nébuleuse froide. Le début du XXIe siècle verra éclore un nouveau scénario, qui emprunte un peu aux deux précédents, mais qui a sa propre logique. Nul doute que les observations astronomiques des étoiles en cours de formation vont encore s'améliorer et permettront de préciser ce scénario dans l'avenir. Les travaux de l'équipe française d'Alfred Vidal-Madjar sont particulièrement prometteurs.

Nous voici au terme de notre quête. Les poussières qui vont donner naissance aux planètes, rassemblées dans le disque présolaire, sont des mélanges, certaines sont d'origine interstellaire, d'autres sont le résultat de la condensation des gaz de la nébuleuse solaire.

Au scénario de la naissance dans une soupe primordiale homogène et chaude s'est substitué un scénario qui fait une place à l'hétérogénéité, à l'héritage, aux contributions multiples, dans un environnement qui a évolué très vite et dont on est encore en train de reconstituer l'histoire exacte. Cela se passait il y a 4 567 millions d'années exactement. (Nous dirons plus loin pourquoi nous pouvons fixer cette date avec une telle précision.)

Après avoir examiné comment est né le Soleil, nous avons vu comment a pris naissance la matière solide, celle qui va former les planètes et notamment la Terre. Il nous faut maintenant voir comment cette matière solide, dispersée en grains, en poussières, ou agglomérée en roches, va pouvoir se rassembler pour former ces grosses boules que l'on nomme planètes.

CHAPITRE VII

De la poussière à la planète

Comment le disque protosolaire gazeux mais chargé de poussière va-t-il donner naissance aux dix planètes sphériques que nous connaissons aujourd'hui ? Autrement dit, comment est-on passé de poussières dispersées à de grosses boules rocheuses ?

Ce thème du rassemblement, de l'agglomération, nous l'avons déjà rencontré à propos de la formation des étoiles. Pourquoi ne pas faire appel à nouveau à l'effondrement gravitationnel qui explique si bien la formation des étoiles ? Dans ce scénario, rappelons-nous qu'un nuage de gaz cosmique se contracte brutalement sous l'effet de sa propre masse pour donner naissance à une boule gazeuse qui deviendra une étoile. Un nuage de poussières doit donc lui aussi s'assembler par attraction gravitationnelle multiple entre tous les grains pour donner naissance à une planète. Plus le nuage poussiéreux sera massif, plus grosse sera la planète. Plus il contiendra de gaz, plus la planète créera une atmosphère importante.

La variété de taille et de composition des planètes doit trouver là une explication simple. Ce mécanisme de la contraction gravitationnelle est relativement rapide et s'accélère fortement lors de son déroulement ; au fur et à mesure que l'embryon planétaire s'accroît, son champ de gravité est de plus en plus fort et attire de plus en plus, de mieux en mieux, de plus en plus vite, les poussières qui s'en rapprochent. Ce fut donc là un phénomène relativement rapide et auto-accéléré ! Dans ce scénario, les planètes sont supposées s'être autoconstruites en quelques dizaines, voire centaines d'années.

Pendant longtemps, les astronomes et les astrophysiciens ne se sont guère posé de questions à ce sujet. *Mutatis mutandis*, le même mécanisme expliquant pourquoi un grand nuage galactique donne naissance aux galaxies elliptiques, pourquoi un nuage plus petit mais plus dense donne naissance aux étoiles, il devait s'appliquer aussi bien à la formation des planètes, les seules différences étant ici la différence d'échelle de longueur, donc de temps, et la différence de nature du nuage : grand nuage de gaz très dilué pour les galaxies, nuage moyen de gaz moins dilué pour les étoiles, petit nuage de gaz et de poussières pour les planètes.

Le besoin des physiciens d'économiser et d'unifier les concepts est tel que, lorsqu'on applique à des phénomènes divers une seule et même explication, ils en sont si heureux qu'ils considèrent cette performance comme une preuve de sa véracité. Nous l'avons déjà dit, la physique est constamment à la recherche de l'unicité des explications, c'est sa grandeur. Mais cela conduit parfois à des généralisations abusives.

Si l'effondrement gravitationnel explique sans doute la formation de certaines galaxies et des étoiles, ce n'est pas le mécanisme qu'il convient d'évoquer pour la formation des planètes. Un mécanisme peut être général, élégant, simple, et pourtant faux lorsqu'on l'applique à mauvais escient.

Les planètes ne sont pas nées par effondrement gravitationnel d'un nuage de poussières. Elles ne se sont pas formées rapidement. Elles se sont construites doucement, lentement, pendant des dizaines de millions d'années, par adjonctions successives d'objets cosmiques un peu particuliers que l'on appelle les planétésimals[1].

Qu'est-ce qu'un planétésimal ? C'est un objet solide, rocheux, dont la dimension va de celle du gravier à celle de la Lune en passant par celle de la boule de pétanque ou du ballon. Plus il grossit, plus il s'arrondit. Lorsqu'il est gros comme un ballon de football, le planétésimal est de forme « patatoïdale », mais lorsqu'il atteint la taille de la Lune il est sans nul doute sphérique ou quasi sphérique.

Ayant défini un nom – ce qui n'est pas, quoi qu'en pensent certains, synonyme d'avoir défini un concept –, revenons-en aux processus.

Dans notre nuage de poussières, où les lois de la

1. Je ne pense pas que ce néologisme français ait son pluriel en *aux* !

gravitation s'appliquent comme ailleurs, les grains de poussière s'attirent donc les uns les autres et occasionnellement se rencontrent. Certaines de ces rencontres sont « fructueuses », additives, « positives » ; les grains, restant collés ensemble, donnent naissance à un grain plus gros. Ce nouveau grain attire à son tour d'autres grains, et, petit à petit, il grossit. Au bout de trois, quatre, cinq, dix grains, ce flocon atteint progressivement la taille d'une bille plus ou moins sphérique, plus ou moins rugueuse.

Ce processus a lieu des milliards de fois dans le nuage de poussières. Au bout d'un certain temps, ce nuage se trouve ainsi transformé en un nuage de gravillons. Dans ce nuage subsistent bien sûr aussi des poussières qui n'ont pas réussi à s'« accoupler ». Quant aux gravillons, ils vont à leur tour s'attirer et se rencontrer. Ils se « colleront » et donneront naissance à des graviers plus gros. En même temps, les gravillons attireront aussi des poussières, si bien que l'origine des graviers sera double : accouplement de gravillons ou nourrissage plus lent des gravillons par adjonction de poussières. Dans un cas comme dans l'autre, on part de poussières, on aboutit à des billes.

Le processus entamé va se poursuivre sous l'action de la même force de gravitation. En s'assemblant, en grossissant, les graviers vont donner progressivement naissance à des objets de la dimension d'une balle de ping-pong. En s'accouplant ou en agglutinant des poussières, des gravillons ou des graviers, ces balles de ping-pong vont donner naissance à leur tour à une population de « boules de pétanque » rocheuses, et ainsi de suite.

Après les balles de ping-pong, les boules de pétanque, puis les ballons de football, on passe à la dimension des montgolfières, etc. C'est le phénomène d'accroissement progressif de taille que l'on appelle *accrétion*. Mais, au fur et à mesure que la masse moyenne de ces planétésimals augmente, deux faits a priori inattendus apparaissent progressivement.

D'abord, contrairement à ce qu'il en est dans le modèle de l'effondrement gravitationnel, au fur et à mesure que le processus se développe, il se ralentit. Il est plus difficile et plus lent de fabriquer un « ballon de football » que de créer un « gravillon », une « montgolfière » qu'un « ballon de football », etc. Pourquoi ? Mais parce que, lorsque leur taille augmente, la chance qu'ont deux projectiles de se rencontrer devient plus faible, puisqu'ils sont moins nombreux !

Plus importante encore est l'apparition du phénomène antagoniste : la fragmentation. Lorsque deux objets se rapprochent, attirés mutuellement par les forces de gravitation, leurs vitesses s'accélèrent. Plus la masse de ces objets est grande, plus leur vitesse l'est aussi. Si bien que, dès qu'ils atteignent la dimension d'une montgolfière, leur rencontre se fait avec une certaine violence et peut avoir deux issues opposées ; l'une est celle de l'union, ce qu'on appelle l'accrétion : un objet nouveau de dimension supérieure prendra naissance ; l'autre est l'éclatement de ces deux objets, c'est la fragmentation : deux montgolfières rocheuses se rencontrent, cinquante ou cent petits morceaux en résultent ; les efforts pour passer des grains de poussière aux objets planétaires sont anéantis en un instant !

Ainsi, avec l'augmentation de la dimension des planétésimals, chaque rencontre comporte une incertitude : union ou fragmentation ? construction ou destruction ? La rencontre de deux grains n'était pas forcément « fructueuse » au sens que nous donnons à ce terme, mais, au moins, ces grains, célibataires endurcis, repartaient libres dans l'espace. Ici, c'est la destruction qui guette les objets plus gros. Les rencontres deviennent de plus en plus risquée. Les deux boules d'avant la rencontre peuvent se transformer en une pluie de graviers !

Tout cela, mis en équation, simulé sur les ordinateurs modernes, permet aujourd'hui de savoir que, pour former un objet comme la Terre, il a fallu sans doute cent millions d'années, alors que pour fabriquer un objet rocheux de la dimension d'une pomme de terre cent ans ont suffi !

Au scénario de l'*effondrement gravitationnel*, qui voyait les planètes se former en quelques années, s'est substitué le scénario de l'*accrétion des planétésimals*, qui assigne à la formation des planètes des durées de plusieurs dizaines de millions d'années. Quel contraste !

Mais, en science, il ne suffit pas d'affirmer, il faut argumenter, démontrer si possible. La science n'est pas la juxtaposition ou l'antagonisme de descriptions de scénarios de type biblique ou mythique : « Que la planète soit, et la planète fut »... Il ne suffit pas pour adopter tel ou tel point de vue qu'une imagination en remplace une autre, qu'une astuce mathématique efface un précédent calcul. Ce serait trop facile. Seuls les faits étayent solidement les théories !

L'exploration lunaire est sans nul doute l'aventure humaine marquante de la fin du XXe siècle. Pour la première fois, l'homme est sorti de sa planète. Pour la première fois, la Terre a été photographiée à partir d'un autre objet planétaire.

Alors qu'on fêtait le cinq centième anniversaire de la découverte de l'Amérique, faut-il rappeler que beaucoup ont comparé l'exploration lunaire à la découverte du Nouveau Monde ? S'il s'agit de l'accroissement des dimensions du monde, la comparaison est sans doute valable. S'il s'agit d'alimenter les rêves ou les fantasmes des visionnaires, c'est sans doute aussi vrai. Mais si certains ont pensé que le domaine de la civilisation humaine allait s'étendre hors de la Terre, malgré tous les efforts des auteurs de science-fiction ils se sont trompés. La Lune est triste, sans oxygène, sans vie, sans espoir d'habitation pour l'Homme. Ce n'est pas un nouveau territoire, ni même un refuge, c'est un désert inhospitalier, jonché de roches éparses et cassées. Il n'en a pas fallu davantage pour que, retournant ses enthousiasmes puérils, le monde hier enthousiaste s'interroge tout à coup sur l'utilité de cette conquête humaine, sur les véritables résultats de l'exploration lunaire. Le jeu en valait-il la chandelle ? A-t-on vraiment appris quelque chose de fondamental en explorant la Lune ? L'interrogation, voire la suspicion, a remplacé l'enthousiasme du début.

Aujourd'hui où il n'est plus de saison d'impressionner les contribuables, les journalistes spécialisés ou profanes et les politiciens en multipliant les superlatifs outranciers pour obtenir des crédits comme la NASA a pu le faire pour financer le programme Apollo. On peut donc calmement, raisonnablement, s'interroger. Que nous a appris l'exploration de la Lune ? On peut espérer pouvoir répondre à cette question sans souci de polémique et sans crainte de trahir, par une opinion maladroitement exprimée, une communauté scientifique qui vivait en partie – en partie seulement – de la publicité forcenée faite autour de cet événement au demeurant considérable.

Pourquoi le cacher ? Je n'ai pas aimé certains aspects de l'aventure lunaire à laquelle j'ai pourtant participé activement. Paradoxe, sans doute, puisque c'est au cours de cet épisode que mon équipe a attiré l'attention sur ses capacités à maîtriser les techniques isotopiques d'extrême pointe. Mais le mélange de la recherche en temps limité (dès la fin d'une mission, l'analyse des échantillons commençait, avec pour objectif de trouver avant les autres le résultat important, ce qui impliquait un travail sans relâche jusqu'à la conférence lunaire suivante, laquelle se tenait chaque mois de mars à Houston, parfois à peine quelques semaines après la mission), de l'ambiance de publicité tapageuse dans laquelle la rigueur scientifique perd un peu ses marques (c'est à cette occasion que beaucoup de scientifiques prirent l'habitude d'annoncer leurs résultats à la grande presse en avant-première, avant publication dans les revues scientifiques, et de leur donner des « surinterprétations » destinées à en souligner exagérément l'importance), le ton satisfait, voire carrément « pompeux », face aux médias ou aux financiers, de certains de mes collègues m'ont quelquefois exaspéré.

Certes, tout cela s'explique, et, dans une bonne mesure, tout cela s'excuse. Pour mes collègues américains, il s'agissait d'une aventure nationale patriotique, d'une démonstration de la puissance et de la supériorité de leurs équipes de recherche à la face du monde, de la concrétisation du fameux défi de John Kennedy répondant à l'« insulte » qu'avait été pour l'arrogante technologie américaine le vol du premier Spoutnik. La machine administrativo-scientifique de la NASA ne fit qu'encourager le phénomène. L'enthousiasme endémique qui prévaut aux États-Unis était au surplus un terrain propice au développement outré de cette science-spectacle. Chez les équipes étrangères invitées à participer à l'aventure, les sentiments étaient mitigés : s'y mêlaient la fierté de faire partie des happy few, l'ambition de faire aussi bien que les équipes américaines, mais également l'agacement, le complexe d'infériorité qui, irrationnellement, atteint quiconque travaille avec les Américains ; chez les plus sereins, la crainte qu'on n'en vînt à basculer dans une nouvelle phase de l'aventure scientifique, celle où les médias et la bureaucratie scientifique prendraient le pas sur la recherche intransigeante de la vérité, celle aussi où il leur faudrait passer définitivement sous les fourches Caudines de leurs collègues américains.

Heureusement, tout cela n'eut qu'un temps et l'ambiance de surexcitation retomba avec la fin du programme Apollo et la chute des crédits de la NASA. Les hiérarchies scientifiques sont redevenues ce qu'elles doivent être. Les mœurs de notre communauté internationale ont retrouvé leur sérénité.

Je ne suis donc pas un dévot de l'épisode lunaire, ni préparé à me montrer particulièrement indulgent dès lors qu'on s'interroge sur ce qu'a laissé cette aventure sur le plan scientifique. Pourtant, je le dis sans hésiter, tout bilan fait : le résultat de l'exploration lunaire est *extraordinairement* (le mot n'est pas trop fort ici) *positif*.

D'abord, c'est elle qui a donné le signal du dialogue astronomes-géologues, sans lequel l'histoire du monde physique n'aurait pu être écrite. C'est à partir du programme Apollo que la conscience planétologique a ressuscité. Une nouvelle communauté scientifique est née, ni foncièrement astronomique ni franchement géologique. Des techniques d'analyse des roches d'une précision sans précédent ont été développées. C'est à partir de là que les analyses d'images spatiales ont pris l'essor qui devait conduire plus tard à ces missions spectaculaires vers les planètes lointaines et leurs satellites (ou tournées vers la Terre).

Les planètes étaient regardées jusqu'alors sur un fond de vision képlérienne, c'est-à-dire comme un gigantesque mécanisme d'horlogerie. Ce n'est qu'après Apollo que le regard inauguré par Harold Urey, celui de la chimie et de l'histoire naturelle, s'est imposé durablement et extensivement dans les sciences du cosmos. La Terre a été située dans son environnement parmi ses semblables, et, du même coup, a acquis son originalité, son unicité.

La mission Apollo, avec tous ses excès, restera donc, pour moi, une date historique dans notre manière d'appréhender les planètes. On pourra me rétorquer que les météorites étaient déjà des témoins extraterrestres et que leur richesse en informations est peut-être supérieure à celle des roches rapportées de la Lune. Sans doute. Mais, sans Apollo, nous n'y aurions pas accordé le même intérêt. En outre, par l'importance catalytique ou inductive qu'elle a revêtue pour les sciences planétologiques, l'exploration lunaire a apporté des résultats concrets fondamentaux.

Parmi ceux-ci, il en est un qui surpasse tous les autres : c'est précisément la démonstration de la réalité du schéma de la formation des planètes par assemblage progressif des planétésimals.

Pourtant, la découverte de cette réalité n'a pas été aussi aveuglante qu'elle aurait dû l'être. Ce n'est que graduellement qu'elle s'est imposée à chacun comme l'apport tangible le plus décisif de l'exploration lunaire.

L'argumentaire tourne autour des cratères lunaires.

La Lune est criblée de cratères dont la taille va de quelques centaines de kilomètres à quelques centimètres de diamètre. Ces cratères étaient connus depuis longtemps, puisque les plus gros ont été photographiés depuis la Terre et vus avec la lunette depuis Galilée. Leur origine faisait l'objet d'un débat : étaient-ils d'origine volcanique ou résultaient-ils de l'impact de météorites ?

Ce débat, l'exploration lunaire l'a réglé en quelques heures : la Lune est criblée de cratères de toute taille, superposés les uns aux autres. On constate une homothétie de forme de tous ces cratères, quelle que soit leur taille ; le sol lunaire, le régolite, est fait d'une accumulation de roches cassées, broyées, déchiquetées, de gravillons et de poussières, ce sont les débris d'un gigantesque concassage. La cause est entendue. Armstrong ou Aldrin au sol, Conrad dans sa capsule n'ont nourri aucun doute : les cratères lunaires résultent bien d'impacts de projectiles de tailles variées. La Lune offre le spectacle d'un territoire bombardé intensivement comme pouvaient l'être les champs autour de Verdun après la terrible bataille.

À partir de là, il est possible d'essayer d'aller plus loin et de comptabiliser le nombre de ces cratères d'impact. On peut réaliser une véritable cartographie lunaire, chaque région étant caractérisée par sa densité en cratères, densité calculée pour chaque catégorie de taille. On constate que certaines zones sont plus cratérisées que d'autres. La datation des roches lunaires opérée grâce aux méthodes isotopiques va donner une signification profonde à cette cartographie de la répartition des cratères d'impact.

Les régions lunaires ont des âges variés. Les montagnes formées de roches claires, aux reliefs abrupts et tourmentés, sont vieilles. Les plus anciennes ont 4,2 milliards d'années, presque l'âge de formation du système solaire. D'autres n'ont que 4 milliards d'années. Les mers (terme qui n'a bien sûr rien à voir ici avec son acception terrestre, puisqu'il n'y a pas d'eau sur la Lune), grands bassins remplis de laves basaltiques sombres, sont plus jeunes : leurs âges varient de 3,8 à 3,2 milliards d'années.

Sur tous ces sites, la comptabilité des impacts par kilomètre carré a été faite. Or on constate non seulement qu'une région vieille est plus criblée de cratères qu'une région plus jeune (constatation somme toute évidente, puisque plus longtemps on est exposé, plus on reçoit de projectiles), mais que cette relation n'est pas une simple proportionnalité. Le nombre de cratères par unité de temps a décru très vite avec le temps. Il a diminué d'un facteur 10 entre 3 et 4 milliards d'années. Extrapolant la courbe de décroissance jusqu'à 4,5 milliards d'années, on constate qu'à cette époque le nombre de cratères créés, donc le flux d'objets tombant sur la Lune, devait sans doute être cent ou mille fois supérieur à ce qu'il était il y a 4 milliards d'années. En examinant de plus près la dimension des cratères, on constate aussi que les cratères dont le diamètre se mesure en kilomètres se sont surtout formés entre 4 et 4,5 milliards d'années, et que, par la suite, leur fréquence a décru.

De ces deux observations, on déduit la conclusion fondamentale suivante : bombardement des planètes par des projectiles météoritiques et formation des planètes sont un seul et même phénomène. Le météore qui, aujourd'hui, traverse l'atmosphère terrestre en y laissant une traînée brillante et qui tombe sur la Terre n'est que le témoignage tardif de la manière dont la Terre s'est formée[1]. Ce processus, c'est l'accrétion des planètes. Accrétion tardive, mais accrétion tout de même.

On s'est alors brusquement rappelé que ce mécanisme avait été prédit théoriquement par l'école soviétique, école à laquelle, pourtant, on ne prêtait guère attention en Occident avant 1970.

La théorie de l'accrétion par formation de planétésimals multiples fut proposée par Otto Schmidt, mathématicien appliqué soviétique du milieu du siècle. Elle fut ensuite développée par ses élèves, dont le plus connu est Safronov, auteur de plusieurs articles fondamentaux sur le sujet. Sa formulation, à l'époque, fut accueillie par une indifférence générale. Il est vrai que le rideau de fer ne favorisait pas vraiment les échanges scientifiques !

La raison qui avait incité Schmidt à aller à contre-courant des idées reçues en Occident, où l'effondrement gravitationnel était admis par tous, était purement théorique. Si les planètes s'étaient formées par effondrement gravitationnel dans un disque en rotation rapide, elles se seraient situées sur des

---

1. C'est ce que l'on appelle vulgairement une étoile filante.

orbites très elliptiques d'excentricités variées. Or les planètes sont toutes situées sur des orbites quasi circulaires[1]. Approfondissant l'intuition de Laplace, Schmidt montra par des calculs simples que seule une accumulation de petits corps était capable de moyenner les trajectoires elliptiques les plus variées pour donner finalement comme orbite un quasi-cercle. C'est bien là la clef du problème.

L'accrétion des planètes ne s'est pas faite dans un nuage sphérique censé les entourer, mais dans un nuage tournant et aplati dont elles n'étaient qu'un élément parmi d'autres. Leur formation a ressemblé davantage à un « coup de balai » parcourant l'orbite pour en regrouper toute la poussière qu'à l'implosion d'un nuage se rassemblant au centre.

Le processus physique fut donc bien compris par Schmidt, mais il n'en existait aucune preuve. Pour une fois, les calculs, pourtant exacts, n'avaient pas à eux seuls convaincu.

Après la mission Apollo, les confirmations de la théorie de Schmidt se sont multipliées. Le rôle de mon ami George Wetherill n'a pas été mince, ni dans l'entreprise de persuasion, ni dans celle, plus scientifique, d'exploitation quantitative des idées de Safronov, grâce à l'emploi de la simulation sur ordinateur.

Des cratères d'impact ont été découverts partout dans le système solaire : sur Mercure, sur Vénus, sur

1. Le mérite de Kepler d'avoir détecté que ces « presque cercles » sont en fait des ellipses n'en est que plus grand !

Mars et ses satellites, mais aussi sur les satellites de Jupiter, sur Saturne, Uranus et Neptune. Une recherche attentive à la surface de la Terre a naturellement multiplié en quelques années le nombre des cratères connus, en dépit de plus grandes difficultés ; en effet, la Terre est une planète géologiquement active qui détruit ses vestiges presque aussi vite qu'elle les fabrique. Au déjà célèbre cratère de l'Arizona sont venus s'ajouter des dizaines de grosses structures circulaires, en général partiellement détruites ou usées par l'érosion et les phénomènes tectoniques. Le cratère de Rochechoir (*Roche-choir*), en France, en est un exemple. La réalisation d'une cartographie systématique des planètes et de leurs satellites permit d'accumuler les preuves en faveur du modèle de Schmidt-Safronov. Parmi ces preuves nouvelles, celles qu'apporte le comptage du nombre des cratères d'impact en fonction de leurs dimensions est importante. On constate que plus les cratères sont gros, moins ils sont abondants, comme s'il avait existé de moins en moins d'objets de plus en plus gros. C'est bien là à quoi on s'attend si la cratérisation des planétésimals s'est faite par rencontres fructueuses. C'est bien pourquoi le processus se ralentit avec le temps.

Mais les observations ont aussi confirmé l'existence d'un processus inverse, celui de la fragmentation.

Première preuve : la ceinture d'astéroïdes.

L'espacement des planètes dans le système solaire obéit à une loi, dite de Titus-Bode. En gros, chaque planète est deux fois plus éloignée du Soleil que sa voisine « intérieure » la plus proche. Pourtant, cette loi souffre une exception notable : entre Mars et Jupiter, contrairement à ce que laisse escompter la « loi », il n'y a aucune planète. En son lieu et place, une myriade d'objets solides de dimensions allant du mètre à la centaine de kilomètres : la ceinture d'astéroïdes. Là, dans cet espace, l'accrétion ne s'est pas produite. La matière y est présente, mais pas la planète ! La fragmentation l'a emporté. Au lieu de construire, les chocs entre objets solides ont cassé, détruit, fragmenté ce qui aurait peut-être été une planète – car ils sont bien là où la loi de Bode l'a prédit, ces innombrables morceaux solides, mais cassés !

Pourquoi, à tels endroits du disque protosolaire, les collisions ont-elles construit des planètes solides, uniques, identifiées, qui se nomment Mercure, Vénus, Terre, Mars, puis Jupiter et les autres, et pourquoi, dans cette zone annulaire, le processus ne s'est-il pas produit ?

Nul ne le sait avec certitude, et on se dispute à ce sujet. Peut-être est-ce dû à la présence proche de Jupiter, masse énorme dont l'attraction gravitationnelle accélère trop les objets dans sa banlieue et, de ce fait, provoque des chocs trop violents, impropres à l'accrétion.

En cette période fertile en troubles politiques sur une planète agitée, une analogie vient immédiatement à l'esprit. Ici, en Europe occidentale, des nations cherchent à s'unir pour donner une entité plus grosse. Ailleurs, dans l'ex-Union soviétique, en Indochine, en Yougoslavie, de grosses unités se fragmentent en morceaux plus petits. L'accrétion ici, la fragmentation ailleurs. L'accrétion est lente, la fragmentation, rapide !

Pour ce qui est des planètes, les deux mécanismes ne sont pas si différents l'un de l'autre, même s'ils produisent des résultats strictement opposés. Supposons le choc entre un bloc de 15 kilomètres de diamètre et un objet de 500 kilomètres de diamètre. Le choc pulvérise le premier et creuse un cratère dans le second. Les débris de l'objet de 15 kilomètres sont projetés en l'air. Pour la plupart, ils seront recapturés par le champ de gravitation du gros planétésimal. Ces blocs récupérés par le corps de 500 kilomètres contribuent donc à l'accrétion de celui-ci. Mais si le « petit corps » avait 50 kilomètres de rayon et si la vitesse relative des deux corps était suffisante, les deux corps éclateraient peut-être et leurs fragments se disperseraient dans le cosmos !

Ainsi, des projectiles tombant sur la Lune ont arraché à celle-ci des fragments de roche qui ont fini par retomber sur la Terre. On a trouvé de ces roches dans les neiges vierges de l'Antarctique, et la comparaison entre ces « météorites » et les roches rapportées par Apollo ne laissent pas de doute sur leur origine. Ce sont bien des fragments de roches lunaires. De même, certaines météorites qui tombent sur la Terre ne sont que des morceaux d'astéroïdes cassés par les chocs multiples qui ont lieu dans la ceinture du même nom et qui, après des millions d'années d'errance dans le cosmos, tombent finalement sur la Terre. La détermination des trajectoires de quelques-unes d'entre elles est parlante : elles proviennent bien de la ceinture d'astéroïdes.

D'autres pourraient provenir de Mars, d'autres de plus loin encore… Le jeu de massacre du cosmos engendre ces pierres errantes qui nous tombent parfois sur la tête !

Voilà le scénario de formation des planètes. Voilà comment notre Terre est née : à la faveur d'une gigantesque bataille de boules de neige avec des planétésimals !

Mais pouvons-nous nous contenter de cette description ? Quelle est la chronologie exacte de ce processus ? Comment la Terre se situe-t-elle dans ce scénario d'ensemble ? Autrement dit, la Terre s'est-elle fabriquée en même temps que les autres planètes ? Avant ou après le Soleil ? Avant ou après Jupiter ?

À ces questions, nous pouvons répondre aujourd'hui de manière étonnamment précise. Comme l'essentiel de cette réponse est dû au travail de mes plus proches collaborateurs, Christa Göpel, Gérard Mahnès et Jean-Louis Birck, comment pourrais-je ne pas développer un peu cet aspect ?

Décrivons l'enchaînement comme si nous y étions (c'est-à-dire comme nous l'avons reconstitué) en reprenant le scénario un peu en amont.

Il y a 4 567 millions d'années, dans l'espace proche de ce qui deviendra le système solaire, explose une supernova. Elle laisse se condenser dans son enveloppe en cours d'expansion de petits minéraux de nature diverse, en particulier certains oxydes riches en titane et en aluminium (les fameux « minéraux réfractaires » trouvés dans la météorite d'Allende) très résistants aux hautes températures, ainsi que des paillettes de fer et des silicates.

Un million d'années plus tard, des corps rocheux de 1 à 100 kilomètres de rayon, corps parents des futures météorites, sont déjà agglomérés. Le jeu de l'accrétion a déjà opéré.

Pourtant, il faudra attendre encore cent dix millions d'années pour que notre planète Terre ressemble à ce qu'elle est aujourd'hui, avec une atmosphère externe, un noyau central et un manteau de silicate, et avec ses dimensions actuelles. Cent dix millions d'années au cours desquelles il s'est passé beaucoup de choses.

D'abord, les planétésimals ont lentement grossi. L'embryon ou plutôt les embryons de Terre existaient déjà il y a quatre mille cinq cents millions d'années. Certains avaient déjà 1 000 à 2 000 kilomètres, d'autres 10 à 50 kilomètres[1], d'autres 100 à 500 kilomètres de rayon. Ils voyageaient indépendamment dans la même zone du disque protosolaire. Peut-être avaient-ils déjà une vie planétaire propre. Autrement dit, ils n'existaient déjà plus sous forme de gros cailloux informes ; des processus de fusion internes, avec leurs manifestations volcaniques à la surface, avaient commencé à se pro-

1. Rappelons que la Terre a 6 400 kilomètres de rayon.

duire[1], le genre de processus que nous évoquerons pour décrire les premiers instants de la Terre.

En se déplaçant dans leur ceinture planétaire, en tournant tous peu ou prou dans le même sens, cahin-caha, ces gros planétésimals ont réussi à se rencontrer, à se heurter, mais à faire de ces rencontres une construction progressive. C'est ce qu'avaient prédit les adeptes modernes de la théorie de l'accrétion, comme Georges Wetherill, à grand renfort de simulations sur ordinateur. C'est ce que nous pouvons mesurer avec nos déterminations d'âges isotopiques.

Au cours de ce long intervalle de gestation planétaire où l'on ne peut pas encore parler de Terre, est né au centre du nuage l'étoile Soleil, oui, notre Soleil ! Il est né, il a brillé, il a même étincelé avant que la Terre ne soit formée. Ce démarrage du feu solaire s'est sans doute déclenché très vite.

Moins d'un million d'années après la dernière explosion de supernova, qui a eu lieu dans le voisinage du nuage protosolaire, alors que ce qui deviendra la Terre n'est encore qu'à l'état de graviers ou de rochers, le Soleil s'est allumé, et ses rayons ardents ont chauffé les petits planétésimals, évaporé leurs composants volatils, chassé les parties gazeuses qui les entouraient. Ce nettoyage par le vent solaire de sa banlieue a eu pour effet d'accumuler vers Jupiter cet

---

1. Cela est attesté par l'existence de météorites qui sont des laves volcaniques et dont la datation donne des âges de l'ordre de 4 550 millions d'années.

excès de gaz. Comme nous l'avons déjà souligné, c'est sans doute la raison pour laquelle Jupiter est si volumineuse.

Dans le long intervalle de temps (cent millions d'années) qui sépare la naissance du Soleil de celle de la Terre, se sont formées les autres planètes telluriques : Mercure la première, puis Mars et Vénus. Les planètes lointaines, dont la taille pourrait faire songer à une formation tardive, se sont en revanche peut-être formées plus tôt. Si Jupiter n'avait pas été présente au moment où le jeu des planétésimals battait son plein dans la ceinture d'astéroïdes, pourquoi ce jeu serait-il devenu destructeur alors qu'il a été constructeur ailleurs ? Sans l'attraction supplémentaire de Jupiter, comment l'expliquer ? Mais si les planètes géantes sont antérieures aux planètes telluriques, c'est qu'elles se sont peut-être formées par effondrement gravitationnel. Rien d'étonnant à cela, puisqu'elles sont surtout gazeuses et beaucoup plus massives : ce sont des presque étoiles. Ici, cependant, nous ne faisons que formuler une conjecture plausible, un scénario logique car nous ne disposons pas d'informations vraiment solides.

Mais le reste de cette chronologie fine que nous venons de décrire n'est-il pas aussi un scénario théorique sans grand support d'observations valides ? Comment peut-on faire une chronologie aussi précise d'événements qui se sont passés il y a si longtemps ? Comment peut-on dater au million d'années près des événements qui ont eu lieu il y a quatre milliards et demi d'années ? Eh bien oui, c'est possible !

C'est bien là le succès de la chronologie fondée sur la radioactivité et la mesure des compositions isotopiques ! On utilise à la fois des compositions isotopiques du plomb descendant ultime de la désintégration des chaînes radioactives des uraniums, et celles du chrome, du tungstène et du xénon, produits des radioactivités éteintes du manganèse, de l'hafnium et de l'iode.

Dans ce schéma, la chronologie de la formation de la Terre est moins précise, parce que l'événement l'est moins. On peut donner la date de naissance d'un homme au jour près, et même à l'heure près. À la milliseconde, cela n'a pas de sens. La naissance de la Terre, dont la période de gestation a été de près de cent millions d'années, ne peut se définir qu'à cinq ou dix millions d'années près, lorsque le bombardement de l'accrétion a diminué d'intensité.

Ainsi, le gain de précision des mesures isotopiques modernes, mais aussi une meilleure compréhension des phénomènes à dater, a permis de dépasser la chronologie établie par Clair Patterson.

Patterson disait que tout le système solaire s'était formé il y a quatre milliards cinq cent cinquante millions d'années. Dans ce tout, il englobait le Soleil, la Terre, les météorites. Ce que l'on pourrait appeler la « haute résolution » a permis de dresser une chronologie plus fine autour de ce chiffre et de donner à chacun sa place dans l'histoire.

L'accouchement de la Terre fut long et difficile : cent millions d'années ! Résultat heureux de collisions qui auraient pu jusqu'au dernier moment lui être fatales. Planète banale, fruit du hasard, née près d'une étoile banale : sont-ce là nos origines ?

Nullement.

La Terre est une planète tout à fait originale. Elle tire cette originalité de sa distance par rapport au Soleil. À cette distance, elle a pu conserver assez d'éléments chimiques volatils pour donner naissance à l'accumulation d'eau qui est à l'origine de sa singularité. Plus près du Soleil, cette eau aurait été chassée par le vent solaire naissant. C'est le cas de Vénus. Beaucoup plus loin, ce serait Jupiter ou Saturne, et elle aurait été formée d'hydrogène et d'hélium. Sa composition chimique tout à fait exceptionnelle a donc été déterminée par sa distance par rapport au Soleil. Nous verrons aussi que ses conditions de surface, propres à la vie, sont elles aussi très largement tributaires de la distance du Soleil. La Terre est bien une planète exceptionnelle, à nulle autre pareille.

Ce qui n'est pas exceptionnel, ce sont les phénomènes qui lui ont donné naissance. Ils obéissent à des lois physiques simples. C'est leur combinaison au bon moment, au bon endroit, qui a engendré cette planète singulière. La contingence…

CHAPITRE VIII

Les premiers jours de la Terre

Nous reprenons donc le fil il y a 4,44 milliards d'années, puisque c'est l'époque où la Terre a fini de se former. Elle a alors ses dimensions actuelles, soit à peu près 6 400 kilomètres de rayon. Cette boule est composée d'un agglomérat de planétésimals d'origine et de nature extrêmement hétérogènes, qu'elle va bientôt homogénéiser, puis redistribuer. L'histoire archaïque et ses transformations violentes vont conférer à la Terre son unité, mais aussi son identité.

La Terre actuelle est constituée par une série d'enveloppes concentriques. À l'extérieur, l'atmosphère, milieu dilué formé de gaz. À la surface, l'hydrosphère, mince pellicule d'eau surtout concentrée dans les océans, mais qui ruisselle et imprègne les continents. Puis, sous elle, la Terre solide, celle qui constitue l'essentiel de la masse. Près de la surface, la croûte terrestre, qui se divise en croûte continentale et en croûte océanique. Puis, vers l'intérieur, le manteau.

Il constitue 70 % du volume de la Terre. Sa composition est silicatée, ce qui veut dire que le silicium et l'oxygène en sont les éléments chimiques essentiels, associés au magnésium. En volume, c'est de loin l'oxygène qui occupe l'essentiel de l'espace car c'est un atome très volumineux par rapport aux autres. Mais où est passé le fer, ce fer dont on a tant parlé lors de la nucléosynthèse stellaire, ce fer « anormalement » abondant ?

Le fer est concentré au centre de la Terre. En effet, à 2 900 kilomètres sous nos pieds commence le noyau, boule massive composée de fer et d'un peu de nickel. Ce noyau contient une sphère centrale solide, la graine, entourée d'une zone liquide de fer fondu.

Un œuf dur (ou plutôt mollet) entouré d'une enveloppe gazeuse peut ainsi tenir lieu d'image simplifiée de la structure interne de la Terre actuelle… Comment le sait-on ? Quel rapport avec l'époque héroïque – je veux dire primitive – de la vie de notre planète ?

Le savoir vient ici de la sismologie, nom barbare donné à la science des tremblements de terre.

Les tremblements de terre émettent des vibrations, donc des ondes. Ces ondes se propagent dans la Terre. Elles sont enregistrées dans des observatoires répartis tout autour du globe. À partir des enregistrements faits dans ces observatoires, on peut déterminer la structure interne de la Terre. Comment ? De la même manière que l'on reconstitue la structure du corps humain à l'aide des ultrasons émis par un scanner médical. La seule différence est que l'émetteur est naturel pour la sismologie, alors qu'il est artificiel pour l'imagerie médicale. La technique, elle, est identique.

C'est grâce à l'étude de la propagation des ondes sismiques que l'on connaît la profondeur et la géométrie de ces divisions qui s'appellent croûte, manteau, noyau.

Grâce aux compositions isotopiques mesurées sur diverses roches terrestres, on sait que ces grandes structures sont très anciennes. Le raisonnement est simple. Le fer mais aussi beaucoup d'éléments chimiques ayant des affinités avec lui sont stockés dans le noyau. Ils ont été enlevés au manteau et à la croûte. Par rapport à une composition primitive, croûte et manteau sont donc appauvris en certains éléments, et donc enrichis en d'autres. Cela se traduit dans la composition isotopique d'éléments comme le plomb. Ainsi l'uranium est enrichi dans la croûte et le manteau, et, comme par les désintégrations radioactives, les isotopes de l'uranium produisent des isotopes de plomb. La mesure des compositions isotopiques du plomb, des roches du manteau, et un simple calcul permettent de savoir depuis quand le noyau s'est formé. La réponse est : depuis l'origine de la Terre, ou à peu près.

Voilà qui nous ramène à un problème essentiel, celui de la composition chimique globale de la Terre. Nous avons dit, parlant du modèle de condensation dans la nébuleuse chaude, que la diversité des planètes et des satellites était d'abord une diversité chimique dont la logique semblait guidée par la distance au Soleil. Nous allons répéter pendant tout le reste de cet ouvrage que les remarquables propriétés de la Terre – notamment sa propriété, pour l'instant unique, d'accueillir la vie – étaient la conséquence de sa composition chimique. N'est-ce pas le moment de se pencher sur l'acquisition de cette composition ?

Dans notre description de la formation de la Terre, nous nous sommes concentrés sur le processus d'agglomération des planétésimals, sans nous préoccuper beaucoup de la chimie. Revenons-y donc !

Si on compare la composition chimique de la Terre avec celle du Soleil, on constate que la Terre, contrairement à Jupiter et aux planètes lointaines, n'a pas une épaisse atmosphère riche en hydrogène et en hélium. Mais dans l'environnement terrestre, il existait dans ces temps antiques de l'hydrogène et de l'hélium en abondance puisque dans le disque solaire on était plus près du Soleil. Où sont-ils donc passés ?

Ils ont sans doute été attirés, absorbés par l'attraction gravitationnelle du Soleil naissant, puis ce qui restait à été chassé plus tard par le vent solaire de l'« enfant Soleil ». L'attraction n'a été réellement efficace que lorsque la nébuleuse s'est suffisamment refroidie, car les hautes températures ont pour effet d'agiter les molécules et donc d'agrandir le nuage de gaz plutôt que d'obéir à l'attraction gravitationnelle.

Mais si hydrogène et hélium ont disparu, quid des autres éléments chimiques, et notamment de ceux qui étaient à l'état gazeux et qu'on appelle volatils ?

Pour les autres éléments, une comparaison fine peut être faite entre les météorites carbonées et la Terre (ces météorites carbonées constituent, rappelons-le, la meilleure approximation de la composition chimique solaire). Après un travail techniquement délicat et minutieux, on constate que la Terre est appauvrie en tous les éléments volatils, c'est-à-dire en tous ceux qui, à températures moyennes et hautes, ont tendance à se vaporiser. Certains sont légers, comme le néon ou le soufre, d'autres très lourds, comme le césium ou le plomb. Plus ils sont volatils, plus ils sont appauvris.

Comme l'hydrogène et l'hélium, les éléments chimiques « ordinaires » ont été, eux aussi, attirés puis absorbés par le Soleil naissant – décidément très vorace.

Seulement voilà, suivant leur degré de volatilité, ils se sont condensés pour donner naissance aux agrégats solides qui composent les planètes et dont nous avons parlé. Dès lors qu'ils étaient à l'état solide et agglomérés en roches, les éléments étaient protégés de l'attraction solaire. Car plus un élément est volatil, plus sa condensation a été tardive, plus il est resté longtemps à l'état de vapeur et plus il a eu de chances d'être attiré par le Soleil.

Mais l'attraction devait être en outre plus forte près du Soleil puisque les planètes éloignées comme Jupiter ou Saturne ont conservé l'hydrogène et l'hélium.

C'est bien ce qu'on observe. Mercure puis Vénus sont plus appauvries en volatils que la Terre, mais, par contre, Mars, qui est située entre la Terre et Jupiter, est moins appauvrie.

Et les météorites, ces rochers extraterrestres, témoins irremplaçables des premiers instants ? Ce sont des fragments qui ont appartenu à de petits planétésimals de dimensions modestes. Ont-ils gardé mémoire de ce que nous affirmons ?

Par-delà leurs affinités avec une composition chimique de type solaire, l'étude chimique de ces météorites a révélé une certaine diversité. Les météorites que l'on appelle ordinaires, parce que ce sont elles que l'on trouve le plus souvent, sont elles aussi appauvries à des degrés divers en éléments volatils, dans des proportions qui ne sont pas très différentes de celles de la Terre. Preuve qu'elles se sont formées dans le système solaire interne, probablement entre Mars et Jupiter, ce qui rejoint notre idée sur la nature de la ceinture d'astéroïdes.

Que dire alors des météorites carbonées, dont la composition est beaucoup plus voisine de celle du Soleil et qui, hormis l'hydrogène et l'hélium, ont peu perdu de leurs éléments volatils ? Que leur origine doit être recherchée plus loin, dans la zone que les feux ardents du Soleil naissant épargnaient. Mais comment sont-elles revenues de si lointaines contrées, et comment sont-elles tombées sur la Terre (pour notre plus grande chance !) ? L'explication généralement admise est que ces météorites carbonées sont en fait des restes de comètes, objets cosmiques aux orbites très elliptiques dont certains passent près de nous tous les siècles ou tous les soixante-quinze ans, et que des missions spatiales récentes ont permis de connaître un peu mieux.

Petit à petit, un tableau cohérent émerge. Chaque objet planétaire y trouve sa place. La Terre se retrouve parmi ses congénères…

Revenons à elle.

On a donc eu simultanément condensation des gaz en poussière, accrétion et formation de corps solides. Mais cela doit être imaginé de manière évolutive, avec refroidissement de la nébuleuse d'une part, attraction des gaz par le Soleil d'autre part.

Les corps solides formés dans ce nuage de gaz ont emprisonné, piégé entre leurs graines solides des molécules d'éléments très volatils comme les gaz rares, l'azote, ou même un peu d'hydrogène et d'hélium.

Piégés au moment de l'accrétion, collés aux grains de poussière et enfouis avec eux, ces éléments chimiques volatils sont expulsés plus tard de l'intérieur de la Terre par la tumultueuse activité volcanique des « premiers jours ». Ils seront responsables de la formation des océans et de l'atmosphère terrestre. En somme, l'atmosphère et les océans sont les survivants de l'épisode condensation-accrétion.

Revenons plus globalement à ce qui s'est passé il y a 4,45 milliards d'années dans cette boule rocheuse faite d'agglomérats de planétésimals de tailles diverses. L'accrétion eut une conséquence physique importante, elle échauffa le corps qui se formait. Cette augmentation de température était due aux chocs (une gifle échauffe la joue qui la reçoit !). Plus la vitesse du projectile est grande, plus l'est la chaleur engendrée par le choc. Lorsqu'un petit corps est attiré par un autre, sa vitesse est déterminée par l'attraction gravitationnelle. Donc, plus le corps est gros, plus sa vitesse est élevée. L'accrétion des petits corps se fit avec une faible augmentation de température ; celle des grosses protoplanètes avec un échauffement important. D'autant plus qu'avec l'augmentation de taille de l'objet en accrétion croissait aussi la taille des projectiles possibles. Les chocs des gros projectiles ont en outre une efficacité particulière : avec l'impact, ils génèrent une « onde de choc », onde de pression qui se propage à l'intérieur du corps planétaire et qui y augmente la température jusqu'à des profondeurs de plusieurs centaines de kilomètres lorsque le projectile est gros comme la Lune voire comme Mars.

Tout cela a transformé la partie supérieure du manteau terrestre en un vaste océan de magma.

Les gaz emprisonnés dans les débris rocheux agglomérés pour former la Terre solide se sont échappés vers la surface et sont venus former l'atmosphère.

Quels sont tous ces gaz ?

L'azote, gaz le plus important dans l'atmosphère d'aujourd'hui, mais qui était alors sans doute à l'origine moins abondant que le gaz carbonique ; quelques gaz rares : hélium, néon ; et puis l'eau.

L'eau, produit de la combinaison de l'hydrogène avec l'oxygène, dont on ignore si elle s'est formée dans la Terre ou avant la Terre. Son importance est telle qu'on aimerait bien le savoir. Pourquoi l'eau n'existe-t-elle pas sur Vénus ? Et pourquoi, sur Mars, n'a-t-elle joué qu'un rôle épisodique ? Toute l'origine de la vie, c'est-à-dire notre origine, est implicitement contenue dans la réponse à ces questions.

Quoi qu'il en soit, cette eau expulsée de l'intérieur du globe va se condenser rapidement et donner naissance aux océans. Les océans sont donc, comme l'atmosphère, des entités très anciennes, très primitives.

La formation de l'atmosphère et de l'océan ne pose point trop de problèmes physiques. Dans un milieu pâteux ou fondu, un gaz forme des bulles, et ces bulles tendent à s'échapper vers le haut. Elles finissent par atteindre la surface. Toutes les images, tous les films sur les éruptions volcaniques montrent des dégagements gazeux importants. Ce fut d'autant plus vrai qu'à cette époque les éruptions volcaniques fréquentes ouvraient des passages faciles vers la surface. L'origine de l'atmosphère terrestre est donc à rechercher dans l'échappement de bulles de gaz à l'époque archaïque. Ainsi, l'atmosphère et l'océan de la Terre procèdent du dégazage du manteau. Dans le langage planétologique, on dit que l'atmosphère terrestre est *secondaire*, par opposition à celle de Jupiter, qui est *primaire*, ce qui signifie que Jupiter a capturé l'ensemble des gaz qui constituaient la nébuleuse située dans son environnement immédiat alors que la Terre n'a pu construire son atmosphère qu'en deux étapes : piégeage des gaz par les grains de poussière s'agglomérant, puis, ultérieurement, échappement de ces gaz vers la surface. L'atmosphère et l'océan sont enfants du manteau.

Cela n'est pas sans conséquences pour nos méthodes d'étude : rien n'efface rien…

Les gaz rares de l'atmosphère, hélium, néon, argon, krypton, xénon, sont des éléments intéressants : ils sont chimiquement inertes, ils ne réagissent avec rien. (Certains les appellent gaz « nobles » !…) Cette inertie leur permet d'être transportés sans changement dans l'espace et le temps. Pourtant, il est un type de modification auquel sont soumis ces gaz : la radioactivité de certains éléments modifie l'abondance relative de certains isotopes de gaz rares. Par ce biais, on peut étudier l'histoire géologique des gaz rares, ceux qui sont aujourd'hui dans l'atmosphère et ceux qui sont restés dans le manteau. Cette étude, essentiellement faite à Paris par mon équipe, notamment Thomas Staudacher, Philippe Sarda et Manuel Moreira, a permis d'émettre un certain nombre de conclusions importantes.

D'abord, que 90 % de l'atmosphère terrestre se sont constitués dans les dix premiers millions d'années de l'histoire de notre planète. L'activité volcanique ultérieure, celle que nous observons aujourd'hui et qui dégage de larges quantités de gaz, polluant l'atmosphère et provoquant des modifications de climat, n'a contribué que pour 10 % à la masse de l'atmosphère. Cela laisse imaginer ce qu'ont dû être l'activité volcanique et l'échappement de gaz à l'époque primitive. L'Islande, avec ses volcans et ses geysers actifs et variés, fournit une pâle représentation de l'hyperactivite de la Terre à cette époque.

Ensuite, que près de la moitié des gaz contenus initialement dans l'intérieur de la Terre y sont encore enfouis, à plus de 1 000 kilomètres sous nos pieds. Preuve que la Terre n'a pas été entièrement fondue. Cette conclusion rejoint celle de l'Australien Ringwood, obtenue à l'aide d'expériences à très hautes pressions sur les équilibres magmas/solides, et dont l'argumentation est un peu plus technique.

La formation du noyau terrestre, boule de fer centrale de notre planète, est contemporaine de celle de l'atmosphère.

Le scénario en est simple. Le fer, en présence de soufre, fond à température plus basse que les silicates. Il est aussi plus lourd qu'eux. Cette propriété va l'attirer vers le centre de la Terre, où, en s'agglomérant, il formera le noyau.

Les ingrédients du raisonnement sont bien là, appuyés par des expériences de laboratoire que l'on fait maintenant jusqu'au mégabar (un milliard de fois la pression qui règne au sol), par des simulations sur ordinateur, réalisables aujourd'hui comme jamais auparavant. Tout est cohérent. Pourtant, la discussion se poursuit sur les modalités. On sait bien que la logique et l'accord entre scientifiques ne sont pas forcément des gages de vérité !

Sont-ce de gigantesques « ballons déformables » de fer qui se sont frayé un chemin vers l'« enfer » ? Sont-ce de petits ruisseaux de fer liquide percolant à travers la trame silicatée poreuse, comme l'eau tra-

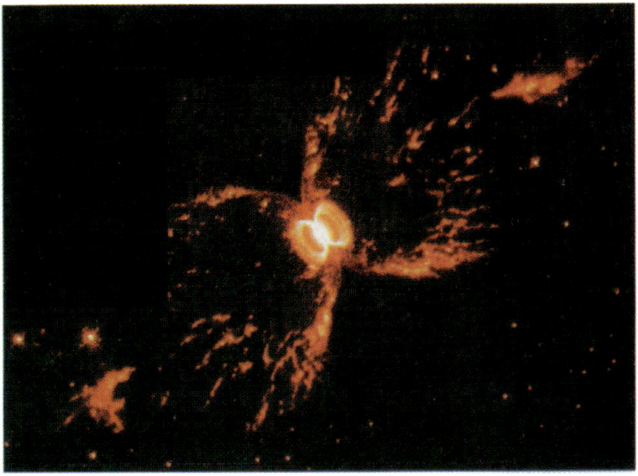

Supernova 9932 A.

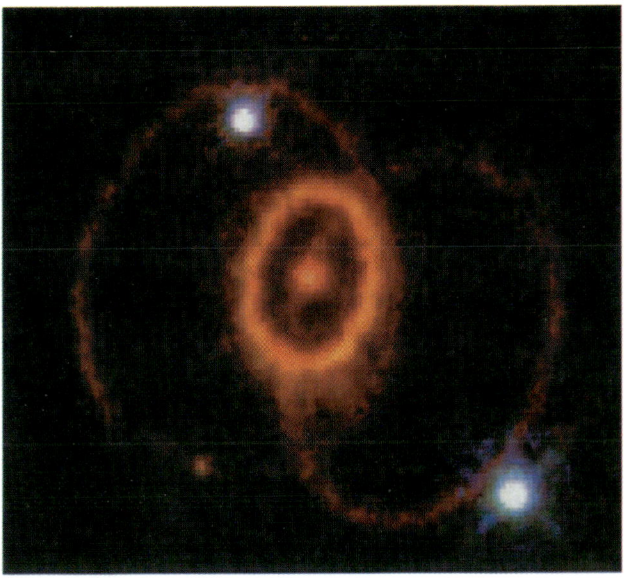

Supernova 1987 A Rings.

Nébuleuse du Crabe.

Nébuleuse de l'Aigle.

Nuages
interstellaires,
Tête de Cheval.

Nébuleuse de l'Aigle.

Ci-dessus : Galaxie M104.
Ci-dessous : Voie lactée

Galaxie spirale M100.

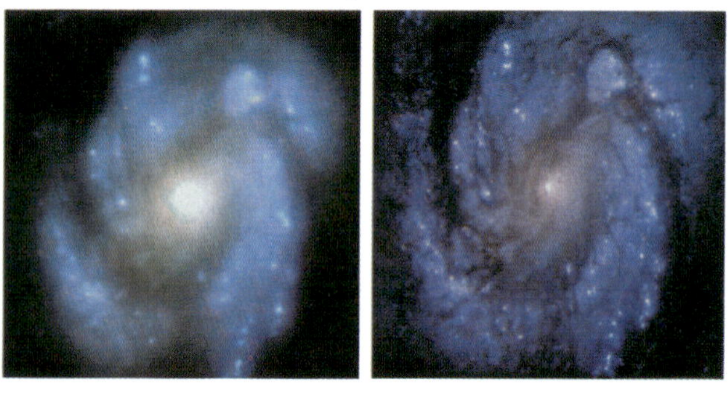

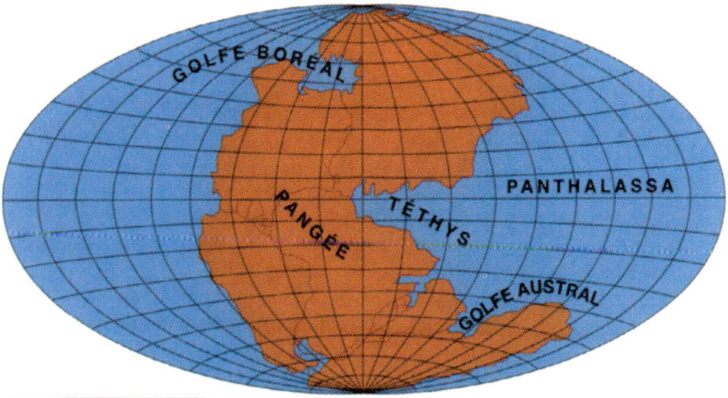

- 200 M.A.

- 180 M.A.

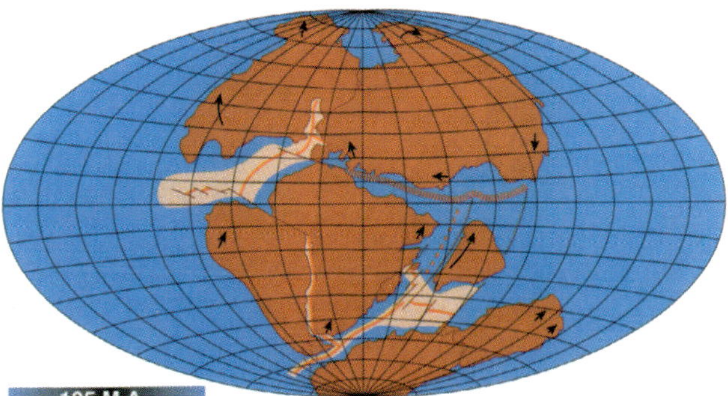

- 135 M.A.

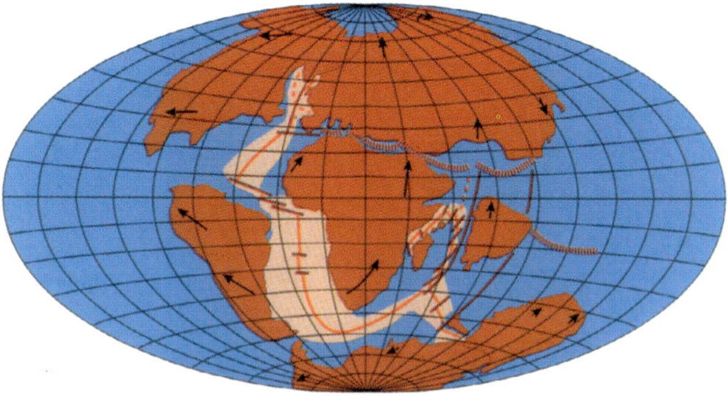

- 65 M.A.

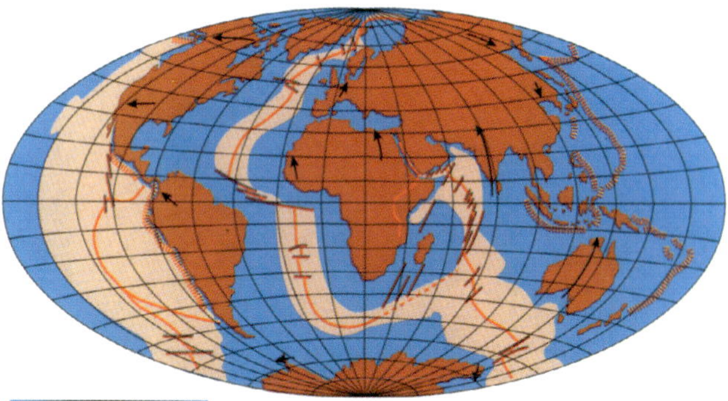

0 M.A.

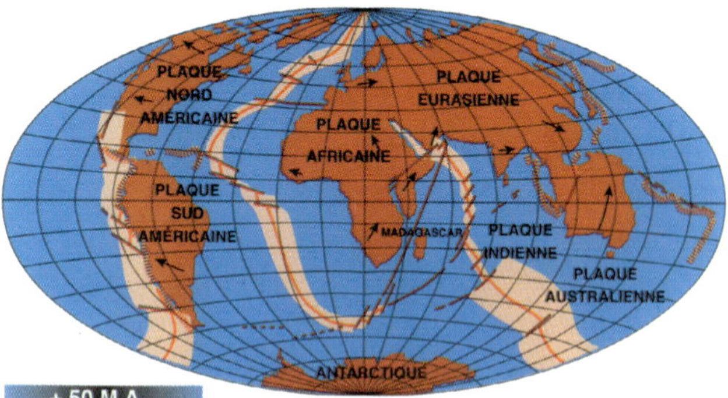

+ 50 M.A.

La dernière carte préfigure la répartition des masses continentales dans 50 millions d'années.

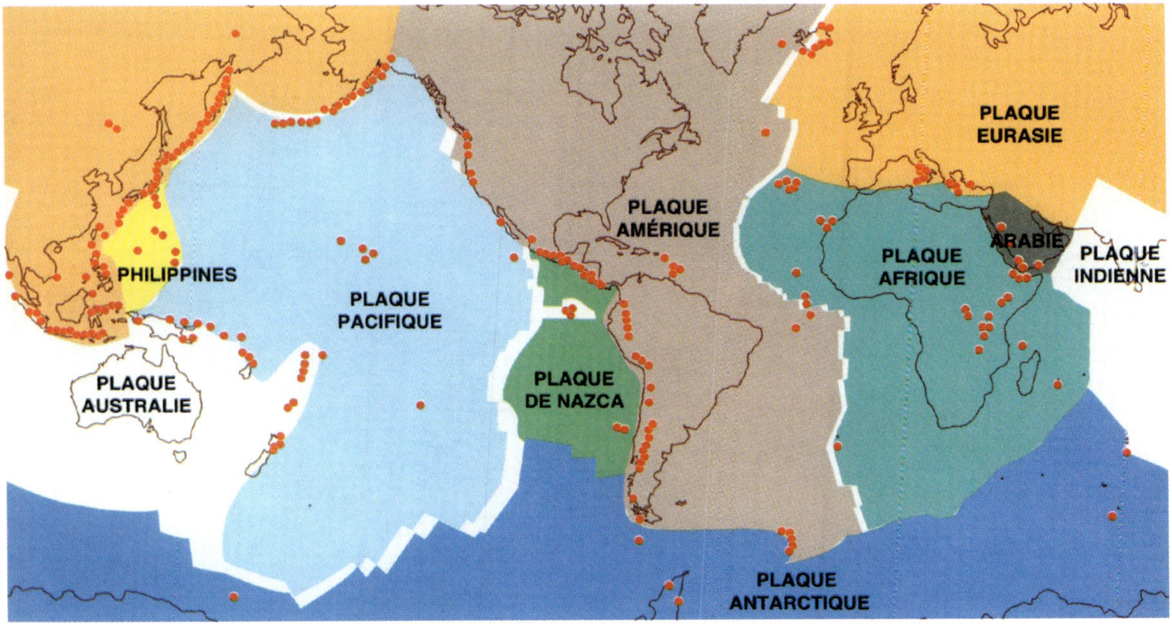

Principales plaques tectoniques.

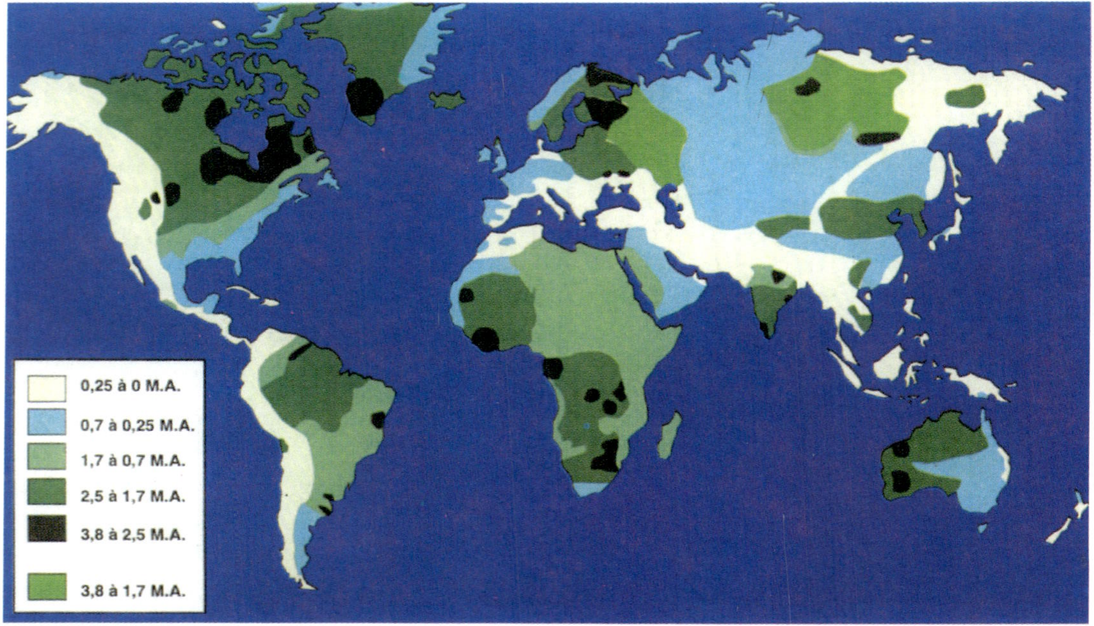

Carte des provinces d'âges des continents.

verse la poudre de café dans un percolateur ? Est-ce une combinaison des deux phénomènes ? On ne sait exactement comment le centre de la Terre s'est formé.

Pourtant, on peut observer directement le résultat sans pour autant plonger dans les entrailles de la Terre.

Il existe en effet des météorites spéciales qui sont exclusivement formées d'un alliage fer-nickel. Il en existe même qui contiennent deux parties séparées par une limite franche, fer-nickel d'un côté et silicate de l'autre. Limite que l'on peut toucher du doigt ou observer au microscope.

L'interface noyau-manteau !

Ces météorites nous disent beaucoup sur ce processus, en particulier sur le fait qu'il a pu se produire ailleurs que dans la Terre. D'un autre côté, leur valeur analogique est a priori limitée, en ce qu'elles proviennent de planétésimals de petite taille. La pression interne y était donc faible. Sur la Terre, la pression centrale est énorme, mais de multiples expériences semblent montrer que l'influence de cette pression sur les équilibres entre fer et silicate est réelle mais pas déterminante.

C'est là un sujet en plein développement, et les prochaines années nous en apprendront sans doute plus car aujourd'hui on sait reproduire en laboratoire les pressions énormes et la température de plusieurs milliers de degrés qui règnent au centre de la Terre. Mais n'est-il pas déjà merveilleux de pouvoir parler scientifiquement de processus qui concernent une région située à 3 000 kilomètres sous nos pieds et qui se sont déroulés il y a quatre milliards et demi d'années ?

Une physique qui manipule les millions d'atmosphères, les millions de degrés et les millions d'années est née ! Presque une astrophysique !

Quoi qu'il en soit, si le mécanisme intime du processus n'est pas connu, ses résultantes physiques le sont. Dans un milieu si ce n'est fondu, tout au moins pâteux, le fer à l'état liquide s'est rassemblé grâce à sa densité élevée vers le centre du globe. Cette formation du noyau a dégagé de l'énergie, et celle-ci a été suffisante pour maintenir le noyau à l'état liquide pendant des milliards d'années. Encore aujourd'hui, l'extérieur du noyau terrestre est liquide. Les ondes sismiques de cisaillement ne le traversent pas ! Il n'en faut pas davantage pour que cette sphère centrale, conductrice de l'électricité, formée d'un liquide animé de mouvements sans doute violents, produise un champ magnétique. Ce champ magnétique terrestre, qui oriente la boussole vers le nord, qui divise les particules chargées émises par le Soleil, ou les rayons cosmiques qui existent encore aujourd'hui, est né avec le noyau. Dès les premiers jours, la Terre était ainsi dotée dc son champ magnétique, avec tout ce qu'il implique. Nous verrons que ce champ joue en outre un rôle essentiel de repère géologique.

Revenons vers la surface. Nous n'avons pas beaucoup parlé du manteau supérieur et de la croûte !

Le manteau supérieur, qui a laissé échapper son fer vers le noyau, ses gaz vers l'atmosphère, est à cette époque à l'état fondu ou quasi fondu. La chaleur du centre de la Terre le chauffe par le bas, et, comme une vulgaire casserole d'eau mise sur le feu, il est le siège de mouvements de matière que l'on appelle courants de convection. Ces courants de magma (le lac de laves de Hawaii est sans doute une bonne analogie) arrivent à la surface et cristallisent, créant une croûte solide, mince et sans doute craquelée. Cette croûte se forme au contact de l'eau froide qui s'est condensée à partir de l'atmosphère et qui a donné naissance à un océan primitif recouvrant uniformément le globe.

Ces courants de convection du manteau se marquent à la surface par de grandes dorsales volcaniques comme les dorsales médio-océaniques actuelles, reliefs sous-marins allongés sur des milliers de kilomètres. Autour d'un axe central s'étendent deux pentes symétriques. À cette époque, les flancs de dorsales étaient sans doute à pente faible, car le flux de matière qui arrivait était fort et elles s'écartaient rapidement. On sait que lorsque le flux d'arrivée de matière est puissant, la dorsale est entourée de pentes douces, comme c'est le cas aujourd'hui de la dorsale Pacifique[1]. Mais, en ces temps anciens, les pentes étaient sans doute plus faibles encore. Ces dorsales dessinaient un véritable réseau sur tout le globe. Elles avaient leurs compléments : des fosses marines, profondes et allongées, marques de surface du phénomène de plongement de la croûte solide dans le

1. Nous renvoyons ici à un autre ouvrage de l'auteur, *L'Écume de la Terre*, Fayard, 1983.

manteau. À ces reliefs sous-marins relativement réguliers se superposaient des essaims multiples et nombreux de volcans sous-marins. Ce manteau magmatique était aussi animé de phénomènes brutaux, comme les projections d'une casserole d'eau surchauffée. Ces jets de magma perçaient la mince croûte, créant des volcans sous-marins parfois si volumineux qu'ils donnaient naissance à des îles.

Telle était la surface de la Terre. Pas de continents, un océan rempli d'eau déjà salée, profond (2 000 mètres), des îles, des reliefs sous-marins importants, avec des dorsales et des fosses. Mais aussi, sur cette surface, la chute de bolides gigantesques qui, malgré l'océan, créaient des cratères d'impact gigantesques, cassant, broyant la croûte océanique, déposant leurs débris, engendrant sans doute des îles – nous allons y revenir.

Au-dessus de cet océan, une atmosphère, mais très différente de notre atmosphère actuelle. D'abord, beaucoup plus épaisse : trente fois plus dense qu'aujourd'hui, un gaz épais, presque liquide ! Le composant principal en était le gaz carbonique, suivi de l'azote, mais vingt fois moins abondant. En revanche, l'eau était beaucoup plus abondante dans le ciel. Des traces de méthane et d'ammoniac, d'acides sulfurique et chlorhydrique, et un peu de gaz rares. Pas d'oxygène, pas d'ozone !

Le gaz carbonique piégeant le rayonnement solaire[1], la température à la surface était torride :

1. C'est le fameux effet de serre. Les rayonnements solaires

sans doute autour de 250 degrés, avec une pression très élevée (un peu comme au fond de la mer aujourd'hui).

L'atmosphère torride de Vénus, telle que nous la connaissons grâce aux sondes soviétiques et américaines qui s'y sont posées, est sans doute une bonne représentation de cette atmosphère primitive terrestre. L'eau en moins. Et c'est là une énorme différence !

Car cette atmosphère chaude, favorisant donc les réactions chimiques rapides, contenant des acides comme l'acide sulfurique et l'acide chlorhydrique, va mettre en œuvre un phénomène fondamental et typique de la Terre : l'érosion chimique.

Des orages, des pluies, des ruissellements sur les rares îles, et cette eau acide va dissoudre certains éléments chimiques contenus dans les roches. Parmi ces éléments, il en est un qui est particulièrement important : le calcium. Celui-ci peut se combiner avec le gaz carbonique dissous dans l'eau pour donner du calcaire. Ce calcaire qui entartre nos casseroles a commencé à se former dans les mers des premiers jours. Mais, en se formant, il a aussi commencé à piéger le gaz carbonique de l'atmosphère. Et s'est ainsi amorcé un phénomène auto-amplifié. Dans l'atmosphère, le gaz carbonique a décru, et, avec lui, la tem-

---

chauffent le sol. Ce dernier réémet les rayonnements, mais dans l'infrarouge. Les rayons infrarouges sont absorbés par le gaz carbonique. Ainsi, l'atmosphère est chauffée, et avec elle la surface de la Terre.

pérature. L'eau, qui était en partie sous forme de vapeur, s'est condensée, faisant croître le volume de l'océan. Les calcaires ont continué à se déposer au fond de la mer et l'atmosphère terrestre à évoluer, le gaz carbonique à diminuer, la température à baisser, etc.

À quelle vitesse ?

Nous ne le savons pas bien, et c'est là un chaînon qui nous manque, mais nul doute que la pompe à gaz carbonique – je veux dire la formation des calcaires – s'est amorcée dès 4,45 milliards d'années, dès les premiers jours.

Pendant cette période archaïque, où l'accrétion se faisait en mettant en jeu des objets de plus en plus gros (certains atteignaient la taille de la planète Mars), s'est produit un phénomène spectaculaire et très particulier. Un objet planétaire, sans doute plus gros que les autres et lancé à une vitesse supérieure aux autres, a créé, par sa chute, un cratère d'impact gigantesque qui a escavé une quantité considérable de débris, et les a projetés dans le ciel. Là, autour de la Terre, ces débris se sont rapprochés, attirés, agglomérés, et de cette accrétion secondaire est née… la Lune.

Notre satellite est notre fille.

Mais quand ce phénomène a-t-il eu lieu ?

Il y a sans doute quatre milliards et demi d'années, comme la datation des roches lunaire en fait foi.

Mais alors, la Terre n'avait pas encore fini son accrétion ? Non, bien sûr. La Terre avait déjà séparé la moitié de son noyau, et c'est pour cela que les basaltes lunaires sont plus riches en fer que ceux de la Terre. En outre, le choc, la pulvérisation a volatilisé les éléments les plus volatils, c'est pourquoi les roches lunaires contiennent moins de ces éléments.

Ainsi, par ce curieux phénomène, on peut dire que la Lune est fille de la Terre mais plus vieille qu'elle.

Voilà, simplifié et résumé, ce que l'on sait des premiers jours de la Terre, sur l'époque de sa naissance. Une masse rocheuse homogène qui, sous l'effet de l'énergie de gravitation, des impacts, fond en partie. Cette fusion a deux conséquences : chasser vers le haut les gaz qui formeront l'atmosphère et l'océan, rassembler vers le bas le fer liquide qui formera le noyau.

En fait, nous savons désormais beaucoup de choses sur la période qui va de – 4,57 à – 4,44 milliards d'années. Beaucoup plus que sur la période suivante. Comment expliquer cela ?

Notons d'abord que le phénomène n'est pas unique dans les sciences historiques. Nous savons plus de choses sur l'époque romaine ou grecque que sur le haut Moyen Âge. La myopie croissante de l'historien est une donnée statistique, pas une loi déterministe absolue !

Les éclairages brutaux sur telle ou telle période lointaine viennent généralement (en histoire comme en histoire naturelle) de la conjonction de deux facteurs, l'un matériel, l'autre humain.

Le facteur matériel est l'existence de documents, de reliques qui permettent de reconstituer les événements. L'histoire ancienne est parsemée d'épisodes à l'occasion desquels une nouvelle fouille illumine une période donnée. Ici, les matériaux sont de deux types : les planètes, dont la connaissance a été multipliée par dix grâce à l'exploration spatiale ; les météorites, témoins uniques et extraordinaires de cette période. Mais ces matériaux portent des messagers qui ont un pouvoir de révélation extraordinaire, ce sont les radioactivités éteintes.

Nous en avons déjà parlé. Ce sont des radio-isotopes fraîchement synthétisés par les processus de nucléosynthèse présolaire et dont les périodes sont tellement courtes qu'ils se sont aujourd'hui entièrement détruits, par leur radioactivité. Mais ils ont, en mourant, donné naissance à d'autres isotopes, des témoins de cette activité. Or on peut, on sait étudier ces témoins et les « faire parler ».

Il existe des radioactivités éteintes dont la désintégration se fait sur cinq cent mille ans (le potassium 41 donnant du calcium 41) et d'autres sur deux cents millions (le plutonium 244 donnant des isotopes du xénon). On a là une panoplie pour étudier finement à peu près tous les phénomènes. Accrétion, condensation, formation de l'atmosphère, formation du noyau, etc. S'y ajoutent les observations astronomiques récentes, notamment dans le domaine de l'infrarouge et des ondes millimétriques, mais aussi celles du télescope spatial Hubble.

Le facteur humain est la multiplication par vingt ou cinquante du nombre des scientifiques qui se sont intéressés à ces problèmes au cours des quinze der-

mer, que, vers 4,3, 4 ou 3,8 milliards d'années, peut-être même avant, sont apparus les premiers systèmes auxquels on puisse attribuer le qualificatif de vivants.

Ces deux événements, naissance des continents et apparition de la vie, dominent l'histoire de l'archéen. Mais ils ne sont pas les seuls. Au cours de cette période, l'activité interne de la planète a été capable de sécréter des gisements de minerais comme à aucune autre période de l'histoire naturelle. Nos ressources en or, en platine, en chrome, en uranium, en fer ne seraient pas les mêmes si on faisait disparaître tous les terrains archéens. À cette période se rattache aussi la lente évolution de l'atmosphère, qui, d'une atmosphère vénusienne, dense, pesante, torride, riche en gaz carbonique, va devenir plus légère, plus fraîche, telle qu'elle permettra l'apparition de la vie par sa composition chimique aussi bien que par sa température. Comme on le voit, la période archaïque est riche d'événements « décisifs ». Pour autant, son étude, à l'instar de celle des premières civilisations humaines, n'est pas aisée ! Car les archives sont rares.

La Terre est une planète géologiquement très active. Le plancher des océans est continuellement construit aux dorsales et continuellement détruit dans les zones de subduction où il s'engloutit dans le manteau. Tel est le mécanisme fondamental actuel de la tectonique des plaques, dont l'intensité était sans doute aussi grande à l'archéen qu'aujourd'hui. Seules les parties continentales, dont la faible densité leur permet de flotter à la surface comme l'écume de la Terre, évitant ainsi la redoutable digestion mantellique, peuvent être préservées. Mais les continents sont eux aussi menacés par de redoutables phénomènes destructeurs, spécifiques de la surface de la planète. L'érosion rabote, altère, détruit les reliefs. La formation des montagnes mélange, transforme, plisse, casse, charrie les unités rocheuses jusqu'à les rendre non identifiables. L'enfouissement vers les profondeurs chauffe les roches jusqu'à les fondre et les retransporter vers la surface sous forme de magmas. L'injection de magmas volcaniques d'origine profonde digère les roches qu'elle traverse.

Bref, tout au long de son histoire, la croûte terrestre a été soumise à des phénomènes géologiques complexes qui ont éliminé et détruit ou transformé et défiguré les vestiges anciens. La nature n'est pas plus respectueuse que l'homme de ses vestiges et des témoins de son histoire. Ainsi, plus on s'avance dans le passé, plus il est difficile de trouver des terrains géologiques intacts témoignant d'une période donnée.

Ces témoins, lorsqu'ils existent, sont abîmés, déformés, cassés, plissés, et surtout chimiquement ou minéralogiquement transformés. En cela, la Terre est bien différente des autres planètes (sauf peut-être Vénus). Sur la Lune, l'activité géologique réduite à des éruptions volcaniques s'est arrêtée il y a trois milliards deux cents millions d'années ; depuis lors, à part une cratérisation d'intensité décroissante, tout

est resté intact. Sur Mercure, l'activité volcanique s'est arrêtée avant, voilà environ quatre milliards d'années. Sur Mars, l'activité interne a pratiquement cessé il y a un milliard d'années, laissant à la seule activité de surface, avec les vents et les ruissellements d'eau, le soin d'adoucir les reliefs, d'accumuler de la poussière et de faire et défaire les calottes glaciaires au gré des fluctuations climatiques. Sur la Terre, rien de tel. Même si l'activité géologique y a sans doute décru au cours des âges, elle reste encore aujourd'hui très importante, comme en témoignent éruptions volcaniques, tremblements de terre ou inondations.

Difficultés donc dans la préservation des vestiges anciens.

Difficultés aussi dans la datation.

Or, sans datation, pas d'histoire, tout est « mélangé », confondu. La diachronie permet certes de bâtir des légendes, mais pas d'écrire l'histoire. Avant la découverte des méthodes de chronologie fondées sur la radioactivité des isotopes de longue période, il n'y avait pas d'étude possible des quatre premiers milliards d'années d'histoire de la Terre, puisqu'il n'y avait pas de fossiles, pas de stratigraphies, donc pas d'histoire géologique. Les spéculations allaient bon train, mais aucune histoire sérieuse ne pouvait guère se substancier. Ce n'est que depuis les années 1950 qu'une chronologie fiable a permis une étude géologique de l'archéen. Encore faut-il préciser que, même avec les méthodes radioactives, la chronologie de ces terrains n'est pas aisée. Si les altérations chimiques ou les réchauffements ont modifié les roches, ils ont aussi affecté les systèmes isotopiques, les horloges géologiques ont été perturbées, parfois détruites, souvent faussées. Il a donc fallu élaborer diverses méthodes d'interprétation, en recoupant les résultats par plusieurs approches, en modélisant certains comportements chimiques, avant d'être en mesure de procéder à une étude de ces terrains.

D'où les difficultés considérables auxquelles se heurte l'histoire géologique ancienne. Ce problème de la préservation a une conséquence fondamentale : il induit un type d'histoire particulier, celui de l'étude de cas. On connaît l'histoire sumérienne ou akkadienne grâce à l'étude de quelques sites préservés, découverts, excavés et exploités au maximum. D'autres civilisations, tout aussi prospères, existaient peut-être et resteront ignorées, détruites à jamais. Où se trouvait le mythique empire du Mitanni vers 1400 avant J.-C. ? De même, notre connaissance de l'archéen repose sur l'étude de quelques régions clefs que les géologues canadiens, américains, danois, sud-africains, indiens ou australiens ont extensivement examinées. Encore faut-il souligner que ces régions sont souvent limitées cartographiquement, et qu'elles constituent des « îlots » plutôt que des provinces étendues.

Il s'agit donc là d'une histoire particulière et parcellaire où l'effort de reconstitution, l'imagination destinée à faire revivre les paysages, jouent un rôle essentiel. Nos connaissances sont moins stables ici qu'ailleurs. Elles peuvent être constamment remises en cause par la découverte et l'étude d'un nouveau site, de nouveaux terrains.

L'archéen est une période qui s'étend de – 4,4 à – 2,6 milliards d'années. Division arbitraire du temps, mais qui a l'avantage, pour les géologues, d'inclure dans cette période la riche activité géologique qui s'est développée autour de – 2,7 milliards d'années, notamment au Canada et en Australie. Division qui n'a donc rien de naturel. Les roches qui datent de cette période sont pour la majorité des roches semblables à celles que l'on trouve aujourd'hui. Deux dominent déjà en abondance, le granite et le basalte, mais on trouve aussi des roches sédimentaires comme les grès, les schistes, les calcaires, ou des roches métamorphiques comme les gneiss. Dès l'archéen, le géologue est en terrain connu, même si, nous le verrons, bien des particularités existent. C'est donc en toute légitimité qu'il a été possible, pour faire revivre l'archéen, d'utiliser des scénarios types de la géologie moderne.

Le plancher des océans étant constamment réenglouti dans le manteau, les parties continentales d'une époque donnée étant les seuls vestiges possibles, la question se pose de savoir quel est le plus vieux vestige continental que nous ayons découvert. Où se trouve la relique ultime de cette période archéenne ? Comme il est facile de le comprendre, la réponse à cette question ne peut être que provisoire, une nouvelle découverte, une nouvelle datation étant censées à tout moment remettre en question le palmarès.

En l'état actuel des choses, deux régions sont candidates : une région du Groenland méridional située près de la petite ville esquimaude de Godthaab, et une petite région d'Australie occidentale. L'âge des plus vieux terrains oscille dans les deux cas autour de quatre milliards d'années. En fait, les Australiens revendiquent un âge de 4,3 milliards d'années pour quelques minéraux typiquement continentaux, les zircons, épars au milieu d'un sédiment métamorphosé en gneiss. Cette découverte établit peut-être l'existence de continents il y a 4,3 milliards d'années, mais on ne peut parler pour autant de terrains archéens vraiment préservés ! Au Groenland, en revanche, on a trouvé des roches véritables s'étendant sur des centaines de kilomètres carrés cartographiables et datant de 3,8 milliards d'années. Si on parle de terrains au sens géologique du terme, les plus vieux sont au Groenland.

Les terrains à peine un peu moins âgés, autour de 3,5 à 3,4 milliards d'années, sont plus nombreux. Ceux qui vont de 3 à 2,7 milliards d'années sont plus abondants encore. On en trouve en Amérique du Nord, en Afrique du Sud, dans l'Antarctique, en Australie, au Groenland, aux Indes, sans doute en Sibérie, en Chine, en Afrique de l'Ouest, au Brésil, en Scandinavie, en Écosse. Depuis dix ans, les études systématiques vont bon train, grâce notamment à la multiplication des datations par les méthodes radioactives. Cependant, tous ces terrains très anciens sont dans un triste état de préservation. Ils sont métamorphosés, c'est-à-dire cuits par la chaleur interne du globe, recristallisés ; leur allure originelle est méconnaissable. Seule une minutieuse étude microscopique en lames minces permet, par endroits, de reconnaître les textures primitives. Pourtant, grâce à la préservation de leurs compositions chimiques et isotopiques, on peut dire sur eux beaucoup de choses. C'est là comme un exercice à la Sherlock Holmes, qui consiste à tirer parti du moindre indice, à le replacer dans un contexte pour reconstituer des événements passés.

On constate que certaines de ces roches étaient initialement des roches sédimentaires : d'anciens sables, d'anciens calcaires, d'anciens débris volcaniques sous-marins. Or ces roches résultent d'une suite de processus bien précis. Pour produire une roche sédimentaire, il faut éroder un morceau rocheux immergé et transporter les produits de l'érosion jusqu'à un bassin de sédimentation où ils se déposeront. L'examen de détail montre que ces bassins archéens étaient bien des dépressions océaniques, et que la partie érodée était déjà de composition granitique, comme aujourd'hui. Les continents étaient donc déjà là. Voilà environ quatre milliards d'années (peut-être même avant), le cycle de l'eau existait déjà : évaporation au-dessus de l'océan, transport par les vents des nuages vers les continents, pluies, ruissellement, altération, érosion, transport vers la mer – ce qui nécessite des rivières –, enfin sédimentation marine ; bref, tous les éléments du cycle géologique externe tel que nous le connaissons aujourd'hui.

L'existence de roches granitiques, c'est-à-dire

riches en quartz, avec notamment des zircons comme minéraux accessoires, montre que des continents analogues à ceux que nous connaissons de nos jours existaient déjà à cette époque. Ces zircons, dispersés dans les roches australiennes que nous avons évoquées plus haut, permettent peut-être d'étendre le raisonnement précédent jusqu'à – 4,3 milliards d'années. Toute la mécanique géologique était donc en place dès cette époque.

Les études de structure faites sur des terrains à peine plus jeunes du Zimbabwe (ancienne Rhodésie) ont montré qu'il y a trois milliards d'années se sont produites des déformations de grande amplitude. Les plissements que l'on a pu étudier sont analogues aux plissements alpins, montrant notamment l'existence de grands plis couchés de plusieurs dizaines de kilomètres, comme on en voit dans le cœur des Alpes autrichiennes ou dans l'Himalaya. Or ces structures géologiques ne prennent naissance que lors de phénomènes de collision entre continents. De là, on déduit que dès cette époque se produisirent des collisions entre blocs continentaux, et que, vraisemblablement, surgirent alors entre eux des chaînes de montagnes aux reliefs élevés, comme les Alpes ou l'Himalaya actuels.

Tout semblait donc fort peu différent d'aujourd'hui : des continents mobiles dérivant, entrant en collision ; une tectonique des plaques témoignant par les mouvements du plancher des océans des mouvements de convection interne du manteau terrestre ; un cycle érosion-sédimentation-érection des reliefs.

Tous les ingrédients de la géologie moderne semblent être en place dès ces âges très reculés.

Ces conclusions résultent de l'observation de quelques kilomètres carrés de terrains anciens avec un regard aiguisé par les connaissances que l'on a pu réunir sur les terrains plus récents, ceux datés de quelques centaines de millions d'années. En géologie comme en histoire, la connaissance du présent et du récent est la clef de l'étude du passé ! Cette méthode, instituée en principe par les créateurs de la géologie que furent l'Écossais Hutton puis l'Anglais Lyell, est appelée principe des causes actuelles.

Mais si, incontestablement, « *the Present is the key for the past* », comme disait Lyell, il ne faut pas en déduire que l'histoire géologique a toujours été semblable à elle-même, comme le croyait Hutton, qui affirmait, défendant le cycle géologique perpétuel : « *No vestige of a beginning. No prospect for an end.* »

Rien n'efface rien…

Même si la présentation que nous venons de faire pourrait laisser croire que l'archéen était très similaire aux périodes géologiques récentes, et donc que la vision huttonienne était juste, il n'en est rien.

Dans un cadre général commun constitué par cette lutte incessante entre l'activité géologique interne, qui crée les reliefs, et l'activité géologique externe, qui, avec le cycle de l'eau, les détruit, par cette dualité entre un domaine océanique dont le soubassement est en perpétuel renouvellement et un domaine continental qui traverse le temps tout en en subissant les outrages, il existe une évolution historique très nette.

Il y a trois milliards d'années, ni l'activité interne ni l'activité externe n'étaient strictement identiques à ce qu'elles sont aujourd'hui. Certains phénomènes qui jouaient un rôle important à l'archéen se sont éteints avec le temps : ainsi les gros impacts de météorites, les réactions intenses avec l'acide carbonique alors concentré dans certaines eaux. D'autres, à l'inverse, sont importants aujourd'hui alors qu'ils étaient absents à cette époque, et notamment ceux liés à la vie actuelle.

La vie qui a existé très vite n'avait pas le même rôle qu'aujourd'hui. Il n'y avait pas d'arbres, pas de sols, donc un système d'érosion extrêmement différent de celui que nous connaissons. Les paysages de l'archéen étaient partout dénudés ; certes, de l'eau ruisselait sur les continents, et il est probable que ce ruissellement s'organisait en réseau fluviatile, mais il n'était pas filtré par notre système de sols, si important dans les systèmes d'érosion actuels. Certes, il y avait des bactéries, et elles n'étaient pas géologiquement inertes, mais leur rôle n'était pas de fabriquer des sols riches en matière organique. Nul doute que l'évolution des continents était bien différente de ce qu'elle est aujourd'hui. L'érosion y était sans doute plus directe, moins progressive, à cause de l'absence de ce « tampon » que constituent les sols [1].

---

1. Le sol est, géologiquement parlant, la couche meuble, de 50 centimètres à quelques mètres d'épaisseur, qui recouvre la

Ensuite, et ce n'est sans doute pas une mince différence, l'atmosphère était toujours très riche en gaz carbonique, très pauvre en oxygène, et plus dense qu'aujourd'hui, d'autant que devait subsister dans les nuages un peu d'acide sulfurique et d'acide chlorhydrique, produits des réactions avec l'eau des matériaux projetés par les éruptions volcaniques explosives. En contact avec cette atmosphère, les eaux étaient donc acides et peu oxygénées, d'où leur pouvoir corrosif accru. Comme la température à la surface était en moyenne plus élevée qu'aujourd'hui du fait de l'« effet de serre » provoqué par un gaz carbonique abondant, et comme la vitesse des réactions chimiques augmente très vite avec la température, ces conditions ne faisaient qu'accroître davantage encore le pouvoir corrosif des eaux ruisselant sur les continents. Ceux-ci étaient donc soumis à une érosion intense, rabotés et usés à une allure très rapide.

D'autant qu'à l'érosion due à la pluie, sans doute souvent torrentielle, s'ajoutaient les dégâts provoqués par les impacts d'objets planétaires de dimensions parfois considérables. Ces continents primitifs étaient en effet criblés de cratères d'impact. Le sol lunaire nous le dit sans ambiguïté : des débris, des blocs, des poussières témoignent des chocs de ces projectiles. Certains étaient de dimension telle que des surfaces grandes comme la France étaient

---

roche dure et sur laquelle poussent les plantes ; elle est un mélange de résidu d'érosion et de matière organique.

littéralement pulvérisées en un instant. Il en résultait un trou dans le continent ! Lorsque les impacts étaient moins importants, ils se contentaient de cribler la surface de la même manière qu'ils criblaient celle de la Lune. Mais, sur la Terre, il y avait un agent destructeur de plus, absent sur la Lune : l'eau. Les débris, déchiquetés, pulvérisés par les impacts, étaient soumis à l'action dissolvante et corrosive de ces eaux que nous avons dites acides, et étaient donc rapidement transformés, transportés et évacués. S'y ajoutaient des vents qui, s'ils étaient moins rapides que ceux d'aujourd'hui, étaient « composés » d'un air plus dense, donc avec un pouvoir de transport plus élevé. Les poussières créées par les impacts étaient déplacées, accumulées ici ou là pour former des dunes gigantesques comme on en voit encore aujourd'hui sur Mars ou au Sahara.

Naturellement, tout cela était modulé selon les climats, et donc la géographie, car il ne fait aucun doute qu'avec une météorologie aussi active, une répartition terre/mer aussi particulière, une atmosphère plus épaisse et riche en gaz carbonique qui induisait une différence d'ensoleillement importante entre les pôles et l'équateur, il existait une zonation climatique que l'on a du mal à reconstituer avec exactitude, mais que l'on peut se représenter aisément.

Cette évocation des conditions externes de la planète ne résulte ni de l'imagination de l'auteur ni même de la logique extrapolatrice des géologues. Elle est attestée par l'observation des sédiments archéens, de leur nature et de leur répartition. Les sédiments chimiques de fer associés à la silice, les minerais détritiques d'uranium, les sédiments grossiers, les calcaires abondants : autant de traces qui corroborent nos affirmations.

Sans entrer dans les détails de la technique géologique, disons que chaque sédiment, chaque strate « parle » à qui sait déchiffrer son message. Le fer est aujourd'hui insoluble dans les conditions de surface. C'est pourquoi il s'accumule dans les latérites ferrugineuses et donne leur couleur rouge aux sols tropicaux. Si, à l'archéen, le fer était soluble, transporté par les fleuves, et s'il précipitait avec la silice, c'est que les conditions étaient alors toutes différentes : pas d'oxygène, beaucoup de gaz carbonique… Si, à l'inverse, l'uranium, soluble aujourd'hui, était transporté sous forme de graviers, c'est là aussi un autre message, etc.

Dick Holland, de Harvard, s'est fait une spécialité de la reconstitution des conditions archéennes, et c'est en grande partie sur son travail que nos descriptions se sont appuyées.

L'activité externe de la planète était plus intense qu'aujourd'hui ; son activité interne aussi.

L'intérieur de la Terre était beaucoup plus chaud. Non seulement il est logique de l'affirmer, mais, là encore, on peut le prouver. D'abord, on trouve dans les terrains archéens une quantité considérable de roches sédimentaires d'origine volcanique, preuve directe d'un volcanisme sous-marin sans équivalent, en abondance aujourd'hui. Mais on trouve aussi des laves très particulières, faites d'olivine fondue. Aujourd'hui, les laves volcaniques qui arrivent à la surface et qui y cristallisent sont basaltiques, ce qui indique une température de fusion de 1 100 degrés. À l'archéen, certaines laves étaient faites en majeure partie d'olivine, ce qui indique des températures de fusion de 1 300 à 1 600 degrés, preuve directe d'un intérieur plus chaud.

Lorsque ces coulées de laves pétrifiées ont été découvertes et analysées par les frères Viljoen, près du village de Komatii, en Afrique du Sud, l'incrédulité du monde géologique fut générale. Les spécialistes de l'origine des roches volcaniques étaient catégoriques : des laves faites à plus de 50 % d'olivine étaient « impossibles ». Cela contredisait toutes les expériences jamais réalisées en laboratoire. Les deux géologues sud-africains, alors inconnus, avaient sûrement commis une erreur d'observation : il ne s'agissait probablement pas de laves ! Pourtant, il fallut se rendre à l'évidence. Des komatiites (tel fut désormais le nom qu'on leur donna) ont été découvertes ailleurs : en Australie, au Canada. Ce sont bien d'anciennes laves. Elles sont géologiquement associées à d'autres laves plus classiques, de type basaltes, et dessinent avec elles, sur les cartes, des ceintures étroites et allongées dont les festons séparent les grandes masses granitiques. Observées de plus près, ces laves ont des structures en pelochons qui attestent qu'elles ont pris naissance sous la mer. À ces laves sont associés des gisements de métaux : chrome, nickel, platine, titane. Une partie de la richesse minière du Canada, de l'Aus-

tralie et de l'Afrique du Sud vient de là. On peut affirmer aujourd'hui que l'Inde, la Sibérie, la Chine et sans doute le Brésil recèlent les mêmes richesses, car il existe dans tous ces pays des ceintures de komatiites, et donc (j'emploie ici le « donc » sans hésiter) des réserves minières analogues. Il suffit de les chercher… et de les trouver.

Le brio des géologues de l'Empire britannique à découvrir de tels gisements a fait la richesse du Canada, de l'Afrique du Sud et de l'Australie. Cette richesse relève en grande partie de l'époque archéenne. Il est juste d'ajouter qu'aux gisements liés aux komatiites s'en ajoutent qui ne leur sont associés qu'indirectement. Ce sont les gisements détritiques d'or, dont le plus fameux, au Witwatesrand, en Afrique du Sud, assure à ce pays une place dans l'économie mondiale qui n'a fait, hélas, que perpétuer trop longtemps ses pratiques ségrégationnistes : « Quand on possède beaucoup, on partage moins ! » Quand on a des « esclaves » mal payés pour extraire les minerais, on est moins enclin à leur accorder l'égalité des droits et les libérer !

Les komatiites sont les témoins les plus spectaculaires de l'activité interne de la planète archéenne ; elles indiquent que l'intérieur de la Terre était plus chaud qu'aujourd'hui, vérité au demeurant logique quand on sait que la Terre dut évacuer l'énergie accumulée pendant l'accrétion et que les radioactivités y étaient plus intenses que de nos jours[1].

---

1. Les isotopes radioactifs se détruisent avec le temps, ils

Outre l'activité volcanique sous-marine que nous avons mentionnée et dont la signature se retrouve dans les sédiments, les granites, dont l'existence est détectée grâce aux zircons, dès – 4,3 milliards d'années, sont abondants et massifs dès – 3,8 milliards d'années. Certains sont un peu particuliers, car plus riches en calcium et en magnésium que les granites modernes, mais, pour l'essentiel, ce sont des granites classiques, constituants essentiels de la croûte continentale avec deux minéraux essentiels, le quartz et le feldspath. Les questions fondamentales que se posent tous les géologues sont liées à ces granites, ou plus précisément à cette croûte continentale : pourquoi n'y avait-il pas de continents « dès le début », comme il y avait une atmosphère, un océan, un noyau, un manteau ? S'ils n'étaient pas présents au début, quand ont-ils commencé à se former ? À quelle vitesse ? Quand ont-ils atteint leur taille actuelle, c'est-à-dire couvert les deux tiers de la surface du globe ?

Nous allons répondre à ces questions de manière nuancée, tant il faut se montrer prudent en cette affaire.

Pourquoi dit-on qu'il n'y avait pas de continents au début ?

D'abord, parce qu'on n'en a pas de trace directe.

étaient donc plus abondants il y a quatre milliards d'années. Comme la radioactivité dégage de la chaleur et est en fait la principale source de chaleur interne, il est logique de supposer que l'intérieur du globe était plus chaud à l'archéen.

Aucune roche datée n'a donné un âge supérieur à 3,8 milliards d'années, aucun zircon n'a été crédité de plus de 4,3 milliards d'années. Or le zircon résiste à tout : on trouve sur certaines plages actuelles d'Amérique du Nord des zircons âgés de 2,8, de 1,8, de 1 et de 0,3 milliards d'années, c'est-à-dire datant de toutes les grandes époques de granitisation de cette région du monde !

Ensuite, parce qu'on n'en a aucune trace indirecte. Lorsqu'un morceau de croûte continentale se forme, il emporte avec lui de grandes quantités de rubidium et d'uranium[1]. Il appauvrit donc d'autant le manteau en ces éléments. Le temps passant, le rubidium et l'uranium se transforment en certains isotopes de strontium et de plomb : c'est la manifestation de leur radioactivité, propriété transmutante de certains isotopes dont nous avons déjà beaucoup parlé. Si les isotopes de strontium et de plomb produits par radioactivité sont appauvris dans le manteau, c'est un indice que de la croûte continentale s'est formée. S'ils sont présents avec leur abondance d'origine, c'est, à l'inverse, que la « riche » croûte terrestre ne s'est pas extraite du manteau. On peut, par la mesure et le calcul, préciser tout cela.

Or l'étude des roches venant du manteau et âgées de 2,7 à 3,4 milliards d'années, les fameuses koma-

---

1. La croûte continentale est enrichie en ions de grosses tailles comme le potassium, le sodium, un peu de calcium, mais aussi l'uranium, le thorium, le rubidium, etc.

tiites, montre que le manteau, vers – 4,4 milliards d'années, n'avait pas perdu beaucoup de son rubidium ou de son uranium. L'étude de la composition isotopique du strontium et du plomb le confirme.

Pourquoi n'y avait-il pas de croûte continentale (ou en tout cas pas de croûte en quantité importante) au début ? C'est une question encore plus difficile, sur laquelle nous sommes contraints aux conjectures les plus hardies.

La réponse la plus commune consiste à admettre que des continents se sont formés dès le début de l'activité terrestre, que des massifs de granites s'agglomérèrent les uns à côté des autres comme de gigantesques moutons, mais que, sitôt formés, ils furent détruits par les impacts de gigantesques planétésimals, détruits ou digérés par l'activité volcanique, engloutis sous forme de sédiments par le manteau…

Bref, ces continents primitifs ne purent survivre, et les rares zircons que l'on trouve dans les sédiments et qui datent de cette époque sont les seuls vestiges de ces granites primitifs. C'est seulement lorsque les courants de convection internes, lorsque cette tectonique des plaques archaïque, sans doute tumultueuse et désordonnée, s'est atténuée, ralentie, assagie, c'est seulement lorsque l'intensité du bombardement météoritique a diminué que les continents ont pu survivre.

Deux cents millions d'années après le début : tel est le chiffre admis aujourd'hui. Il se pourrait que ce soit cent cinquante, voire cinquante millions d'années. Mais guère moins.

Ce que l'on sait en toute certitude, en revanche, c'est que, dès que les premiers embryons de continents ont pu survivre, dès que ces immenses radeaux continentaux ont pu subsister, leur développement a été extrêmement rapide.

La période qui va de – 4,3 à – 2,7 milliards d'années a été la période de croissance des continents. Tout porte à croire que, dès la fin de cette période, peut-être même dès – 3 milliards d'années, la surface des continents était identique à ce qu'elle est aujourd'hui.

Ce résultat, désormais admis, n'a été obtenu qu'après une longue bataille d'experts au cours de laquelle l'interprétation des mesures des isotopes de strontium, de plomb et de néodyme, faites sur les roches anciennes, a été au cœur du débat. C'est, là encore, un succès des méthodes isotopiques, sans lesquelles aucune réponse n'aurait pu être apportée à cette question. Les mécanismes par lesquels la croûte granitique s'est extraite du manteau ne sont pas encore totalement élucidés, mais on sait que la formation de magma et l'expulsion vers la surface d'ions volumineux comme le sodium, le potassium, associés à l'aluminium, en ont constitué des étapes essentielles.

L'avenir nous livrera le secret de ces mécanismes intimes. C'est sans doute en bordure de ces continents en pleine expansion, sur des plages battues par les marées, qu'est apparu vers – 3,8, – 3,5 ou – 3,4 milliards d'années le phénomène le plus extraordinaire de notre histoire terrestre : la Vie.

La vie est le phénomène par lequel des assemblages structurés de molécules complexes tirent spontanément matière et énergie de leur environnement pour se reproduire. Ces assemblages structurés, dotés des propriétés de reproduction, s'appellent des organismes vivants.

Les traces d'organismes vivants existent dans les formations géologiques de 3,4 milliards d'années, notamment en Australie et en Afrique du Sud. Ces traces sont de longs filaments, associés dans des structures géologiques très caractéristiques que l'on appelle des stromatolites. Il s'agit de roches faites de feuillets empilés, assemblés en structures cylindriques, plus ou moins « moutonnées ». Ces structures sont de nature calcaire ou siliceuse. La genèse de ces formations a donné lieu à bien des polémiques, jusqu'au jour où l'on en a retrouvé les équivalents actuels dans des lagunes d'Australie. Il s'agit d'encroûtements faits autour de populations d'algues bleu-vert, situées dans des milieux chauds et peu profonds. Les études microscopiques ont montré des structures cellulaires microscopiques, associées en filaments.

Passons sur la longue série de péripéties et de débats qui ont entouré ces découvertes (indices proclamés, puis niés, puis confirmés, etc.) pour affirmer que ces traces géologiques, ces fossiles, découverts dans des terrains de 3,4 milliards d'années, correspondent à ce qui devait être des bactéries et des algues.

Nul organisme pluricellulaire ayant des fonctions complexes, mais les reliques de ce qui existe parmi les formes les plus primitives de la vie. Ce ne sont là que des traces (difficilement déchiffrables) dont on ne connaît ni la composition chimique exacte, ni encore moins la physiologie. Comment se sont-elles formées ? Quel était leur ancêtre primitif ? Comment vivaient-elles ? Comment se nourrissaient-elles ?

Pasteur a annihilé au XIXe siècle la croyance en la génération spontanée, la croyance dans le fait qu'un peu de poussière éclairée par la lumière suffisait pour produire des microbes (ou des souris !), théorie à laquelle croyaient Buffon et tant d'autres. À partir de là s'est développée l'idée qu'entre la matière vivante et la matière inanimée il existait une différence fondamentale, une sorte de « force vitale » transmise d'individu *à* individu, et qui, par-delà la mort, traverserait les générations. La vie était éternelle grâce à la reproduction, qui avait pour propriété de transmettre la force vitale. Cette croyance était si forte, si bien ancrée dans les esprits, que, lorsque je faisais mes études, dans les années 1960, on insistait beaucoup sur le fait que la vie était seule capable de produire de très grosses molécules complexes, comme les protéines. Certains professeurs, et non des moindres, affirmaient ouvertement que les lois régissant les développements biochimiques étaient très différentes de celles de la chimie de laboratoire.

À cette conception a succédé une nouvelle vision des choses. D'une part, les succès de la synthèse organique ont montré que l'on savait fabriquer artificiellement de grosses molécules (la synthèse de la molécule B 52 par Woodward et sa nombreuse équipe à Harvard a marqué à cet égard une étape spectaculaire). D'autre part, Stanley Miller réalise à Chicago, en 1952-1953, l'expérience dite de la synthèse de la vie : il enferme dans une ampoule scellée un mélange composé d'ammoniac, de méthane, d'eau et d'hydrogène qu'il soumet à des décharges électriques.

Pourquoi ce mélange ? Parce qu'un biochimiste russe, Oparine, vient d'affirmer que l'atmosphère primitive de la Terre était « forcément » réductrice, donc vraisemblablement formée par ces composés chimiques, et que c'est à partir de cette soupe primitive qu'est apparue la vie. Stanley Miller, alors étudiant, est fasciné par la théorie d'Oparine. Il entend la démontrer !

Pourquoi des décharges électriques ? Pour simuler la foudre et les orages, supposés être aussi fréquents que violents dans cette atmosphère primitive.

Malgré le scepticisme de son directeur de thèse, le célèbre Harold Urey, Stanley Miller réalise l'expérience. Ô surprise ! En ouvrant son tube scellé et en l'analysant, il trouve des composés organiques à la richesse insoupçonnée du point de vue chimique. Il y détecte des molécules variées, notamment des acides aminés, des sucres, molécules complexes que l'on croyait synonymes de matière vivante. À partir de là, les extrapolations vont bon train : la théorie d'Oparine est vraie, on a synthétisé la vie !

Cinquante ans après cette merveilleuse expérience,

force est aujourd'hui de constater que Stanley Miller n'avait pas synthétisé la vie…

Et pourtant, ce ne fut pas faute d'avoir essayé.

Lui et beaucoup d'autres après lui. On a fait varier les matériaux de l'expérience. À l'ammoniac et au méthane se sont substitués l'azote et le gaz carbonique. Aux décharges électriques s'est ajouté l'éclairage par rayons X ou UV…

À chaque fois, un succès – ou plutôt un échec !…

On a certes synthétisé des composés chimiques complexes, analogues à ceux de Miller, mais aucun d'eux n'a été capable de se reproduire. Aucun de ces mélanges ne ressemble de près ou de loin à la vie…

Abandonnant l'expérience, on s'est alors tourné vers l'observation.

La découverte de molécules organiques plus ou moins complexes – alcool, aldéhydes… – dans les espaces interstellaires a suscité beaucoup de rêves. Et si la vie était née dans le cosmos, dans ces espaces glacés qui « remplissent le vide » entre les étoiles ? La Terre aurait été ensemencée par la vie et le milieu favorable aurait permis son développement ! Certains, et non des moindres, le célèbre astrophysicien Fred Hoyle puis même Francis Crick, le découvreur de la structure de l'ADN, ont pu soutenir cette idée qu'il faut qualifier d'invraisemblable…

L'observation de faunes et de flores associées aux sources chaudes sous-marines a déplacé les imaginations vers une autre piste. Et si la vie était finalement apparue dans les conditions inhospitalières et étranges qui règnent tout au fond de la mer, à des températures de plus de 200 degrés ?

Le fait que des argiles formées de plaquettes empilées peuvent se débiter et se reformer a suscité un autre espoir : n'est-ce pas là le modèle de l'explication de la vie, de la réplication de l'ADN ?

Ainsi, depuis une vingtaine d'années, des centaines de chercheurs ont affirmé avoir reconstitué la manière dont la vie est apparue. Mais aucun ne l'a reproduite !

Pour ma part, je nourris la même opinion qu'exprimait peu avant sa mort le grand biologiste Max Delbrück : je n'ai pas l'impression que ces expériences, ces théories, ces scénarios nous rapprochent de la compréhension de l'origine de la vie ; je crois au contraire qu'on en reste toujours très éloigné. Il faudrait un autre « pas de géant » analogue à celui qu'a fait Stanley Miller ! On attend.

Les progrès de la biologie moléculaire ont été tels depuis vingt ans que la vie apparaît aujourd'hui comme un mécanisme extrêmement complexe, mais réglé par des séquences aussi ordonnées que précises. Une simple cellule a ses règles de fonctionnement, avec son ADN, sa transcription passant par l'ARN, ses messagers, ses régulateurs, etc., bref, toute une mécanique chimique obéissant à un programme. Une simple cellule vivante n'est pas un amas de molécules, c'est une structure chimique qui fonctionne selon un projet. Tout cela n'a rien à voir avec le mélange de quelques acides aminés. Entre les résultats de Stanley Miller et la cellule la plus élémentaire, on sait désormais qu'il y a une distance considérable, qui réside dans le fonctionnement moléculaire même.

Tant qu'on n'aura pas réalisé en laboratoire la synthèse d'un ADN qui se dédoublera et se reconstituera sans intervention extérieure, on n'aura rien compris à l'origine de la vie.

Mais les progrès de la biologie moléculaire sont aujourd'hui si extraordinaires que ce « miracle » va peut-être arriver un jour.

Et pourtant, la vie est bien apparue sur la Terre entre – 4 et – 3,5 milliards d'années !

En disant clairement que nous ne savons pas très bien comment, en répétant que l'origine de la vie et son mécanisme fondamental restent du domaine du mystère, qui pourrions-nous offenser ?

Cela étant, on peut se risquer à imaginer les circonstances dans lesquelles est apparue la vie, tout en sachant et en disant les limites de ces spéculations. Les progrès de la microbiologie et de la biologie moléculaire permettent de cerner un peu mieux chaque jour ces problèmes. Voyons comment on peut penser de telles circonstances.

Les premiers êtres organisés étaient sans doute des êtres unicellulaires. Pourquoi ? Parce que ces êtres sont les plus simples, et qu'il est logique que la vie ait commencé par le plus simple pour aller vers le plus complexe.

Ces premiers êtres vivants étaient probablement

des bactéries, dont on a découvert petit à petit l'extraordinaire variété, la remarquable robustesse et l'adaptabilité pratiquement à tous les milieux, grâce à leur rapidité de mutation.

Les premières bactéries étaient des êtres vivants qu'on appelle procaryotes, c'est-à-dire que leur unique cellule n'avait pas de noyau. Il en existe encore aujourd'hui, et, au nom du principe de complexification croissante, il est naturel de penser que ce sont ces structures qui sont les plus primitives.

Une cellule était donc constituée des protéines enfermées dans une membrane. La question est : qui portait l'information génétique ? qui permettait la reproduction et la croissance de ces cellules ?

Aujourd'hui, dans les cellules vivantes, on sait que c'est l'ADN (acide désoxyribonucléique) qui porte l'information génétique. Il transmet cette information pour la rendre opérationnelle à l'aide d'une autre grosse molécule appelée ARN (acide ribonucléique), que l'on appelle aussi ARN messager. Cet ARN permet à son tour de fabriquer les protéines. Or ces protéines ont un double rôle. D'une part, elles constituent les organes, mais, surtout, ce sont des enzymes, ces catalyseurs, qui favorisent les réactions de synthèse permettant à des réactions lentes ou difficiles de se produire efficacement. Pourtant, on tend à penser aujourd'hui qu'à l'époque archaïque ces processus génétiques ne se produisaient pas ainsi. Que le rôle central était joué par l'ARN et qu'il n'y avait pas d'ADN.

Cet ARN est à la fois plus facile à fabriquer, plus

souple dans son comportement, mais aussi plus fragile. Il fait beaucoup plus « de fautes » en transmettant l'information génétique en la « recopiant ». Les ARN primitifs donnaient sans doute naissance à des variétés considérables de types de cellules sur lesquelles jouait la sélection naturelle. C'est ainsi vraisemblablement qu'ont été « sélectionnées » les cellules qui pelotonnaient leur ARN en formant un amas compact. Ainsi est né le noyau cellulaire. On est passé des procaryotes aux eucaryotes. Et ainsi la vie s'est différenciée en trois rameaux. Celui des bactéries *stricto sensu*, celui des archéos et celui des algues.

Même si le problème génétique était « résolu » par l'utilisation de l'ARN, il y avait pour ces êtres unicellulaires un redoutable problème : celui de l'énergie.

Pour fabriquer de la matière vivante, pour se déplacer, pour grossir et se multiplier, il faut de l'énergie. Toute matière vivante consomme de l'énergie. Aujourd'hui, beaucoup de ces dépenses d'énergie mettent en jeu l'oxygène. On « brûle » l'oxygène et on récupère l'énergie dégagée. C'est ce qui se passe dans nos tissus, et c'est pourquoi la respiration est un élément indispensable à notre vie. Mais comment faisaient les êtres primitifs puisqu'il n'y avait pas d'oxygène libre dans l'atmosphère de cette époque ?

C'est vers des réactions d'oxydoréduction des espèces soufrées ou même vers la réduction de l'eau qu'on s'oriente pour expliquer la source d'énergie de ces êtres primitifs. Laissons les détails, car ils sont trop complexes et par ailleurs incertains.

Le phénomène important qui s'est produit au cours de cette période constitue ce qu'on appelle l'endosynbiose. Certaines bactéries ont littéralement fusionné, l'une d'entre elles donnant la place d'un élément de la cellule comme le sont les plastes ou le ribosome actuel.

Ces fusions bactériennes ont permis progressivement de fabriquer des cellules complexes, avec des micro-organes (organelles) et dont les fonctions se sont diversifiées.

Ainsi, sans doute après plusieurs centaines de millions d'années (c'est-à-dire quelques milliards de milliards de milliards de mutations !), sont nées les cyanobactéries, puis les algues photo synthétiques, bref, une série d'organismes capables d'utiliser le gaz carbonique et l'azote de l'air pour vivre, mais aussi – étape fondamentale – de rejeter de l'oxygène. Cette étape a été décisive pour l'évolution de l'atmosphère mais a dû s'amorcer doucement il y a environ trois milliards d'années.

De ces péripéties, retenons deux messages. Premièrement, c'est la biologie qui nous donnera la clef de tout cela, car la paléontologie est très désarmée puisque les traces de ces premiers êtres sont mal conservées et ambiguës à interpréter.

Deuxièmement, le monde bactérien a été depuis le début et est sans doute aujourd'hui encore un élément essentiel de l'activité biologique et chimique de la surface terrestre. On ne le connaît pas assez.

Il est logique d'admettre que l'atmosphère primitive était composée de gaz carbonique, d'azote, peut-être d'un peu de méthane et d'ammoniac. Il est logique de supposer que la photosynthèse a permis d'utiliser le gaz carbonique et de rejeter de l'oxygène. Il est logique de supposer que…

Il est logique, mais, pour le reste, on ne sait rien. Si ce n'est que la vie est finalement apparue assez facilement sur la Terre (un milliard d'années – peut-être beaucoup moins ! – a suffi), alors qu'elle est absente de toutes les planètes et de tous les satellites du système solaire. De là, on peut conclure que si l'on ne sait pas comment s'est formée la vie, force est de constater que les conditions terrestres semblent des conditions d'environnement spécifiques mais extrêmement favorables

Cette vie qui vient d'apparaître va mettre des milliards d'années pour évoluer, jouer un rôle géologique actif, et finalement dominer l'évolution de la surface de notre planète.

Là gît sans aucun doute le grand mystère. Pour les scientifiques comme pour les autres.

En l'état actuel de nos connaissances, il n'est pas scientifiquement absurde d'admettre qu'entre l'inanimé et le vivant il y a une « distance » si grande qu'elle n'a pu être comblée que par l'intervention de Dieu.

Rien, dans nos connaissances scientifiques actuelles, n'interdit de le penser. Cette attitude n'a donc à mes yeux rien de choquant.

Il n'y aurait danger, sur le plan du développement scientifique, que si l'on donnait à cette explication provisoire, destinée à combler un vide réel de la connaissance, un caractère définitif, arrêtant par là même les efforts de recherche ou cherchant à les ralentir.

Ma conviction est qu'un jour quelqu'un finira par avoir la « bonne idée », réalisera la réplication naturelle de l'ADN, sa synthèse, et fabriquera dans son becher un morceau de vie. Ce jour-là, beaucoup crieront sans doute aux risques d'une telle découverte, ils appelleront l'éthique à la rescousse, diaboliseront cette science impertinente et cloueront au pilori les scientifiques, coupables de s'intéresser de trop près à ce qui devrait rester du domaine des dieux.

Ce jour-là n'est pas arrivé…

Peut-être est-il proche. Peut-être est-il relégué dans l'infinité d'un futur incertain.

En attendant, disons que nous ne savons rien… ou presque.

Telle me paraît être l'attitude de la science. Continuer à chercher sans tabous ni interdits, et, entretemps, dire ce que l'on sait et ce que l'on ignore, ce que l'on comprend et ce que l'on ne comprend pas.

Pourquoi, en attendant, certains ne feraient-ils pas aussi appel à Dieu ? Une autre manière d'exprimer notre ignorance…

CHAPITRE X

Le protérozoïque

Le protérozoïque s'étend de la fin de l'archéen au début des temps que l'on appelle fossilifères. De – 2 700 à – 560 millions d'années.

C'est donc une très longue période de près de deux milliards d'années. Pourtant, on a tendance à traiter cette période comme une transition entre la Terre archaïque, avec toutes ses spécificités, sa violence, et la Terre actuelle, telle que nous la connaissons. De fait (est-ce un biais ou une réalité ?), les témoignages du protérozoïque pourraient être classés entre ceux qui marquent la fin de l'époque archaïque, celle de la création et des premiers jours, et ceux qui annoncent la période moderne.

Le protérozoïque est donc d'abord un lien, un fil d'Ariane qui marque la continuité géologique et l'évolution lente. Pas de bouleversements planétaires décisifs, pas d'accélération soudaine de l'histoire naturelle, une évolution progressive qui fait passer la Terre d'une période antique à sa période moderne. Une sorte de Moyen Âge géologique, en somme.

Comme le Moyen Âge, le protérozoïque a ses richesses et ses particularités propres ; comme le Moyen Âge, c'est une période essentielle, même si, jusqu'à présent, elle n'a guère mobilisé les géologues (sauf pour des raisons économiques).

Contrairement à ce que nous avons évoqué pour l'archéen, les conditions d'observation et d'occurrence sont, pour les terrains de cette époque, assez bonnes. Les formations géologiques protérozoïques ne sont pas, comme les terrains archéens, éparses, distribuées en inclusions, en fenêtres ou en débris, isolées au milieu d'autres terrains plus jeunes ; pour leur majeure partie, elles forment de grandes étendues de plusieurs centaines de kilomètres carrés, de véritables provinces. Le caractère commun aux roches qui constituent ces provinces est leur âge identique ou quasi identique. Ainsi, on parle de la province du Greenville, en Amérique du Nord, dont les âges sont groupés entre 900 et 1 100 millions d'années ; de la province Svecofennides, en Scandinavie, dont les âges oscillent autour de 1 800 millions d'années ; de la province Panafricaine, qui étend sa ceinture en Afrique et en Amérique du Sud et dont les âges sont compris entre 600 et 550 millions d'années.

On peut donc étudier ces provinces par les méthodes traditionnelles de la géologie : expédition sur le terrain, cartographie destinée à suivre les contacts entre terrains différents, collecte d'échantillons, détermination d'âge (il faut bien sûr faire appel aux méthodes isotopiques), interprétation des grandes structures résultant des plissements, etc.

Ces études, dont l'intensité a crû au fur et à mesure que se développaient les méthodes de datation isotopiques, ont permis de mettre en évidence quelques faits fondamentaux inhérents à l'évolution des continents.

La cartographie des grandes régions du globe a montré que ces provinces protérozoïques couvrent les quatre cinquièmes de la surface des continents actuels. Pour le cinquième restant, c'est-à-dire pour les provinces phanérozoïques qui constituent par exemple l'Europe moyenne, le pourtour méditerranéen ou la zone des cordillères américaines nord et sud, tout comme les Appalaches ou l'Oural, l'étude de leur soubassement, de ses roches granitiques ou métamorphiques, et plus précisément leur datation, a montré que celui-ci était lui aussi d'âge protérozoïque : 2 000 millions d'années pour le soubassement des Alpes, 1 000 millions d'années pour celui des Appalaches, 1 600 millions d'années pour celui du Massif central, etc.

On a donc l'impression que les continents se sont formés tout au long du protérozoïque. L'étude de détail de chaque province montre qu'il y a certes une communauté d'âge, province par province, mais que cet âge commun est la résultante de l'appartenance de toutes les roches à un même cycle géologique (érosion, sédimentation, plissement, granitisation). En particulier, chaque province est caractérisée par l'existence d'une période où les sédiments empilés horizontalement et assez fragiles se sont plissés, ont durci, et ont été pénétrés par des injections de granites, bref, où le bâti géologique s'est transformé en morceau de continent solide et résistant.

Cet épisode de plissements dans les profondeurs et d'injection de granites marque en fait la fabrication d'un morceau de croûte continentale. Le protérozoïque apparaît alors comme l'époque où, par périodes, par saccades, par crises, se seraient fabriqués de tels morceaux de croûte. Ainsi considéré, le protérozoïque revêt une dimension géologique tout à fait exceptionnelle. C'est la période de fabrication de nos continents !

L'arrangement topologique, cartographique, des provinces les unes par rapport aux autres indique comment ces continents se sont constitués.

Les provinces, où l'on distingue chaque période, chaque âge par une couleur caractéristique, dessinent sur la carte mondiale des continents un assemblage de pièces juxtaposées comme le sont ces patchworks indiens si populaires aux États-Unis. Un examen plus attentif fait apparaître dans certaines régions, notamment en Amérique du Nord, mais aussi en Scandinavie, une certaine logique que l'on a crue générale et conclusive. Les provinces semblent en effet s'assembler au gré d'une logique centrifuge : au centre les plus anciennes, puis, vers l'extérieur, les provinces de plus en plus jeunes. La région du Grand Nord canadien est très ancienne, elle est bordée à l'ouest par la région du Saskatchewan, qui a 2,8 milliards d'années d'âge ; sur ce môle s'enroule la région de Greenville (mille millions d'années), ceinture qui débute à l'est de Montréal et se continue jusqu'au Texas ; entourant ce bouclier, la chaîne allongée des Appalaches (quatre cents millions d'années) à l'est. Cette disposition a permis à certains d'affirmer qu'il fallait y voir la preuve de la croissance centrifuge des continents tout au long des temps géologiques.

Le continent américain aurait vu sa surface s'accroître au cours des temps par adjonction de nouvelles provinces périphériques : c'est l'accroissement de l'empire par ses marges…

Cette disposition des provinces d'âge protérozoïque du continent nord-américain appelle deux questions : la manière dont une telle disposition a pu prendre naissance, et les conditions par lesquelles elle a pu se maintenir.

Pour qui est familier de la disposition géologique actuelle, l'idée de l'accroissement continental par les marges est assez naturelle.

Observons les pourtours de l'Asie. Des Kouriles à Sumatra, partout des guirlandes d'îles, trois cents volcans disséminés, des mers intérieures où se déposent des quantités considérables de sédiments. Imaginons un mécanisme qui compresse tout cela contre l'Asie, qui le solidifie, le chauffe et le cuise, et nous aurons un immense croissant de croûte continentale, une immense province qui accroîtra la surface de l'Asie.

Observons la bordure ouest de l'Amérique du Sud. Il n'y a pas d'îles, mais le volcanisme, extrayant du matériel du manteau (sous forme de gigantesques volcans ou de granites vecteurs des mines d'or et d'argent, comme celle du Potosí), y est tout aussi copieux qu'en Asie du Sud-Est ; la cordillère des Andes en est le témoignage spectaculaire.

Dans un cas comme dans l'autre, nous voyons donc que la bordure de certains continents est formée de zones géologiquement très actives, que le volcanisme y transfère du matériel du manteau vers la croûte, bref, que tout y est réuni pour induire un phénomène de fabrication d'une nouvelle croûte continentale.

La préservation de ce patchwork de provinces est plus étrange. Nous savons que tout au long de l'histoire géologique, les continents se sont fragmentés, ont dérivé, se sont accolés. C'est la dérive des continents. Comment, dans ces conditions, la belle polarité d'âges du patchwork n'a-t-elle pas été détruite ?

Une recherche plus approfondie sur les autres continents permet aujourd'hui d'affirmer qu'il s'agit là d'une circonstance exceptionnelle qui n'a existé que pour l'Amérique du Nord. Les autres boucliers continentaux comme l'Europe, l'Asie, l'Afrique du Sud, ont une logique moins claire. On y rencontre aussi des provinces d'âges ; elles sont aussi accolées les unes aux autres, mais, d'une part, leurs dimensions sont très variables – parfois petites – d'autre part, la polarité d'âges appuyant l'idée d'une croissance centrifuge y est brouillée.

On peut montrer que les assemblages observés témoignent non pas d'un accroissement progressif par les marges, mais de collages de morceaux de continents les uns auprès des autres, sans aucune logique d'assemblage claire. Ces collages, qui sont aussi des collisions de continents, donnent également naissance à des chaînes de montagnes, comme l'Himalaya ; cependant, ces chaînes ne correspondent pas à un accroissement de surface, mais plutôt à une diminution, car la croûte y est redoublée par chevauchement. Les provinces d'âges sont alors contiguës, sans lien génétique. Elles ont été assemblées, mais leurs lieux d'origine sont multiples. Les équivalents actuels de tels collages de continents sont bien représentés en Asie. Ainsi, l'Inde, morceau de l'Afrique du Sud, est venue se coller à l'Asie il y a cinquante-cinq millions d'années ; l'Indochine, venant du sud elle aussi, avait fait de même cent millions d'années auparavant.

Petit à petit, le grand mystère de la croissance des continents se dissipe.

Une contradiction subsiste pourtant. Nous avons affirmé successivement que les continents étaient pratiquement achevés à l'archéen, puis que la grande période au cours de laquelle les continents actuels ont été fabriqués a été le protérozoïque. Comment l'un et l'autre peuvent-ils être vrais ?

C'est là un problème typique des sciences historiques. Un vestige conduit à une conclusion, un autre conduit à la conclusion apparemment opposée. Pour progresser, il faut lever la contradiction.

Ce que nous a dit le message isotopique de l'archéen, c'est que le volume de continents qui s'était extrait du manteau à l'archéen équivalait à peu près aux deux tiers en volume des continents actuels. Or, les continents ne sont pas d'âge archéen, mais protérozoïque. Il y a donc eu substitution. Quel est le mécanisme de substitution, le « bricolage » qui a fait disparaître une croûte continentale archéenne et l'a remplacée par une croûte protérozoïque ?

La destruction des continents est liée, pensons-nous, aux phénomènes de collision continentale, les fameux « collages », comme Inde-Asie, que nous avons évoqués. La collision entre continents, comme la collision entre voitures, écrabouille, plisse, gonfle la zone de choc, réduit la taille des protagonistes. Ce qui, pour les voitures, est l'horrible emboutissage de la zone avant, s'appelle, pour les continents par exemple, la zone Himalaya-Tibet, autrement dit de grosses montagnes, mais aussi de grands raccourcissements. La seule différence, c'est qu'en géologie l'érosion existe : après la collision, elle rabote les montagnes, évacue les sédiments, les dépose au fond de la mer. Emportés par la mobilité des fonds océaniques, ces sédiments, ces résidus de continents finissent dans le manteau. Reste que la collision a réduit la surface totale des continents.

La construction, quant à elle, se produit aux marges des continents, que ces marges soient de type Asie ou de type Amérique du Sud.

Ainsi, par le double mécanisme de fabrication de continents grâce au volcanisme des marges et de destruction de continents lors des collisions, la croûte archéenne a été peu à peu remplacée par la croûte protérozoïque.

Il y eut substitution et en même temps rajeunissement !

Les mécanismes de formation des continents dévoilés, reste à en établir les rythmes. À quel rythme s'est effectuée la croissance des continents ? En s'accélérant ou au contraire en se ralentissant ? D'une manière continue, uniforme, ou par crises, par pulsions ? Les modalités d'un phénomène sont aussi instructives que sa causalité.

Pour répondre à la question, écartons d'abord toute question de causalité et observons les faits.

Nul doute qu'il y a 2,7 milliards d'années a eu lieu une grande période de plissements, de granitisation, bref, de formation de continents. La Scandinavie, le Canada, l'Australie en sont des témoins. À – 2,5 milliards d'années, on signale quelques formations rocheuses qui datent de cette époque en Chine et en Sibérie, mais il faut bien dire qu'elles ne sont pas cartographiquement dominantes. Est-ce dû à des stades différents d'explorations géologiques ? Est-ce une réalité ?

Par contre, il semble clair qu'entre – 2,5 et – 2,1 milliards d'années, il y a peu de traces d'une activité géologique constructive en quelque point du globe que ce soit, sauf peut-être en Chine. Entre – 2,1 et – 1,6 milliards d'années débute en revanche une période d'activité intense, continue, à l'échelle mondiale. Elle est répartie géographiquement. Une sorte d'épidémie orogénique qui se propage. Entre

– 2,1 et – 1,9 milliards d'années, c'est l'Afrique de l'Ouest qui est en fièvre : le Sahara, le Maroc, la Côte d'Ivoire, mais aussi le Congo et la Tanzanie. Bien sûr, l'autre bord de l'Atlantique Sud, c'est-à-dire le Brésil, de l'Amazonie au Pérou, est le théâtre de la même activité.

Au Canada se déroule alors une activité importante, localisée aujourd'hui près de la baie d'Hudson. L'activité géologique dans la province aujourd'hui septentrionale, à savoir la Scandinavie, l'Écosse, le Labrador, est plus récente. Elle s'étend de – 1 850 à – 1 600 millions d'années, avec des reliques dispersées çà et là en Europe du Sud, en Arizona, dans le Wyoming, dans le Colorado, dans le bouclier russe. En Australie aussi, l'activité entre – 2 000 et – 1 700 millions d'années fut importante dans les provinces de Gawler.

La période de – 1,6 à – 1,3 milliard d'années semble correspondre à une période de calme où aucune partie importante de continent ne s'est construite. L'activité repart à – 1,3 milliard d'années au Congo, au Texas, en Scandinavie, en Amazonie. Elle atteint une intensité particulièrement importante autour du « millénaire » (de millions d'années), dans ce que l'on appelle la province de Greenville, c'est-à-dire au nord des Appalaches, dans le nord-est de l'Amérique du Nord. Mais aussi en Afrique du Sud, en Scandinavie, sans doute dans le soubassement aujourd'hui déchiqueté de ce qui constitue l'Europe.

Après – 900 millions d'années, le calme à nouveau. Il faudra attendre l'activité dite panafricaine, centrée autour de – 600 millions d'années, pour que la fièvre géologique se manifeste à nouveau à la surface de la planète. Granites et plissements existent dans tout le pourtour de l'Afrique et de l'Amérique du Sud, mais aussi en Europe et en Scandinavie.

À partir de là, peut-on conclure à l'existence de cycles d'activité continentale ? Une analyse statistique de la « fréquence cartographique » des terrains datés fait apparaître en milliards d'années des pics à 2,7 ; 2,3 ; 2 ; 1,7 ; 1,35 ; 0,6. Ce qui semble montrer une pseudo-périodicité autour de trois cents millions d'années. C'est ce que j'avais cru et écrit dans ma thèse. Depuis, l'exploration de régions alors mal connues, la Chine, l'Inde, la Sibérie, l'Ouest australien, a fait apparaître l'existence de granites à – 2,5, à – 1,8, à – 1,5 milliards d'années, et on peut donc se demander si la séquence évoquée n'est pas un simple « artefact » traduisant les lacunes de la connaissance.

Voilà ce qu'il en est à l'échelle mondiale. À l'échelle régionale, par contre, la réponse est claire : les additions de nouveaux morceaux de continents se sont faites à des périodes bien définies. Celles que nous avons évoquées.

Au terme de cette enquête, on peut dire que, sur la longue durée, la formation des continents a décru en intensité tout au long du protérozoïque, que cette addition n'a pas consisté en une activité continue, mais s'est produite par pulsions, par crises régionales, selon un rythme dont, à l'échelle du globe, on distingue mal s'il est régulier ou non.

Ces continents formés à diverses époques présentent un avantage : ce sont des mémoires qui ont enregistré dans leurs structures ou leurs compositions chimiques ou isotopiques divers événements géologiques. Leurs dates de début d'enregistrement coïncident bien sûr avec celles de leur recréation. Mais les continents témoignent aussi pour bien autre chose.

Ainsi, les terrains protérozoïques contiennent des témoignages attestant de phénomènes importants. Certains sont des reliques des temps « héroïques », d'autres sont des précurseurs des évolutions futures.

Parmi les premiers, les plus curieux sont ces gigantesques massifs rocheux d'origine magmatique, très particuliers, que l'on ne trouve que dans les terrains protérozoïques. Il s'agit de massifs rocheux qui se sont mis en place près de la surface sous forme de magmas fondus. Ce ne sont pas les fameuses laves à olivine, les komatiites de l'archéen, mais des massifs beaucoup plus gros, majestueux. D'origine magmatique, contenant aussi de l'olivine, ils se sont intrudés dans la croûte terrestre en venant des profondeurs, mais n'ont pas atteint la surface. Ce ne sont pas des édifices volcaniques, ce sont des ventres de volcans, des réservoirs de magmas, mais de taille exceptionnelle. Alors que les chambres magmatiques de volcans ont de 2 à 5 kilomètres de longueur, il s'agit ici de massifs cent fois plus gros. Ils sont à la fois étranges et précieux. Étranges, parce qu'ils n'ont pas d'équivalents géologiques à d'autres époques. Précieux, parce qu'ils sont sources de richesses en minerais. Deux d'entre eux, énormes, sont devenus les archétypes de ces massifs : le Bushveld et Sudbury.

Le Bushveld (Afrique du Sud) a 300 kilomètres de longueur, 50 de large ; Sudbury (Canada), seulement 80 et 60 kilomètres. Tous deux sont constitués de roches que l'on appelle, en jargon géologique, ultrabasiques, mais qui sont plus simplement des produits directs de la fusion quasi totale du manteau. Ces massifs, considérés comme des monstres géologiques, ont concentré des gisements minéraux d'une richesse considérable. Pour le Bushveld, il s'agit du platine et du chrome. À lui seul, ce massif rocheux assure le quart de la richesse minière de l'Afrique du Sud ! Pour Sudbury, il s'agit de nickel ; c'est le plus grand centre de production mondial.

Dans un cas comme dans l'autre, on s'accorde aujourd'hui à penser que ces massifs sont la conséquence des gigantesques impacts de grosses météorites qui ont fondu en profondeur une masse de manteau considérable. Seules de telles sources d'énergie ont pu fondre en une fois des masses rocheuses aussi énormes. Ce magma, une fois créé, s'est frayé un chemin vers la surface, digérant la croûte ici, la fracturant ailleurs, jusqu'à l'envahir complètement. Imaginons un volcan qui s'étendrait sur 300 kilomètres (de Perpignan à Marseille)[1]...

Ces deux « mammouths » géologiques sont âgés de 2 milliards d'années pour le Bushveld, de 1,7 milliard pour Sudbury. Pourquoi sont-ils tous deux approximativement du même âge ? Fut-ce là

1. À Sudbury, on a trouvé des traces d'impact appelées *chatter-cones*.

une période privilégiée de bombardement ? On a tendance à penser aujourd'hui que ces deux massifs ne sont uniques ni dans le temps ni dans l'espace. Les impacts de météorites géantes ont en effet existé bien avant – 2 milliards d'années, et, nous l'avons dit, ils étaient sans doute plus nombreux. Il est fort probable que des structures analogues existent ailleurs.

On attribue d'abord le caractère « unique » de ces deux massifs au fait qu'une bonne partie des terrains anciens est encore inexplorée : le Brésil et sa forêt amazonienne, la Sibérie et ses immensités glacées, la Chine du Nord transformée en potager, le bouclier Indien, l'Afrique, l'Antarctique, le Grand Nord canadien et scandinave, le Groenland sont autant de régions qui se prêtent mal à l'étude géologique. Mais aussi, sans doute, au fait que d'autres massifs semblables n'ont pas été préservés et ont été détruits par l'érosion ou la tectonique.

Quoi qu'il en soit, il se pourrait bien que les réserves du monde en platine, chrome et nickel soient un jour complètement renouvelées par la découverte d'autres monstres analogues au Bushveld ou à Sudbury.

Pour en rester aux témoignages qui sont aussi des sources de richesses pour les hommes d'aujourd'hui, parlons des dépôts chimiques de fer, associés à des dépôts de silice. Ce sont des minerais, mais ce sont aussi des indicateurs d'ambiance géologique d'une valeur inestimable. Ils témoignent de l'état de l'atmosphère à cette époque. Nous les avons déjà évoqués à propos de l'archéen. En langage professionnel, on les appelle les BIF (*Banded Iron Formation*). Ces formations se poursuivent au cours du protérozoïque ; on en connaît un peu partout, dans le Michigan, au Brésil, en Chine, en Mauritanie.

Sans entrer dans les détails de la géochimie du fer, sachons qu'ils témoignent d'un transport chimique de fer dissous par les fleuves, suivi d'une précipitation lors de son arrivée dans la mer[1]. Le phénomène témoigne d'une atmosphère pauvre en oxygène. Ce qui est important, c'est que ces dépôts n'existent plus à partir de – 1 800 millions d'années, mais qu'on trouve alors en revanche de plus en plus de formations riches en fer rouge, associées à d'anciens sables. La couleur rouge pour le fer signifie un milieu riche en oxygène. La présence de sables implique un transport mécanique. Comme aujourd'hui, le fer oxydé insoluble restait dans les sols et n'était évacué par les fleuves que mécaniquement, sous forme de particules. On est là dans des conditions totalement différentes de celles de la formation des BIF. L'atmosphère est devenue oxygénée. Ainsi, cette transition dans la nature chimique du fer montre que vers – 1 800 millions d'années, l'atmosphère chargée en gaz carbonique a fait place à une atmosphère riche en oxygène respirable. Elle témoigne donc que les algues vertes et les bactéries photosyn-

1. En effet, actuellement, dans une atmosphère oxygénée, le fer se combine à l'oxygène et forme des oxydes insolubles. Les latérites rouges africaines sont les témoins de ce processus : le fer reste sur place.

thétiques avaient fini par produire assez d'oxygène pour transformer la composition chimique de l'atmosphère terrestre. Ce qui indique que ces micro-organismes devaient déjà constituer une masse importante à la surface de la Terre. L'essor des êtres vivants à respiration pouvait alors débuter. Cet oxygène atmosphérique va donner naissance à une structure fondamentale pour le développement de la vie, mais aussi pour le fonctionnement de l'atmosphère. Je veux parler de la couche d'ozone.

Aujourd'hui, vers 50 kilomètres d'altitude, il y a une couche où l'ozone qui s'écrit O3 (trois atomes d'oxygène liés) est plus concentrée qu'ailleurs. Plus concentrée, ce n'est que 8 ppm mais c'est suffisant pour jouer un rôle majeur. Cette couche a deux fonctions importantes. D'une part, elle absorbe les rayons ultraviolets du Soleil et protège ainsi la matière vivante, car si les UV tombaient sur la Terre ils provoqueraient des mutations biologiques à grand rythme et élimineraient certaines espèces (peut-être l'homme ?). Mais cette couche a un second rôle. L'absorption des rayons UV conduit à un échauffement des molécules d'ozone. Cette couche chaude en altitude inverse la tendance générale de l'atmosphère, qui est de se refroidir avec l'altitude (tous les voyageurs en avion savent cela). Cette couche d'inversion thermique a pour effet de piéger l'atmosphère qui est au-dessous d'elle.

C'est ainsi que la barrière d'ozone donne naissance à la troposphère séparée de la stratosphère. Cette troposphère est le siège de la météorologie, des vents, des cyclones, des anticyclones. Ainsi, on peut affirmer que la météo terrestre est née il y a deux milliards d'années, avec toutes ses conséquences pour le climat et l'Univers.

Il existait aussi des associations de roches analogues à celles qu'on remarque aujourd'hui : les alternances, sur des kilomètres d'épaisseur, entre minces couches d'argile et gros bancs de grès, répétées à l'infini, que l'on appelle *flysch*. Ces séquences sont typiques des dépôts de grands fonds, juste au pied des talus continentaux. L'argile est le dépôt fin normal. Il faut mille ans pour en déposer 1 millimètre. Le grès, c'est-à-dire le sable compacté, se dépose, lui, très vite, cinquante centimètres en quelques minutes, mais par saccades. C'est le résultat de gigantesques glissements de terrain sous-marins, eux-mêmes déclenchés par les tremblements de terre. Ainsi, les séquences sédimentaires de *flysch* où alternent grès, argiles, grès, argiles, etc., sont les enregistrements des tremblements de terre anciens. Le *flysch* est un sismographe fossile.

Ce que nous disent ces séquences de *flysch* protérozoïques, c'est que dans certaines zones du globe, comme aujourd'hui, des événements sismiques répétés ont eu lieu. Preuve (mais en était-il besoin ?) que le globe avait une activité analogue à celle qu'il connaît de nos jours. Est-il nécessaire de souligner que dans ces environnements de *flysch* se manifestait aussi un volcanisme copieux, comme aujourd'hui le Pérou ou le Japon associent séismes et volcans ?

Témoignages rocheux tout aussi importants : ceux

qui nous renseignent sur les climats anciens. Les dépôts de gypse, d'abord. Ces dépôts se forment dans la mer lorsque cette dernière s'évapore. Ce sont des dépôts de mers peu profondes soumises à un chauffage intense. Leur présence dans l'archéen indique l'existence d'épisodes arides – ou tout au moins fort chauds – dans les environnements marins.

Peut-être plus intéressants encore sont les dépôts de tillites. Ces assemblages de galets striés indiquent une origine glaciaire. Leur répartition géographique considérable, autour de – 1 000 millions d'années et – 600 millions d'années, permet d'affirmer qu'à ces deux époques on assista à une énorme glaciation qui vit une grande partie des surfaces continentales recouvertes par les glaciers. Les glaciations caractéristiques des temps quaternaires existèrent donc déjà au protérozoïque. Furent-elles plus importantes ? Furent-elles restreintes à ces deux épisodes ? On pense aujourd'hui qu'avant 600 millions d'années a existé un épisode glaciaire si intense que toute la Terre était gelée, y compris la majorité des océans. Cette idée émise par Jo Kirchwinck de Caltech et developpée par Paul Hoffman et Dan Schrag de Harvard semble solide et bien étayée. L'épisode aurait pris fin car un volcanisme interne aurait accumulé beaucoup de CO_2 dans l'atmosphère produisant un super effet de serre, qui aurait conduit à la fonte des glaces.

C'est dans de tels paysages, sur une Terre aride, baignée d'une atmosphère de plus en plus oxygénée, que, pendant deux milliards d'années, a évolué – ou, plus exactement, a peu évolué – la vie. Car le contraste est bien là : la vie est apparue très rapidement sur la Terre, à l'archéen – on pourrait presque dire dès que les conditions de surface n'ont pas été trop défavorables ; en revanche, elle a mis très longtemps à s'épanouir, à donner l'extraordinaire diversité que nous lui connaissons aujourd'hui.

Le protérozoïque, c'est pour une large part l'époque des bactéries photosynthétiques et oxydantes, des algues bleues et vertes qui, depuis l'archéen déjà, fabriquaient ces assemblages calcaires que l'on nomme stromatolites. Il n'y a désormais plus de débat, comme nous l'avons signalé, sur l'origine de ces stromatolites : on a trouvé des associations quasi identiques dans les lagunes actuelles, on a pu faire une classification de leurs formes d'évolution, ils servent même à dater les terrains. Ce sont ces bactéries, ces algues bleues et vertes qui sont responsables de l'oxygénation de l'atmosphère.

On a trouvé d'autres associations de fossiles dans les terrains datant de huit cents millions d'années et moins. C'est ce qu'on appelle les faunes d'Ediacara, du nom d'un village australien où ces reliques ont pour la première fois été découvertes.

Il s'agit de traces de structures, incrustées dans la roche, dont la forme en filament, ou, plus massive, avec des structures annelées ou canellées, évoque des êtres vivants. On a parlé pour ces vestiges d'annélides, de méduses, mais personne n'a pu véritablement les relier à des phylums[1] connus. Ces

1. Un phylum est une succession de groupes et d'espèces.

« fossiles » ont été aussi trouvés en Namibie, au Mexique, en Chine, et semblent être une caractéristique de cette époque du protérozoïque terminal.

On s'est beaucoup interrogé. Sont-ce des traces d'êtres vivants ou des artefacts minéraux ? Aujourd'hui les spécialistes penchent pour l'origine biologique incontestable. Mais alors pourquoi n'arrive-t-on pas à lier les formes à des fossiles communs ? Adolphe Seilacher, qui a reçu le prix Crafoord pour ses travaux sur les traces d'animaux et la reconstitution des environnements des fossiles, a émis une hypothèse intéressante. Cette faune d'Ediacara serait une fin de phylum. Elle n'aurait aucune prolongation. Les espèces auraient disparu avant le cambrien. Mais peut-être témoignent-elles des premières associations de faunes et sans doute de flores des premières niches écologiques. On trouvera sans doute qu'entre algues vertes et méduses la transition est un peu brutale (même si elle prend quelques centaines de millions d'années), mais c'est ainsi. Les témoignages paléontologiques sont discontinus, muets sur les transitions, les intermédiaires.

Dans la diversité du monde vivant actuel, qui s'est construite autour d'une remarquable uniformité de composition chimique et de mécanismes fondamentaux, les biologistes distinguent, on l'a dit, les procaryotes des eucaryotes, suivant l'existence ou non d'un noyau cellulaire.

Ils distinguent aussi les protozoaires, comme les

bactéries et certaines algues flagellées, qui n'ont qu'une seule cellule, des métazoaires, qui sont des êtres vivants pluricellulaires. (Ainsi les animaux, mais aussi certaines algues et les plantes en général.)

Les premières formes de vie ont été des protozoaires procaryotes, autrement dit très probablement des bactéries. La transition suivante pose problème : est-on passé du stade procaryote au stade eucaryote en restant dans le domaine des protozoaires, c'est-à-dire des êtres à une seule cellule, ou a-t-on vu se fabriquer des métazoaires procaryotes avant que ceux-ci ne se transforment en métazoaires eucaryotes ? Autrement dit, la naissance du noyau cellulaire est-elle antérieure à la formation de tissus pluricellulaires, ou bien l'inverse ? Entre-temps, il ne fait pas de doute que s'était mis en place le mécanisme de transmission de l'information génétique ADN-ARN-protéine[1], et donc que l'ADN plus robuste avait remplacé l'ARN comme support de l'hérédité. Comment ? On n'en sait rien. Et c'est une autre question fondamentale.

On aimerait pouvoir répondre à ces questions à l'aide d'observations de microfossiles ; malheureusement, en l'état actuel des choses, ce n'est pas possible. Les isotopes du carbone appelés à la rescousse ont donné des résultats ambigus. Aussi en est-on

1. Aujourd'hui, l'information génétique est stockée dans la molécule d'ADN. Elle est recopiée et transformée sous forme d'ARN qui, à son tour, favorise la synthèse des protéines, élément essentiel du fonctionnement des êtres vivants.

réduit à des raisonnements. Les experts s'accordent pour dire que l'apparition du noyau cellulaire a précédé le stade multicellulaire, et cela est probable. Des filaments algaires datant de plus de deux mille millions d'années semblent indiquer que le stade eucaryote était atteint il y avait déjà longtemps.

Autre grande distinction que font les biologistes : entre les êtres autotrophes et les êtres hétérotrophes. Les autotrophes sont ceux qui sont capables de vivre de manière autonome, c'est-à-dire de fabriquer la matière vivante et de produire de l'énergie pour se reproduire en assimilant ce que l'on appelle le carbone minéral – le charbon ou le carbone lié à l'oxygène. Les hétérotrophes ne peuvent absorber que du carbone organique : ils ont besoin de digérer d'autres êtres vivants. Nous sommes des hétérotrophes, tributaires des plantes vertes, autotrophes !

Les premiers êtres vivants étaient sans aucun doute autotrophes. Puis ces êtres vivants unicellulaires ont découvert la photosynthèse. Ce qui plaide à nouveau pour la naissance des eucaryotes au stade unicellulaire, car des cellules capables de faire la photosynthèse doivent être déjà relativement complexes.

Là encore, on aimerait pouvoir suivre ce devenir dans les annales géologiques. Il y a déjà plusieurs années, on a tenté de le faire en recourant à l'analyse des composés organiques associés aux tout premiers fossiles d'êtres vivants, et Melvin Calvin, Prix Nobel de chimie, l'homme qui a découvert quelques-uns des mécanismes fondamentaux de la photosynthèse végétale, y a consacré beaucoup d'énergie. Il voulait créer ce qu'il appelait la paléontologie moléculaire. Malgré de belles découvertes, il fallut se rendre à l'évidence : les molécules organiques sont fragiles, décomposables, dégradables. Elles résistent mal aux épreuves des temps géologiques, beaucoup moins bien que les roches. La reconstitution des molécules initiales laisse planer trop d'ambiguïtés, d'incertitudes. L'entreprise fit long feu.

Enfin, chez les métazoaires, une grande distinction est faite entre les êtres qui se reproduisent par division de leurs propres cellules, division que l'on appelle mitose, et ceux qui se reproduisent de manière sexuée, c'est-à-dire par le mélange de cellules d'individus différents, phénomène que l'on appelle méiose.

Quand est apparue la sexualité ? À cette question, les spécialistes du protérozoïque répondent : il y a environ huit cents millions d'années, c'est-à-dire peu avant la période où s'est développé l'écosystème d'Ediacara.

De fait, il semble bien que l'apparition du sexe ait eu pour conséquence une accélération inouïe de l'évolution biologique et de la diversification des espèces. Les mélanges de chromosomes dotés d'histoires différentes, ayant subi des mutations diverses, ont conduit à une multiplicité de combinaisons qui ont accéléré l'éclosion du monde vivant. Sans doute cette véritable explosion a-t-elle été liée au fait que l'atmosphère, désormais oxygénée, permettait aux divers systèmes de respiration de se développer (or les réactions d'oxydation destinées à produire de l'énergie sont des réactions plus faciles à réaliser que celles qui utilisent le gaz carbonique : ce sont pratiquement des combustions !).

Quoi qu'il en soit, l'apparition du sexe a constitué la grande révolution du vivant. L'infinie combinatoire de l'hérédité s'est alors mise en place. Imaginons un être vivant chez qui la durée d'une génération est de dix ans : en mille ans, cent générations ; en un million d'années, cent mille générations successives ! Combien de combinaisons génétiques ont eu alors l'occasion de s'opérer !

Cette naissance de la reproduction sexuée est attestée par des observations microscopiques montrant des agglomérations de cellules différentes, par groupes de quatre, ressemblant à des assemblages modernes, que l'on remarque dans les formations siliceuses de huit cents millions d'années.

Le biologiste moléculaire Pierre Chambon pense pour sa part que l'apparition des gènes homéotiques constitue après la sexualité une autre grande discontinuité dans l'évolution biologique. Ces gènes sont ceux qui, dans un être vivant, guident son organisation, contrôlent que telle cellule devient une cellule nerveuse, telle autre une cellule musculaire, etc., mais aussi que telle cellule doit s'associer avec telle autre pour donner un tissus, un organe, etc.

Ces gènes, bien sûr, sont indispensables « pour fabriquer » des êtres organisés. Quand sont-ils apparus ? Sans doute après le passage au stade métazoaire : c'est-à-dire le stade d'agglomération de cellules, stade dont on a des vestiges dans certaines roches anciennes.

Comme on le voit, la biologie moderne permet de poser des questions dans un ordre logique. Mais il y a encore du chemin à faire pour y répondre.

Le protérozoïque n'a-t-il été ainsi qu'une longue préparation à l'avènement du monde moderne ?

Les terrains protérozoïques renferment en leur sein les clefs de nombreux problèmes de l'histoire naturelle : la construction et le développement des continents (mais nous avons vu que le voile se dissipe) ; la grande transition entre une atmosphère qui n'avait pas d'oxygène et celle qui va désormais permettre la respiration ; et puis, surtout, le développement de la vie.

Telle est la succession que l'on envisage : des êtres à une cellule sans noyau, entourée d'une simple membrane ; ces algues ou ces bactéries vont découvrir le noyau cellulaire, gardien de l'hérédité, du code génétique, de la reproduction ; à partir de là, des êtres à cellules multiples pourront naître et s'organiser ; enfin, dernière étape de cette évolution archaïque : l'apparition du sexe, donc du mélange entre lignées et de la naissance de la diversité ; le pouvoir des mutations biologiques pour promouvoir la diversité sera alors multiplié par des millions, des milliards…

Où sont les traces qui portent témoignage de tout cela ? Existent-ils, ces fossiles archaïques, ou bien ont-ils été détruits ? Voilà une bien passionnante quête pour les générations futures !

CHAPITRE XI

Le phanérozoïque[1]

Le phanérozoïque est la période « classique » de la géologie, celle qui est fondée sur l'étude des couches « géologiques » superposées, datées et situées grâce aux fossiles qu'elles contiennent. C'est la période favorite des géologues. On la divise en ères primaire, secondaire, tertiaire, elles-mêmes subdivisées en étages aux noms barbares dont tout le monde a retenu l'air sans bien s'en rappeler les paroles : cambrien, ordovicien, trias, jurassique, éocène, oligocène… C'est l'époque à laquelle se sont déposés les sédiments du bassin de Paris, où se sont formés le Massif central, les Vosges, les Alpes et les Pyrénées, l'Oural et les montagnes Rocheuses. Elle s'étend de – 560 millions d'années à nos jours, et c'est à elle que se rattachent, pour beaucoup, les maigres souvenirs de la classe de quatrième, au collège, réminiscences

1. De *phaneros* : apparition, en grec ; c'est littéralement la période où la vie organisée (*zôon*) apparaît et se développe.

qui véhiculent avec elles une image confuse de la géologie : science difficile, austère, un peu mystérieuse et érudite.

Si les terrains datant de cette période ont pendant près de deux siècles monopolisé l'attention des géologues, c'est que, grâce aux fossiles et à l'abondance des témoignages portés par les strates sédimentaires bien conservées, on pouvait bâtir un corpus de connaissances sur des bases solides et rigoureuses.

Comme nous l'avons souligné, sans datation, pas d'histoire. Or, avant l'émergence des méthodes de chronologie isotopique, il n'existait qu'un seul recours pour dater un terrain : les fossiles[1]. Encore faut-il préciser que cette méthode ne fournissait qu'une chronologie relative assurant une succession temporelle sans dates véritables. Pour prendre une métaphore historique, on savait que Charlemagne était antérieur au règne de Charles Quint, mais on ne savait pas combien de siècles séparaient leurs deux règnes.

Pourtant, à l'aide de cette chronologie relative et de principes géométriques simples (une couche horizontale qui en recouvre une autre est plus jeune qu'elle ; un accident, pli ou faille qui affecte une roche est plus jeune qu'elle ; un filon qui recoupe

1. Les diverses espèces de fossiles se succèdent les unes aux autres, si bien que chaque époque est caractérisée par une association de plantes et d'animaux fossiles. Après en avoir fait l'inventaire, il est possible de dire : telle strate qui contient tel fossile est antérieure à telle autre qui contient tel autre fossile, etc.

une strate est plus jeune qu'elle ; une couche recouvrant d'autres couches de manière oblique indique qu'entre le dépôt de la première couche et celui de la seconde il s'est produit un plissement, etc.), on a pu bâtir un scénario sur l'évolution de la Terre au cours de cette période d'une cohérence et d'une qualité étonnantes. Là encore, quelques principes de lecture simples, combinés dans leur succession temporelle, ont fini par permettre de déchiffrer des messages au contenu extrêmement riche et complexe : une sorte d'alphabet morse géologique, décodé et exploité ; une histoire géologique reconstituée.

Le catalogue des fossiles en poche, la cartographie géologique comme outil, les géologues ont parcouru les terrains fossilifères (c'est-à-dire sédimentaires[1]) de toutes les parties du monde avec leur marteau et leur loupe. L'examen en laboratoire des échantillons de roches complétant leurs travaux sur le terrain, ils ont pu reconstituer les paysages successifs de l'histoire du globe.

À partir de la carte géologique levée région par région et qui constitue le document synthétique résumant tous leurs efforts, les géologues « classiques » se sont intéressés prioritairement à deux grands phénomènes : les mouvements de va-et-vient de la mer et la formation des montagnes.

---

1. Les terrains sédimentaires sont d'anciens dépôts marins, ils sont les seuls à conserver les restes d'animaux ou de végétaux transformés en fossiles. Les roches volcaniques ou plutoniques, mises en place à l'état fondu, ont détruit tous les restes animaux ou végétaux et ne contiennent pas de fossiles.

La mer a périodiquement envahi des portions considérables de continents. Ainsi, au crétacé, elle recouvrait la moitié de la France et le tiers de l'Afrique. Ses mouvements sont attestés par les dépôts sédimentaires qu'ils y ont laissés, dépôts que le temps transforma en roches dures. Telle est l'origine des strates du bassin de Paris. Après la période d'immersion est venue une période d'émersion où l'eau est retournée dans son réceptacle naturel : l'océan.

Ces va-et-vient de la mer, encore mal compris aujourd'hui, ne l'étaient pas du tout par les géologues classiques, mais à juste titre les fascinaient. Leur détection, leur datation, leur cartographie occupaient une part importante de leur temps. Leur description fastidieuse dans les cours de géologie n'était pas pour rien dans l'éloignement de cette discipline de jeunes esprits pourtant bien disposés a priori à son égard. La mer arrive, la mer s'en va, elle revient, elle reste, elle repart… Je me souviens de ces pensums, pires que les récits de batailles en histoire et que je devais apprendre par cœur lorsque j'étais étudiant !

L'autre phénomène « intéressant », plus majestueux et plus mystérieux peut-être, était la formation des montagnes : celle des Alpes, des Pyrénées, de l'Himalaya, des Andes. Avant de comprendre, il fallait décrire, nous disait-on. Partout où des terrains plissés étaient associés à des reliefs ou à des massifs de granites, depuis les plis et les failles, les classiques synclinaux ou anticlinaux, jusqu'aux majestueuses nappes de charriage, les géologues s'intéressaient aux structures géométriques. Le structuralisme, sous une forme assez particulière, mais, comme l'autre, assez impérialiste, s'imposait petit à petit en géologie.

Trop occupés à décrire, à ordonner, à classer les objets et les structures, les géologues classiques n'attachaient plus beaucoup d'attention aux mécanismes qui leur avaient donné naissance. Ils décrivaient, classaient, dessinaient des cartes. Leur intérêt intellectuel les portait plus à l'établissement de relations logiques qu'à l'élaboration de théories causales.

Cette attitude des géologues vers les années 1950, que j'ai bien connue et qui m'a souvent exaspéré, n'était que l'aboutissement d'une longue évolution…

Les principes fondamentaux de la géologie étaient en place depuis 1830 : dès 1790, Hutton avait établi les grandes règles du déchiffrage géométrique ; vers 1820, Cuvier et Smith avaient complété ce travail par l'établissement des méthodes de chronologie stratigraphique fondées sur les fossiles. Vers 1830, Lyell avait formalisé le tout dans un ouvrage, *Principles of Geology*, qui reste le livre fondateur. Au cours du siècle qui a suivi, les méthodes de la géologie n'ont pas beaucoup évolué. La difficulté pratique résidait dans l'observation sur le terrain, exercice difficile, car la nature ne présente que rarement des cas exemplaires, mais, le plus souvent, montre des ensembles rocheux dont les apparitions éparses dans les paysages demandent beaucoup de talent d'observation pour en reconstruire la logique, et d'abord l'agencement géométrique.

La pratique de la géologie de terrain est un exercice très difficile dans lequel il est facile de « prendre des vessies pour des lanternes». Cela demande des dons exceptionnels d'observateur et un talent de visionnaire pour immédiatement traduire ces observations en schémas à trois dimensions. Peu de géologues réussissent à être performants dans cet exercice. Mais ceux qui le sont n'ont pas de prix !

La banalisation des transports ayant permis aux géologues d'explorer le monde entier, la géologie était à la tête d'une quantité extraordinaire d'objets (roches et fossiles), d'observations, de cas d'espèce, qu'elle s'efforçait de classer de mieux en mieux. Certes, les pionniers comme Hutton, Lyell, Cuvier, Beaumont, Dolomieu ou plus tard Suess étaient préoccupés par les grands problèmes de la Terre – son origine, celle des roches, les questions de durée –, mais, petit à petit, ces préoccupations avaient déserté l'esprit des géologues, et la technique – celle du géologue, s'entend – l'avait emporté. Vers 1950, ne pas se poser de questions touchant aux origines ou à la causalité des phénomènes était, pour beaucoup, synonyme de sérieux et de rigueur. Le mandarinat aidant, gare à ceux qui s'aventuraient hors des sentiers balisés !

En somme, la géologie était à la science ce que la Chine classique était à la civilisation : la tradition avait étouffé l'évolution, le temps avait paralysé le devenir des techniques, le mandarinat assurait la pérennité des habitudes.

La géologie, discipline scientifique dont l'essence est de reconstituer l'histoire de la Terre, s'était enlisée dans ses outils. La classification, la logique, qui n'auraient dû être que des moyens, étaient devenues des buts.

Cette géologie traditionnelle, qui, on l'a dit, peut être si subtile et demande tant de talent, avait dérivé vers le carrefour de l'exercice physique et de la littérature. Elle va subir de plein fouet plusieurs révolutions successives venant de l'extérieur et qui vont l'obliger à évoluer très vite.

La première est l'introduction de la chronologie radioactive. De relatif, le temps devient absolu. Le million et le milliard d'années deviennent les unités du temps géologique, comme l'heure et l'année sont les unités de temps pour l'homme.

La Bible et ses quatre mille ans, Kelvin et ses quelques millions d'années pour l'âge de la Terre, sont effacés. L'histoire de notre planète se déroule sur des milliards d'années. Un trou immense s'ouvre dans le passé. Le milliard était jusque-là un chiffre astronomique : milliards d'étoiles, milliards de kilomètres, milliards d'années-lumière ; il devient aussi géologique. Par sa dimension temporelle, la géologie se rapproche de l'astronomie. Les fossiles correspondent à une époque datée. Les ères géologiques, que l'on pensait être plus ou moins égales en durée, acquièrent une dimension absolue et, par là, également relative, et se retrouvent donc situées les unes par rapport aux autres. L'ère primaire a duré deux fois plus que l'ère secondaire, qui a duré elle-même deux fois plus que l'ère tertiaire. La « myopie » du géologue, qui consistait à exagérer d'autant plus l'importance d'une période qu'elle était récente, apparaît alors en pleine lumière. On comprend d'autant mieux l'importance du problème de la préservation des vestiges et le caractère épars des témoignages. Si on surestimait les périodes récentes, c'est que les témoignages récents étaient mieux préservés et plus abondants que les anciens. Cette myopie se révéla dans toute son ampleur lorsque, sortant des époques fossilifères, on se mit, grâce aux méthodes isotopiques, à dater les terrains anciens, antérieurs à six cents millions d'années, qu'on classait jusque-là dans une « ère » unique, le précambrien. La durée du précambrien s'étendait sur trois milliards d'années ! On s'aperçut que les terrains fossilifères, sur lesquels travaillaient les géologues, ne représentaient que cinq cent soixante millions d'années, le neuvième de l'histoire de la Terre ! Extraordinaire dilatation du temps qui relativise tout, mais donne aussi à l'évolution géologique sa véritable dimension.

Plus profonde encore est la révolution philosophique que la chronologie absolue va introduire dans les esprits. Jusque-là, les géologues travaillaient avec l'impression plus ou moins avouée que le temps géologique était infini, que les phénomènes géologiques se répétaient, identiques à eux-mêmes, cycle après cycle, qu'il n'y avait aucune possibilité de connaître un début puisque le temps s'étendait à l'infini dans le passé. « *No vestige of a beginning, no prospect for an end* » : la phrase de Hutton était encore aussi valable dans les « esprits géologiques » de 1960 qu'elle l'avait été en 1790 !

Ayant compris – ou plutôt ayant décrit – le cycle

géologique (érosion, sédimentation, formation des reliefs, érosion, etc.), les géologues pensaient avoir découvert la clef de l'évolution du monde. Ce qui était valable aujourd'hui l'était, *mutatis mutandis*, pour l'infinité des temps. Le monde n'était qu'un perpétuel recommencement. Cette vision était résolument cyclique, c'est-à-dire sumérienne, chinoise ou égyptienne.

Avec la radioactivité, les géologues découvrent le temps « vectoriel », orienté, ce qui, sous l'écume des événements – qu'il s'agisse des tremblements de terre, des éruptions volcaniques, de la surrection des montagnes –, détermine l'évolution générale de la Terre. La radioactivité a révélé aux géologues les longues durées.

Après celle de la dilatation du temps, la seconde révolution a été pour eux celle de l'extension de l'espace.

Les voyages leur avaient fait connaître les diverses régions du globe, mais ils n'avaient pas découvert la Terre dans sa plénitude. En fait, c'était même l'inverse. La géologie était devenue exagérément régionale. Les géologues se spécialisaient dans telle ou telle zone, tel ou tel territoire (avec d'ailleurs des batailles locales qui tenaient souvent des luttes féodales ou des conquêtes coloniales). L'avènement du structuralisme géologique permit de dépasser le cadre régional pour faire éclore une géologie comparée conduisant à une typologie des structures et de leur genèse. Mais la globalité des causes, autrement dit le fait que ces causes pouvaient être d'ordre planétaire et non pas local, n'était pas abordée. De plus, la géologie restait pelliculaire, c'est-à-dire confinée à la mince couche d'une dizaine de kilomètres d'épaisseur qui constitue la partie de la croûte terrestre accessible à l'observation géologique[1]. Certes, on savait que les volcans incandescents avaient leur source dans l'intérieur du globe, chaud et quelque peu mystérieux, mais c'était tout. Le lien entre volcanisme et géologie restait flou.

Pour explorer l'intérieur de la Terre, c'est-à-dire les régions situées à plusieurs centaines ou plusieurs milliers de kilomètres sous nos pieds, il faut faire appel à la propagation des ondes sismiques, à la sismologie.

La sismologie, dont nous avons déjà parlé, s'est développée depuis 1910 autour de l'étude des séismes et des ondes acoustiques qu'ils émettent, grâce d'abord à un Britannique travaillant aux Indes, du nom aujourd'hui oublié d'Oldham, mais, curieusement, elle n'a d'abord pas ou guère intéressé les géologues. Ces derniers considéraient que l'intérieur du globe était largement découplé de sa surface. Pourtant, dans les années 1960, l'exploration des régions profondes de la planète, les travaux de cartographie de la croûte, la distinction croûte continentale/croûte océanique, ont fait réfléchir les géologues. Certains ont commencé à se poser des questions : et si, après tout, les manifestations de surface – séismes, plisse-

1. N'oublions pas que le rayon de la Terre est de 6 400 kilomètres !

ments, etc. – n'étaient que la résultante de mouvements plus profonds ? Pourtant, ce ne furent là encore que des interrogations fugaces, limitées à quelques-uns. Le pas décisif fut l'avènement de la tectonique des plaques, vers les années 1970.

Née par hasard à partir d'un exercice que l'on croyait secondaire et technique, à savoir l'enregistrement du champ magnétique terrestre en domaine océanique, la théorie de la tectonique des plaques va révolutionner toutes les manières de penser des géologues. Ils étaient régionaux, ils vont devenir mondiaux, globaux. Ils ne se préoccupaient que de la surface, leurs regards vont se tourner vers l'intérieur du globe. À partir de là, tout va basculer. Non seulement notre façon d'écrire l'histoire géologique, mais notre manière même de l'appréhender. La géologie classique cherchait à isoler les phénomènes, les sous-disciplines ; tout va se retrouver d'un coup autour d'un même grand projet commun : comprendre le fonctionnement de l'être Terre. Étrange et brutal retournement intellectuel des années 1970, quand on sait que la même théorie – tout au moins dans ses grands traits – avait été proposée dès 1929 par le météorologue allemand Wegener et réprouvée quasi unanimement par la communauté géologique d'alors et depuis lors !

L'histoire géologique s'écrit désormais d'abord autour du scénario type de la tectonique des plaques, tout comme l'histoire cosmique s'écrit autour de la théorie de l'évolution stellaire. Bien qu'elle ait déjà été abondamment évoquée dans l'exposé des périodes antérieures, il importe d'en rappeler brièvement les principaux éléments.

La surface du globe est divisée en plaques rigides. Ce sont des domaines qui comprennent à fois des morceaux d'océan – de croûte océanique – et de continent. Ces plaques ont 70 kilomètres d'épaisseur. Elles sont limitées par des frontières nettes, des lignes de séparation. Les quinze plaques actuelles recouvrent l'ensemble du globe, le découpant en une immense mosaïque, mais une mosaïque vivante, évolutive, car elles ont des surfaces en perpétuelle évolution. La surface de chaque plaque se construit et se détruit à chaque instant. Le bilan de ce double processus antagoniste pouvant être positif ou négatif, chaque plaque augmente ou diminue de surface. La création de surface se fait le long d'une des frontières que l'on appelle les dorsales océaniques sous la mer. Au centre de ces structures longilignes arrive sur le fond des océans du matériel fondu, venant des profondeurs de la Terre. Ces laves volcaniques, figées, sitôt émises, au contact de l'eau de mer froide, sont transformées en roches basaltiques dures. Ainsi se fabrique le plancher océanique. Dès qu'elle est formée, chaque portion s'étale et s'éloigne de la dorsale, aussitôt remplacée par un nouveau matériau venant des profondeurs. La vitesse de la dérive est de quelques centimètres par an, vitesse insignifiante pour les temps humains, vitesse notable – 10 kilomètres par million d'années – pour le temps des géologues. Ce phénomène, qualifié d'étalement des fonds océaniques (*sea-floor spreading*, en anglais), ressemble à un double tapis roulant fonctionnant symétriquement par rapport à l'axe des dorsales océaniques.

L'autre aspect du processus de la tectonique des plaques se situe là où les fonds océaniques s'enfoncent dans l'intérieur du globe. Ce sont les *zones de subduction*. Elles se marquent par des fosses sous-marines allongées, très profondes, dont l'axe plonge parfois à plus de dix kilomètres au-dessous du niveau de la mer.

Ainsi, le cycle d'évolution d'une plaque est constitué par la création du plancher océanique au niveau des dorsales et par sa destruction au niveau des fosses. La vitesse de ce processus est, nous l'avons dit, de quelques centimètres par an, ce qui fait que le plancher océanique ne demeure à la surface que quelques dizaines, voire quelques centaines de millions d'années. Les planchers océaniques actuels sont, géologiquement parlant, « jeunes ».

Entre les deux zones où se produisent ces deux grands événements, les plaques se comportent de manière rigide et transmettent les forces sans se déformer. Les frontières entre les plaques sont de trois types : les dorsales, les fosses de subduction, déjà évoquées, mais aussi de gigantesques failles le long desquelles les plaques coulissent les unes par rapport aux autres et que l'on appelle d'un nom un peu technique : failles transformantes[1].

---

1. Transformantes parce qu'elles joignent une dorsale à une dorsale, une dorsale à une fosse, une fosse à une fosse, bref, parce qu'elles « transforment » une structure « active » en une autre.

Comme nous l'avons déjà dit, la surface de la Terre est une sorte de mosaïque dont la géométrie relative se modifie continuellement, car les frontières entre plaques changent constamment de position et de forme. Les dorsales bougent les unes par rapport aux autres, les fosses océaniques se déplacent, les failles transformantes se modifient. Si l'on s'en tient à la topologie actuelle, les dorsales sont situées au centre de l'océan Atlantique, au centre de l'océan Indien, à l'ouest du Pacifique et tout autour de l'Antarctique. Reliées entre elles, elles forment un réseau continu. Les fosses bordent le pourtour du Pacifique, les Antilles, les îles Sandwich et l'arc de cercle Birmanie-Indonésie. Les grandes failles transformantes sont par exemple la faille de San Andreas, en Californie, la faille Açores-Gibraltar, dans l'Atlantique, ou la grande faille située au nord de l'Anatolie, toutes trois sources de gros séismes. Les grandes plaques sont appelées plaque Amérique, Afrique, Arabie, Eurasie, Pacifique, Caraïbes, Nasca[1].

Voilà décrite à grands traits la topologie des plaques actuelles.

Comme ces plaques sont rigides, leurs mouvements relatifs peuvent être décrits grâce aux théo-

---

1. La plaque Amérique comprend le continent américain plus une moitié du fond de l'océan Atlantique ; la plaque Eurasie comporte l'Eurasie, plus une moitié du plancher de l'Atlantique Nord.

rèmes mathématiques empruntés à la géométrie sur la sphère. Mais pour comprendre, il faut revenir au monde physique et à la géologie. La géométrie sur la sphère est une commodité descriptive, elle est élégante, elle permet de « compacter » la description des phénomènes, elle ne permet pas de les comprendre. De plus, cette description est incomplète, car il y manque les continents. Or ces derniers sont des éléments essentiels pour décrire l'évolution de la tectonique des plaques. Bien que passifs, inutiles même dans la description du mouvement des plaques, ils jouent un rôle spécifique et finalement, je crois, déterminant dans la modification de la topologie globale.

Les morceaux de croûte qu'on appelle continents sont, on l'a dit, de nature différente de la croûte océanique. Ils ne sont pas créés aux dorsales, ils ont été engendrés il y a longtemps par des mécanismes que nous avons déjà évoqués[1]. Ils ne sont pas « jeunes » comme les planchers océaniques. Ils sont « vieux », leurs âges se mesurent en milliards d'années. Constitués par du matériel granitique, leur « faible » densité ne leur permet pas d'être engloutis par le « tapis roulant » des plaques dans l'intérieur du globe, dans le manteau, au niveau des zones de subduction. Pour la tectonique des plaques, ils sont inertes, immergés au milieu des domaines océaniques comme le seraient des morceaux de liège pris dans des plaques de glace surmontant une eau profonde. La glace peut fondre et se mêler à l'eau, le

1. Voir les chapitres VIII et IX.

bois continuera de flotter. Ainsi sont les continents dans le ballet des fonds océaniques. Le basalte du plancher des océans peut retourner dans le manteau, dans les zones de fosses océaniques, pas le granite continental.

Que font-ils donc dans ce ballet ?

Ils peuvent se casser, et, entre les morceaux, naîtra une nouvelle dorsale, un nouvel océan. Les morceaux de continent vont donc *dériver*, suivant le terme choisi par Wegener lorsque, en 1919, il présenta la première version du mobilisme géologique. Ainsi, à partir du Trias, le supercontinent Pangée, qui existait alors, s'est fracturé pour donner progressivement naissance aux morceaux qui s'appelleront Amérique du Nord, Amérique du Sud, Afrique, Antarctique, Australie, Eurasie, Inde.

Pourtant, la fracture et la dérive des continents ne sont qu'un aspect de leur histoire. L'aspect le plus intéressant pour le géologue est la rencontre de deux blocs continentaux à la dérive, autrement dit la collision continentale. Deux radeaux continentaux emportés par l'étalement océanique se rencontrent. À la vitesse de quelques centimètres par an, cela ne devrait pas faire trop de dégâts. Et pourtant, c'est ainsi qu'est née la zone Himalaya-Tibet lorsque l'Inde, dérivant vers le nord, a embouti l'Asie. C'est ainsi que sont nées les Alpes lorsque l'Italie, éperon du bloc Afrique, a pénétré l'Europe. C'est ainsi que sont nées les cordillères nord-américaines lorsque de petits blocs continentaux venus de tous les horizons du pourtour pacifique sont venus percuter la côte nord-américaine. La collision se termine toujours par une soudure, un collage. La cicatrice, plissée, déformée, indurée par des granites, est alors devenue une chaîne de montagnes avec ses sommets élevés, ses vallées, ses glaciers. En somme, la collision des continents est analogue à la collision de deux véhicules, avec, à son front, une zone écrasée, plissée, déformée. Une sculpture de César !

Ainsi, sur le cycle création-transport-destruction de la croûte océanique (du plancher des océans), cycle fondamental et originel de la tectonique des plaques, se greffe un autre cycle, celui des continents, constitué par le dualisme fracturation-dérive-collision. Mais le fait intéressant, c'est que ce cycle continental réagit à son tour sur le cycle de la tectonique des plaques. Un continent peut, suivant les circonstances, arrêter définitivement le fonctionnement d'une zone de subduction en refusant de s'y engouffrer ou en entrant en collision avec un autre continent, ou bien, à l'inverse, créer brutalement une nouvelle dorsale en se fracturant. Comme on peut le voir, le continent, passif dans la mécanique plaquiste, est bien un élément clef dans l'évolution de la géométrie de la mosaïque des plaques. Il peut soit mettre fin à une structure, soit en créer une autre. Son rôle souligne bien que la tectonique des plaques n'est pas un phénomène simple, inexorable, limité au déroulement de tapis roulants, mais, au contraire, un phénomène semé d'imprévus et de bifurcations. Le plancher océanique et son étalement apportent la régularité, la monotonie ; la croûte continentale y ajoute la fantaisie, le hasard des rencontres, bref, la beauté fantasque de la nature.

Cette mécanique intègre les principaux phénomènes géologiques, ou plus exactement les situe dans un cadre général.

Les tremblements de terre, si redoutés et parfois si meurtriers, se localisent le long des frontières entre plaques ou le long des sutures marquant les collisions continentales présentes ou passées.

La majorité des éruptions volcaniques, autre menace pour les hommes, ont lieu soit au niveau des dorsales – mais on ne les voit pas, car elles sont sous-marines –, soit au niveau des zones de subduction (Japon, Indonésie, Chili, Pérou, Mexique, Caraïbes, etc.).

Les plissements ont lieu soit au-dessus des zones de subduction, comme dans les Andes, soit lors des collisions continentales, comme dans l'Himalaya.

La morphologie des fonds océaniques est elle aussi expliquée : les montagnes sous-marines sont les dorsales ; les plaines abyssales, à 4 000 mètres de fond, sont les toitures des tapis roulants ; les fosses océaniques indiquent les zones de subduction.

Si l'on ajoute que le modèle rend également compte des modifications de la géographie, c'est-à-dire de la répartition en latitude et longitude des terres et des mers au gré des diverses modalités de la dérive, ou de la répartition globale des gisements de métaux utiles, pour les uns liés à l'activité des dorsales, pour d'autres aux phénomènes de collision continentales, pour d'autres encore aux subductions, il faut reconnaître que la tectonique des plaques est une belle synthèse embrassant beaucoup de phénomènes géologiques.

Développée par quelques jeunes chercheurs dans les années 1970 – Dan McKenzie, Fred Vine, Xavier Le Pichon, Jack Oliver, Brian Isaacks, Lynn Sykes et surtout Jason Morgan –, elle a fini par s'imposer à tous après de rudes batailles. N'oublions pas qu'elle fut, en mieux formalisée et en mieux argumentée, la résurgence de la théorie de la dérive des continents exposée par Wegener en 1919, que géologues et géophysiciens de l'époque avaient massivement rejetée. Reconnaître une erreur historique, pour une communauté, est chose difficile. Ce fut pourtant fait, non sans douleur ni échanges parfois vifs !

La géologie change dès lors d'esprit et de cadre. La tectonique des plaques incite à la prendre en compte à l'échelle de la planète, non plus à celle d'une simple région. Sait-on si le changement d'orientation d'une dorsale observé ici n'est pas la résultante d'une collision ayant eu lieu à l'autre bout du monde ? Sait-on si le démarrage d'une subduction ici ne conduit pas à fracturer un continent à 2 000 kilomètres de là ? Désormais, il apparaît que l'échelle des sciences de la Terre n'est ni la région, ni le massif rocheux, ni la roche, mais la Terre tout entière. Les géométries locales – formes de côtes, angles des subductions, orientations des dorsales, sens des collisions, séquences dans l'enchaînement des événements – vont créer, à partir du schéma d'ensemble, une variété infinie de situations locales, de topologies, de formes. Mais cette variété n'est qu'une résultante, pas une cause. Le catalogue n'apportera rien de général, même s'il est nécessaire pour comprendre une structure locale. La variété infinie des formes et des situations géologiques n'est que la combinatoire d'éléments simples en nombre réduit. Ainsi en va-t-il dans le cosmos. Les combinaisons du simple construisent le complexe.

La période pour laquelle la tectonique des plaques va faire rapidement merveille dans la reconstitution du passé est celle sur laquelle on dispose encore de témoignages océaniques. C'est celle qui va jusqu'à – 200 millions d'années. Dans les fonds des océans, dans la matière même de ces basaltes issus des dorsales océaniques, est resté enregistré le champ magnétique terrestre qui existait au moment de l'éruption[1]. Cette signature permet une chronologie

1. Le champ magnétique terrestre est constitué par l'ensemble des « forces » d'origine interne qui orientent la boussole. Or, dans un magma basaltique fondu ou dans un sédiment qui se dépose, il existe des millions de petites particules d'oxyde de fer qui sont autant de petites boussoles. Sous l'influence du champ magnétique terrestre, les paillettes s'orientent spontanément suivant la direction du champ. Lorsque la lave se fige ou que le sédiment se solidifie, il emprisonne les paillettes telles qu'elles sont orientées.

En somme, le champ magnétique qui régnait lors de la formation de la roche est fossilisé, enregistré en l'état. La roche devient alors une « boussole » fossile et indique la latitude où elle s'est formée. Comme le champ magnétique a fluctué avec

et une localisation. Car le champ magnétique fossile est une boussole géologique. Les méthodes magnétiques s'appliquent, les règles géométriques fonctionnent. Le passé, les géographies successives défilent sous nos yeux ! Ces reconstitutions ont été faites avec soin à l'aide de programmes d'ordinateur très stricts, et l'on possède désormais une série de cartes extrêmement précises traduisant les géographies successives du globe de – 200 millions d'années jusqu'à aujourd'hui.

Pour la période antérieure, celle qui va de – 570 à – 200 millions d'années et qui couvre l'ère primaire, la quête est plus difficile. Aucun morceau d'océan n'a été conservé intact, tous ont été engloutis dans les profondeurs du manteau. Avec eux ont été englouties les premières empreintes magnétiques. Il existe bien des morceaux de croûte océanique échoués ici et là sur les continents, que l'on appelle ophiolites – on en trouve par exemple à Chypre, en Oman, en Corse ou dans les Alpes –, mais ils sont trop épars et fragmentés. Pour reconstituer les choses, il faut étudier les témoignages conservés sur les continents. Ces témoignages, les nouvelles méthodes de la géologie vont permettre de les lire : la paléontologie, dopée par la chronologie absolue, fait merveille ; le paléomagnétisme continental (toujours le magnétisme !) permet au géologue de déterminer sous quelle latitude tel cal-

---

le temps, on peut alors utiliser l'enregistrement magnétique pour dater la roche. Tout cela est techniquement compliqué mais extrêmement efficace.

caire ou tel basalte s'est formé ; les photos par satellite permettent des vues globales... Mais, malgré cette panoplie de moyens, la tâche n'est pas facile.

De nouveaux géologues utilisant ces nouvelles techniques, mais aussi le travail de terrain, vont devoir, avec un nouveau regard, une autre vision, renouveler la géologie traditionnelle. Vingt ans après, on peut dire qu'ils ont presque réussi !

Deux cents millions d'années, c'est une coupure méthodologique, mais c'est aussi une coupure historique. La description de l'histoire phanérozoïque se divise en deux : avant la Pangée et après. On va comprendre pourquoi.

Au permien, c'est-à-dire il y a deux cents millions d'années, les continents du globe sont rassemblés en un supercontinent : la Pangée. Cette Pangée va se morceler dès – 180 millions d'années en deux supercontinents, la Laurasie au nord, le Gondwana au sud. Puis le morcellement va continuer. De ce morcellement naîtront les principaux océans qui, dans leur fond basaltique, auront magnétiquement enregistré cet épisode et la formation des continents actuels. Avant, il faut, pour reconstituer l'histoire géologique, faire appel à d'autres méthodes fondées uniquement sur la lecture d'archives continentales éparses, mal conservées, difficiles à « lire ». C'est là que le bon géologue, celui qui sait trouver les vestiges, qui sait lire les terrains compliqués, est irremplaçable. L'observation de terrain est, on l'a dit, un véritable art. Un bon géologue est à la fois un bon observateur, un expert dans la vision des formes complexes dans l'espace, mais aussi un limier, un Sherlock Holmes qui sait accumuler les indices et leur donner une cohérence[1].

Une coupure à la fois méthodologique et événementielle sépare l'ère primaire de l'ensemble des ères secondaire et tertiaire.

L'histoire de l'ère primaire, grossièrement résumée, est celle d'une série de blocs continentaux épars qui se rassemblent progressivement pour former la Pangée. L'époque secondaire, celle qui suivra, sera, à l'inverse, celle du démantèlement de la Pangée.

Les trois cent et quelques millions d'années qui mesurent la durée de cette ère géologique primaire ont donc vu de grands phénomènes de collision continentale, de grands collages de continents, avec plissements et granitisation. Car le paléomagnétisme des roches continentales nous indique qu'il y a cinq cents millions d'années les continents étaient morcelés. Ils se sont ensuite agglomérés à nouveau progressivement. D'abord, autour de – 450 millions d'années, eut lieu l'orogenèse calédonienne (du nom latin de l'Écosse). Cette orogenèse (formation de chaînes de montagnes) ferme alors un océan situé dans l'Atlantique Nord, que l'on appelle souvent océan Iapetus, et qui séparait le Canada des îles Britanniques.

1. Je recommande à tous la lecture du livre de Maurice Mattauer, *Monts et merveilles : beautés et richesses de la géologie*, Hermann, 1999.

Mais la collision la plus spectaculaire et la plus importante, qui, en rassemblant les bouts de continents, a fini de créer la Pangée, est celle que l'on appelle hercynienne. Elle a duré de – 330 à – 280 millions d'années. Elle a concerné une bande qui va des Appalaches jusqu'en Chine, en passant par la France et l'Espagne, l'Europe centrale, le nord du Tibet. Cette collision, ou plus exactement cette série de collisions, a soudé les continents sud à l'Eurasie. Une Eurasie elle-même sans doute morcelée. La séquence subduction-collision-cassure intracontinentale a pris çà et là des formes variées, suivant les conditions locales. De petits blocs de continents ont été impliqués. Tout cela explique la largeur parfois considérable de cette chaîne de montagnes qui, une fois érodée, arasée, a notamment créé le substrat de l'Europe et en particulier de la France. La Bretagne, l'Auvergne, les Vosges, les Pyrénées sont des morceaux de la chaîne hercynienne, de même que le Harz et la Bohême. C'était, par endroits, l'équivalent d'une sorte de zone himalayenne actuelle. L'« Everest hercynien » était situé à Clermont-Ferrand, comme Maurice Mattauer l'a compris le premier. Dans cette ceinture se sont formés des plissements d'une intensité considérable, mais se sont aussi injectés beaucoup de granites[1]. L'érosion ayant raboté la partie superficielle de la

1. Les granites sont des morceaux de croûte continentale fondue qui se réinjectent à des niveaux de la croûte supérieurs à ceux où ils ont fondu.

chaîne, faite de roches sédimentaires plissées, ce sont en effet les granites hercyniens qui, avec leur environnement de roches métamorphiques, affleurent aujourd'hui à la surface et sont le plus apparents. D'où la nature granitique de notre Bretagne et de notre Massif central.

Pendant la même période, un autre type de chaînes cernaient les bordures pacifiques : c'est ce que l'on pourrait appeler les Andes hercyniennes. De l'Amérique du Nord à la province du Cap et à l'Australie en passant par les cordillères sud-américaines s'étendait une barrière montagneuse lardée de volcans majestueux. La fin de cette gigantesque fermeture sera marquée par la surrection de la chaîne de l'Oural. Commencée il y a sans doute deux cent quatre-vingts millions d'années, et donc contemporaine des plissements hercyniens, l'orogenèse de l'Oural se termine à – 230 millions d'années, à la fin du permien.

L'Asie se soude alors à l'Europe du Nord. Ainsi, à la fin du permien, les continents sont rassemblés en cette immense Pangée. L'Amérique du Sud est collée à l'Afrique, le « bombement » des côtes du Brésil s'encastrant dans le golfe de Guinée. L'Amérique du Nord est collée à l'Europe. Boston est en face de Dakar ; l'Espagne est repliée contre les côtes françaises, sa pointe galicienne nord collée au Finistère ; la Grande-Bretagne et le Groenland sont accolés, de même que, au sud de l'Afrique, l'Inde et l'Antarctique. Ce supercontinent a une forme spéciale : il est compact, les continents qui le forment sont soudés les uns aux autres, sauf entre l'Asie et le bloc sud, où existe une grande mer qui, vers l'est, rejoint l'immense océan Pacifique et, vers l'ouest, s'enfonce comme un coin, presque au niveau de la Grèce actuelle, formant une immense étendue d'eau de formc triangulaire, la Téthys, que l'on a souvent considérée comme l'ancêtre de notre Méditerranée.

À peine formé, à peine stabilisé, ce supercontinent va pourtant se fracturer. Dès – 185 millions d'années, au milieu du Trias, la Téthys s'étend inexorablement vers l'ouest, séparant un peu plus ce que l'on appelle le continent de Gondwana, au sud, et la Laurasie, au nord (ainsi appelée parce qu'elle rassemble le bloc du Saint-Laurent, la Laurencie, et l'Asie). À – 180 millions d'années, une fissure apparaît entre l'Amérique du Nord et l'Afrique. Cette fissure a une forme courbée, comme le sont aujourd'hui les côtes de l'Afrique, de la Mauritanie et du Maroc, et comme le sont symétriquement les côtes d'Amérique du Nord, de la presqu'île de Floride jusqu'au Massachusetts. De cette cassure va naître la partie méridionale de l'Atlantique Nord. Dans le même temps, de l'autre côté du Gondwana, l'Antarctique et l'Australie d'une part, l'Inde de l'autre, commencent à se séparer de l'Afrique, toujours liée à l'Amérique du Sud.

Cependant, le phénomène est moins simple qu'on ne vient de le dire. Comme l'ont montré Vincent Courtillot et son équipe de paléomagnéticiens, pendant que la Pangée équatoriale se fracture, se fractionne, des morceaux de continents venus d'une extrémité méridionale de la Pangée traversent la Téthys et viennent se souder à l'Asie. Ainsi, la Pangée se démantèle ici et se reconstruit ailleurs.

La Téthys, qui s'est refermée à l'est, se propage à l'ouest jusqu'à Gibraltar.

À la fin du jurassique, il y a cent trente millions d'années, s'ouvre l'Atlantique Sud – autrement dit, l'Afrique se sépare de l'Amérique du Sud. Vers – 80 millions d'années, la partie septentrionale de l'océan Atlantique se forme, immense fissure séparant le Groenland des îles Britanniques. À la fin du crétacé, il y a soixante-cinq millions d'années, alors que Madagascar se sépare de l'Afrique, un événement important se produit : la Méditerranée prend naissance par la fermeture, à l'est et à l'ouest, de la Téthys ; mer fermée, petite, séparant l'Afrique de l'Europe, cette mer jouera un rôle géologique et historique hors de proportion avec ses faibles dimensions.

Le démantèlement de la Pangée se termine vers – 40 millions d'années, quand l'Australie se sépare du bloc antarctique et se met à dériver vers l'est.

Mais, alors même que cette dérive générale – la dérive de Wegener – se développait, s'amorçait un phénomène inverse de reformation, de refondation. Les mouvements de rapprochement entre l'Afrique et l'Eurasie s'amorcent dès – 150 millions d'années, annonçant la grande collision de la chaîne alpine, qui se produira quelque cent millions d'années plus tard. Des morceaux continentaux errant à travers la Téthys vont se coller à l'Asie, constituant plus tard le Tibet, l'Indochine, la Chine du Sud. Puis, vers – 50 millions d'années, l'Inde, après avoir traversé l'océan (devenu Indien) et y avoir laissé des copeaux continentaux comme les Seychelles, percute l'Asie. Commence alors cette grande collision continentale marquée par le plateau du Tibet et la chaîne de l'Himalaya, qui va dominer toute la géologie de l'Asie et que Paul Tapponnier a si bien analysée.

La surrection de la chaîne alpine, résultant de la collision sud-nord, constitue le grand événement des temps tertiaires. Comme la chaîne hercynienne, cette chaîne de montagnes prend une extension mondiale et s'étend du Rif jusqu'en Chine du Nord. À cet événement considérable, il faut adjoindre ceux qui, depuis le crétacé, ont peu à peu collé à la côte ouest des deux Amériques des blocs épars qui ont formé les cordillères américaines. De manière analogue, toute la subduction péripacifique sera soulignée par des chaînes de montagnes : Japon, Indonésie, Nouvelle-Zélande, Australie, Nouvelle-Calédonie. Une formation de grand continent est en marche !

Mais éloignons-nous un peu de l'événementiel qui, à travers la succession de noms de lieux, nous donne une impression de tourbillon, de forte activité, pour chercher les grandes tendances, celles des longues durées.

L'histoire du phanérozoïque est celle de la construction progressive de la Pangée, suivie de son démantèlement, lui-même peut-être assorti de l'annonce de la reconstruction d'un grand continent. Mais cette chronique des mouvements des blocs continentaux ne dit pas tout. Il faut y superposer l'histoire des mouvements relatifs des continents et de l'eau. L'eau – je veux dire l'océan – a envahi les continents à certaines époques et s'en est retirée à d'autres. Parfois, elle n'envahit que les plages et les dépressions principales ; d'autres fois, elle envahit des surfaces considérables, comme à la fin du cambrien ou du crétacé, où elle recouvre près de la moitié de la surface des continents actuels. Lors de ces incursions marines – de ces transgressions, comme on dit en termes de métier –, la mer a déposé des sédiments, et c'est d'ailleurs ainsi que nous avons gardé trace de ces phénomènes.

Le rythme des transgressions et régressions marines a pu être établi par Vail, géologue pétrolier, et ses collègues. Ce rythme est complexe mais peut être décomposé en deux séries de mouvements : une grande transgression qui culmine à la fin du cambrien (– 500 millions d'années) fut suivie d'un retrait de la mer de – 500 à – 150 millions d'années ; une nouvelle invasion de la mer eut lieu et culmina au crétacé (– 70 millions d'années), suivie d'un retrait généralisé. En somme, un double va-et-vient.

À ces fluctuations globales se superposent des va-et-vient plus brutaux mais plus faibles, d'échelles de temps plus courtes, dont la durée est de l'ordre de dix à trente millions d'années.

À partir de là, on peut déjà reconstituer une histoire. La question conjoncturelle, pour l'instant, est la nature de ce qui s'est passé à la fin du protérozoïque, après l'orogenèse panafricaine.

Vers – 600 millions d'années, nombre de géologues pensent qu'il existait déjà un rassemblement de continents en un seul bloc, une sorte d'« Archéopangée ». Elle n'avait pas la même géométrie que la Pangée permienne, mais rassemblait déjà tous les continents. Autour d'un môle central formé par l'association Amérique du Sud-Afrique aurait été collée vers l'est l'Amérique du Nord, par le biais de sa côte ouest accolée à l'Afrique de l'Est, les côtes de l'actuel Antarctique puis l'Australie étant collées vers l'ouest face à ce qui est actuellement le Chili, le tout étant fermé par quelques blocs. La reconstitution de l'Archéopangée serait attestée par la continuité des chaînes panafricaines, c'est-à-dire datant de six cents millions d'années, et par les données du paléomagnétisme. Bien que cette reconstitution soit discutée par certains, acceptons-la provisoirement et tirons-en les conséquences.

La surface du globe aurait ainsi une activité géologique cyclique. Avec une période de trois cents à trois cent cinquante millions d'années se seraient succédé des phases où les continents se rassemblent, s'agglutinent, formant des entités gigantesques, et des phases où ces supercontinents se cassent et se dispersent, le tout engendré par les mécanismes d'expansion des fonds océaniques et par les rythmes de la tectonique des plaques. S'il en est bien ainsi, un déterminisme plus général doit exister. Ces plaques qui se font et se défont ne sont que les manifestations de surface de mouvements plus généraux qui affectent l'intérieur du globe, notamment la couche de

3 000 kilomètres d'épaisseur que l'on appelle le manteau. Chauffé par la chaleur primordiale stockée lors de la grande différenciation planétaire, il y a quatre mille quatre cents millions d'années, et par la désintégration radioactive de l'uranium et du potassium dispersés en son sein, le manteau terrestre convecte. Il est animé de mouvements, comme une casserole d'eau que l'on chauffe. Mais cette convection est lente. Le manteau, fait de roches solides, ne peut se déformer et se comporter comme un fluide qu'à l'échelle du million d'années. Il n'est donc pas étonnant que ces mouvements aient des vitesses de quelques dizaines de kilomètres par million d'années. Ces mouvements sont lents, mais puissants. Ce sont eux qui conduisent et gouvernent les mouvements des plaques. Les plaques ne sont que la « croûte » fragile d'un manteau sous-jacent actif et mouvant.

Cette convection mantellique opère-t-elle par pulsions ou est-elle au contraire un phénomène continu, simple, uniforme ?

L'étude de l'émission de basaltes aux dorsales au fil du temps semble apporter une réponse à la question. Cette émission est le principal mécanisme d'évacuation de la chaleur de l'intérieur du globe vers la surface. C'est la manière dont le globe expulse sa chaleur interne. Le volume de basaltes émis par unité de temps est donc directement la mesure de cette expulsion de chaleur. On a longtemps pensé que, globalement, le flux total était constant, une dorsale se « ralentissant » ici étant compensée par une autre qui s'accélérait ailleurs. Or des études récentes, menées notamment par Roger Larson, et très complexes, ont permis de mettre en évidence des variations considérables dans les volumes de laves émis par unité de temps. Au crétacé (– 80 à – 65 millions d'années), par exemple, le volume de basaltes émis aurait été cinq fois supérieur à celui émis aujourd'hui. La chaleur du globe s'évacuerait-elle par pulsions, par saccades ? Le globe tout entier connaîtrait-il des périodes de fébrilité et des périodes de calme, de normalité ? L'idée cadre plutôt bien avec la vision phénoménologique de rythmes saccadés tels que ceux que nous venons d'évoquer, avec des cycles de récurrence, de répétition, auxquels se superpose néanmoins une tendance lente au refroidissement général.

Tentons d'en savoir davantage en étendant notre analyse dans le passé.

L'histoire se déroule et se raconte dans le sens où s'écoule le temps, mais elle s'explique en faisant le chemin inverse. « *The present is the key for the past* », disait déjà Lyell. On pourrait dire, en généralisant cet adage, que « l'étude des périodes récentes est la clef de la compréhension du passé lointain ». C'est d'ailleurs ce que nous avons fait par anticipation aux chapitres précédents.

Étudions donc cette question des rythmes. Nous les avons déjà évoqués lors de l'examen de la grande durée du protérozoïque. Le cas était un peu différent : il s'agissait des pseudo-périodicités correspondant aux âges où la croûte continentale a fabriqué ses provinces. Mais le chiffre de trois cents à trois cent vingt millions d'années pour la durée des cycles ou des rythmes était déjà avancé.

Ne faut-il pas voir là l'existence d'une certaine périodicité dans le comportement du globe ? Ne faut-il pas rapprocher les deux phénomènes : dérive des continents et construction des continents ? Ne faut-il pas voir, derrière ces cycles, une causalité unique ? Ne faut-il pas décrire cette évolution du globe comme un lent refroidissement, une décroissance régulière dans la formation des continents, assortie d'une lente décroissance de l'activité volcanique, décroissance qui serait rythmée par des pulsions à trois cents millions d'années de période ?

Au fait, ces cycles sont-ils vraiment réguliers, ou n'obéissent-ils qu'à de pseudo-périodes ?

L'étude attentive des intervalles de temps fait nettement pencher pour la seconde hypothèse. La Terre n'est pas une horloge. Il s'agirait plutôt de pseudo-périodes obéissant davantage à des règles de comportement « chaotiques[1] » qu'à des périodicités régulières.

Parmi les phénomènes qui restent encore mal expliqués et dont les rythmes et l'interaction sont peut-être déterminants pour comprendre l'évolution dynamique du globe, examinons-en trois.

D'abord, les régressions et transgressions marines, c'est-à-dire les va-et-vient de la mer dont nous avons

---

1. Au sens de la théorie du « chaos », déjà évoquée.

dit combien ils avaient occupé l'activité des géologues classiques pendant de longues années. Deux mécanismes sont aujourd'hui invoqués pour expliquer ces phénomènes : l'activité des dorsales et les collisions continentales. Quand les dorsales sont rapides, leurs reliefs sont plus larges que lorsqu'elles sont lentes. Si une accélération a lieu pour tout le globe, le « gonflement » des dorsales conduira à une transgression. S'il y a ralentissement, il s'agira d'une régression. Les deux grandes transgressions du cambrien et du jurassique-crétacé, qui ont duré près de cent millions d'années, ne seraient que les résultantes de la cassure des supercontinents et de l'augmentation de l'activité des dorsales correspondantes. La régression générale qui va de l'ordovicien (– 500 millions d'années) au trias ne serait que le phénomène inverse. À ces tendances générales se superposent toutes les collisions entre blocs. Chaque collision réduit la surface des continents pour un temps et entraîne donc une régression, l'érosion compensant par la suite le phénomène. Ainsi les courbes de transgression-régression ne feraient-elles que traduire l'activité tectonique du globe. Elles seraient le reflet des rythmes que nous avons décrits : activité des dorsales, cassures et collisions des continents.

Deuxième phénomène : le volcanisme dit des points chauds. Celui qui s'implante n'importe où, au milieu de continents, au milieu d'océans, peu importe ! Comme à Hawaii ou dans la chaîne des Puys. Ce volcanisme est interprété comme résultant de jets magmatiques soudains venant des profondeurs du manteau, sortes de crises brutales analogues aux éclaboussures qui jaillissent d'une casserole d'eau bouillante[1].

Enfin, le troisième et le plus spectaculaire des phénomènes est constitué sans nul doute par les inversions du champ magnétique terrestre, celui qui oriente la boussole et indique le nord. Avons-nous perdu le nord ? Effectivement, le champ s'est inversé dans le passé ! Le pôle Nord est devenu pôle Sud par périodes ; la boussole s'est inversée ! L'origine du champ magnétique se situe dans les mouvements turbulents du noyau externe, masse de fer liquide incandescent située vers le centre de la Terre, que la rotation de celle-ci agite en permanence. Y a-t-il une liaison quelconque entre ces inversions, leurs époques, leurs périodes et les manifestations géologiques de surface ? Le volcanisme des points chauds ou des dorsales, ou bien encore le climat ? Le noyau, le cœur de la planète aurait-il, par ses pulsations, une influence sur toute la Terre ? Ce cœur serait-il le centre de tout ?

Répondre oui serait admettre l'existence d'un couplage fort entre le noyau, le centre de la Terre, et sa surface. L'être Terre serait unique dans ses comportements, la globalité y serait la règle. Répondre non reviendrait à admettre que chaque étage, chaque niveau, chaque profondeur de la Terre obéit à son

1. La source du volcanisme des points chauds n'est pas la même que celle des dorsales océaniques. Alors que cette dernière se situe à 100 ou 200 kilomètres de profondeur, celle des points chauds est située à au moins 600 kilomètres, peut-être davantage.

déterminisme propre. Les couches terrestres sont-elles indépendantes ? La géologie classique a sombré dans cette croyance pour ce qui était de l'extrême surface. Pouvons-nous assumer cet échec et le dépasser ?

Chercher à comprendre la machine Terre dans sa globalité suppose une exploration, une compréhension de plus en plus poussées de son intérieur. Voilà qui implique d'intenses recherches géologiques et géophysiques. Une grande excitation s'est emparée de la communauté des sciences de la Terre. On comprend pourquoi !

Les phénomènes géologiques ont trouvé pour leur description un paradigme unifié, c'est la tectonique des plaques. Ils n'ont pas trouvé la théorie causale correspondante. On la cherche. La recherche dans cette direction est multiforme, guidée par des espoirs, contenue par des réalités solides. Elle progresse par à-coups, par saccades. Il n'est pas encore temps de donner une présentation claire et simplifiée d'une théorie unifiée, puisqu'il n'existe pas encore vraiment de théorie. Pas de jardin à la française dans un paysage encore touffu ! Présentons néanmoins la démarche avec confiance, sans anticipation exagérée.

La période « classique » de l'histoire de la Terre n'est pas seulement la période la plus riche pour les sciences de l'inanimé, c'est aussi la période où s'est épanouie la vie. C'est la grande époque de l'évolution biologique, celle au cours de laquelle les êtres vivants organisés, étudiables, reconnaissables, aux formes bien définies, aux niches écologiques bien situées, ont évolué de manière spectaculaire. Leurs fossiles sont abondants et bien répertoriés. C'est d'ailleurs grâce à eux et aux méthodes paléontologiques qu'a pu être bâtie la géologie classique. Non seulement ces méthodes ne sont pas périmées, occultées qu'elles auraient pu être par la chronologie radioactive, mais elles ont au contraire été amplifiées, dynamisées par la chronologie absolue. À la paléontologie traditionnelle portant sur les gros fossiles, les moyens d'observation microscopiques ont permis d'ajouter la micropaléontologie, qui concerne les microfossiles (planctons ou spores) dont la fréquence des individus permet aujourd'hui d'étudier pratiquement n'importe quelle roche sédimentaire[1]. Tous les fossiles ont désormais un âge, exprimé en millions d'années. Il suffit donc de déterminer les fossiles pour dater une roche sans avoir recours à chaque fois aux méthodes radioactives.

Pourtant, si le souci immédiat du géologue est d'utiliser les fossiles pour dater les terrains et situer leur dépôt dans les géographies passées, le véritable intérêt de la paléontologie est ailleurs. Il se situe en biologie. Le catalogue ordonné des fossiles est l'enregistrement historique du phénomène biologique

1. Les microfossiles sont les foraminifères, ou les pollens, ou les planctons fossiles. Dans une roche, des milliers de spécimens existent. Ils sont donc plus facile à trouver que les gros fossiles, souvent fragiles, cassés et finalement assez rares.

essentiel : l'évolution des espèces, esquissée par Lamarck, développée par Darwin, trop longtemps fustigée par les religions.

Les preuves de l'évolution sont multiples, mais son déroulement, ses rythmes sont là, enregistrés dans les cinq cent soixante-dix millions d'années des strates phanérozoïques.

L'explication ultime de l'évolution et de ses mécanismes viendra de la biologie moléculaire ou de la génétique, mais la mise en évidence dc son déroulement et de ses modalités est l'apanage de la paléontologie. Elle seule décrit ce qu'a été l'évolution, quelles ont été scs vicissitudes. Nous allons voir que c'est là un formidable enseignement.

La première manifestation spectaculaire de l'évolution des espèces eut lieu au cambrien, c'est-à-dire durant les soixante-dix millions d'années qui suivirent les débuts du phanérozoïque. Là, dans les mers, près des côtes, la vie se développe comme elle ne l'a encore jamais fait. Le nombre d'espèces, qui était de quelques dizaines à l'époque d'Ediacara, va passer à plusieurs milliers. C'est aussi le moment où les animaux acquièrent des parties dures qui vont faciliter leur fossilisation, leur préservation à travers le temps.

Les débuts du cambrien, il y a cinq cent soixante-dix millions d'années, marquent l'apparition des « vrais » fossiles, ceux dont nul n'a jamais discuté l'appartenance au monde vivant, dont on peut admirer la délicatesse de forme, que l'on collectionne et dont on fait hélas aussi commerce… Ces fossiles qui vont nourrir les roches sédimentaires de toute l'époque phanérozoïque sont déjà, au cambrien, des êtres vivants extrêmement évolués et passablement complexes. Il ne s'agit plus de ces êtres malformés de la « niche » d'Ediacara, de Namibie, de Chine ou du Mexique, mais de formes nettes, dotées d'une anatomie claire, dont on peut déterminer les adaptations fonctionnelles. Deux types dominent les débuts du cambrien, ou plus exactement en sont les archétypes le plus nets pour les géologues : les archéocyathés et les trilobites.

Les archéocyathés étaient des sortes de coraux au squelette calcaire, qui vivaient dans les mers chaudes. Leur anatomie conique, fragile et élégante, se confond pour moi avec le charme de la dame qui en était la spécialiste quand j'étais jeune assistant. Les trilobites étaient des arthropodes au corps recouvert d'une carapace dure, segmenté et organisé en assemblages rigides. Ils vivaient au fond de la mer, près des côtes, rampant et nageant sur de courtes distances. J'ai observé avec fascination leurs cousins actuels, les limules, dans les bras de mer de Cape Cod, au Massachusetts, et cela m'a beaucoup ému. Étudiant, j'avais appris à découvrir ces fossiles dans les schistes de la Montagne Noire, avec pour guide avisé Maurice Mattauer. Professeur, j'ai enseigné leurs mœurs aux étudiants de premier cycle. Mais voir vivre sous mes yeux ces reliques des temps anciens, les voir se dissimuler dans la vase, s'enfuir au bruit du danger, fut pour moi un saisissant spectacle. Décidément, la vie avait traversé le temps en changeant beaucoup, mais aussi en restant par bien des points immuable : ces limules du Massachusetts en étaient la preuve.

Le cambrien (du nom latin du pays de Galles) est une période clef. Avant lui, la vie était primitive, peu développée, peu évoluée. Avec lui, c'est l'explosion. Les êtres vivants s'emparent du milieu marin côtier, mais cet envahissement s'accompagne d'une extraordinaire diversification des formes. Avant le cambrien, il existait un ou deux groupes d'êtres vivants. À la fin du cambrien, il en existe plus de cinquante, contre une soixantaine aujourd'hui. En quelque cinquante millions d'années, la vie a apparemment plus évolué qu'en deux milliards ! Le protérozoïque avait vu les balbutiements de la vie, le cambrien voit son épanouissement. Cette richesse cambrienne est merveilleusement illustrée par le célèbre gisement des schistes de Burgess, au Canada. Là, dans l'espace d'une carrière, a été conservée une faune à peu près intacte. Les conditions de préservation ont été telles que non seulement les parties dures sont fossilisées, mais également les parties molles. Les animaux anciens ont été pétrifiés avec tous leurs détails anatomiques, si bien qu'il est possible de décrire avec précision leur anatomie externe et interne. L'étude détaillée de cette faune, faite par Harry Whittington et son équipe, a montré que dès cette époque existaient les quatre types d'organisation fondamentaux du monde animal : mollusques, arthropodes, cœlentérés et chordés. Certes, les vertébrés n'étaient pas encore là, mais leurs ancêtres, appartenant à l'embranchement des chordés, y étaient. Parmi les arthropodes – groupe qui comprend les crustacés, les insectes et les araignées –, il existait une vingtaine de groupes différents, alors que quatre seulement ont survécu jusqu'à aujourd'hui.

On a longtemps pensé que les temps géologiques s'étaient peu à peu enrichis d'un monde d'organismes de plus en plus complexes et nombreux ; on s'aperçoit que la complexité biologique était présente *dès le « début »*.

On trouve dans ces schistes de Burgess des trilobites, mais aussi des vers, des oursins, des arthropodes, des mollusques. On y trouve des animaux mangeurs d'algues et de boue, mais aussi des carnivores comme le redoutable anomalocaris. On y trouve des animaux qui ont eu de nombreux descendants, et d'autres dont le phylum s'est éteint. Certains étaient extraordinaires, comme l'opabinia, pourvue de cinq yeux et d'une trompe, mais n'ont pas survécu ; d'autres semblaient vulnérables et ont pourtant été les « têtes » de phylums importants.

À cette époque existaient donc une écologie, une chaîne alimentaire, etc. Bref, la vie était organisée en système interconnecté comme elle l'est aujourd'hui. Steve Gould a eu raison d'écrire un livre entier sur ce gisement, car sa signification est considérable[1].

Notons que si le monde animal du cambrien était luxuriant, le monde végétal, lui, avait peu évolué.

---

1. Stephen Jay Gould, *La vie est belle*, Éditions du Seuil.

C'étaient d'abord et avant tout des algues vertes et bleues qui peuplaient les mers.

Le cambrien est aussi la période où les organes durs, résistants (squelettes ou coquilles souvent calcaires), vont se développer, facilitant par là la conservation ultérieure. Pour préserver les parties molles des êtres vivants, il faut des circonstances géologiques exceptionnelles, comme dans les schistes de Burgess, où des courants de boue ont enseveli soudainement toute une faune au pied d'un talus sous-marin. Sinon, les fermentations, les oxydations, la compaction ont tôt fait de détruire les parties molles et d'endommager les parties dures. La majeure partie des êtres vivants du passé ont ainsi été éliminés des annales et n'ont laissé aucune trace. Ces lacunes dans l'enregistrement constituent la principale limitation de la méthode paléontologique.

Revenons pourtant au film de la vie.

Pendant la période qui suit le cambrien, dont les vestiges rocheux se classent en étages appelés ordovicien et silurien et qui s'étend de – 500 à – 400 millions d'années, la vie va encore se diversifier. On estime que, vers – 450 millions d'années, la diversité du vivant était pratiquement la même qu'aujourd'hui. Cette diversification va aller de pair avec la conquête des divers milieux. D'abord marin : la vie, confinée sur les fonds marins peu profonds, proches des continents, va envahir les grandes étendues d'océan. On voit apparaître des êtres vivants ayant des anatomies plus autonomes par rapport au fond, capables de survivre au large grâce à une maîtrise accrue de la navigation. Parmi ces explorateurs du grand large, nul doute que les plus spectaculaires, sinon les plus significatifs, ont été les poissons cuirassés. Ces poissons avaient des allures de soldats de la Chine impériale, avec un squelette externe fait de plaques dures entourant un corps segmenté[1]. Il faudra des millions d'années pour que ce squelette externe des poissons se transforme en arête centrale ! Apparus il y a quatre cent vingt millions d'années, ils se développeront bien au dévonien, il y a trois cent quatre-vingts millions d'années. L'autre symbole de la conquête du grand large est le nautile à la coquille enroulée et nacrée dont les descendants modifiés existent aujourd'hui encore sur le pourtour de l'océan Indien et du Pacifique.

Au silurien (– 435 à – 395 millions d'années), les mers conquises, la vie a commencé à envahir les continents. Jusqu'à cette époque, les continents étaient nus, sans végétaux, livrés à l'érosion brute de l'eau. Est-ce parce que la couche d'ozone qui protège la Terre des rayons ultraviolets n'était pas assez développée ? Est-ce parce que les plantes, dont nous n'avons que peu parlé jusqu'ici, n'avaient pas atteint le stade vasculaire qui va leur permettre de s'implanter à la surface ? Nul ne le sait. Dans la description du développement de la vie, il faut éviter de

1. Les requins, qui ont perdu leur squelette « dur », mais gardent un squelette cartilagineux, sont les descendants modernes de ces poissons qui atteignaient plusieurs mètres et dont certains étaient de redoutables carnivores.

donner à toute observation une explication à tout prix. Contentons-nous de constater que la conquête des continents débute au silurien et va se développer vigoureusement pendant la période suivante, que l'on qualifie de dévonien (– 395 à – 345 millions d'années).

En quelques millions d'années, cette conquête des continents sera achevée. Amphibiens, c'est-à-dire animaux de la famille des grenouilles vivant moitié dans l'eau, moitié à l'air, poissons – dont le fameux poisson qui grimpait aux arbres, doté à la fois de branchies et de poumons qui lui permettaient de respirer aussi bien dans l'eau que dans l'air –, insectes surtout, dont les plus gros atteignaient une taille de 20 centimètres, tous envahissent les continents. Parmi ces animaux, certains sont herbivores, d'autres carnivores. La lutte pour la vie, la compétition pour le contrôle des niches écologiques battent leur plein. C'est à ce moment, de manière concomitante, que le monde végétal connaît son développement le plus spectaculaire. La « découverte » du vaisseau ligneux transportant l'eau nourricière marque l'étape décisive. La synthèse chlorophyllienne faite dans les feuilles peut dès lors être alimentée, les arbres peuvent exister. Le développement des plantes à spores d'abord monogames, puis à fécondation, va doter ces derniers d'un outil biologique à double fonction : la dispersion géographique et la diversité génétique. Les plantes envahissent alors les continents sous des formes extrêmement variées. Dès le dévonien, il existe des plantes organisées pourvues de racines, de troncs, de feuilles. Il ne leur manque, pour être des plantes supérieures, que les fleurs, les fruits et les graines. Pourtant, au carbonifère, elles atteindront les proportions de véritables arbres formant des forêts. (Qui n'a vu, en illustration, de ces fougères arborescentes géantes dans les somptueux marécages du carbonifère ?) Inutile de dire que, dès que les continents furent envahis, les paysages se transformèrent radicalement. Aux continents gris ou rouges, dénudés, soumis à l'action directe de l'eau et du vent, succèdent petit à petit des continents verts, couverts de végétation, mais aussi d'un sol abondant, intermédiaire entre la roche et l'eau. L'érosion se modifie, se ralentit. Et la vie envahit tous les climats, toutes les niches écologiques. Plaines, collines, vallées, bords de mer, marécages se couvrent de végétation et d'animaux. Sous les climats chauds, bien ensoleillés, la vie devient rapidement luxuriante. C'est à la fin du dévonien (– 360 millions d'années) et surtout au carbonifère que les végétaux se développent comme jamais ils ne l'avaient fait. Aux fougères géantes s'ajoutent les végétaux supérieurs. Les vaisseaux fibreux, longs et diversifiés, permettent à des feuilles éloignées des racines de s'épanouir. L'arbre géant va naître, encore primitif dans son organisation, mais dejà majestueux. Dans les marécages carbonifères à végétation luxuriante[1] se développent les amphibiens, les insectes, dont la diversification et les

1. Le charbon est une roche qui provient de la fossilisation de ces marais lagunaires, notamment carbonifères.

dimensions deviennent considérables ; apparaissent des êtres avec des os, des muscles et une organisation qui ressemble déjà à celle des vertébrés les plus évolués. Les premiers reptiles, essentiellement terrestres, font leur apparition. Tout cela sera conservé, pétrifié lorsque ces marécages seront engloutis dans des tourbières, donnant naissance aux premiers gisements de charbon.

C'est à cette époque, à la fin du dévonien et au début du carbonifère (– 345 millions d'années), qu'après avoir conquis la Terre la vie s'impose dans les airs. Les premiers animaux volants sont des insectes. Ils seront longtemps les seuls, jusqu'à ce que reptiles puis oiseaux aient développé des os creux suffisamment légers pour leur permettre de prendre leur essor. Dans les forêts carbonifères, les libellules géantes volaient et se posaient sur des arbres dépassant déjà 2 ou 3 mètres. Mais la vie continuait aussi à se répandre dans les mers et les océans, surtout dans la zone intertropicale, où l'ensoleillement permettait, grâce à la synthèse chlorophyllienne, le développement en surface du plancton et des algues.

La fin du carbonifère (– 280 millions d'années) est marquée par un changement climatique décisif. Au permien, les zones équatoriales, où s'étaient développées des forêts luxuriantes, deviennent tout à coup plus arides. Le désert, ou le semi-désert, s'étend. Il n'en faut pas davantage pour provoquer des changements biologiques importants. Si les insectes continuent à figurer parmi les éléments dominants de la faune, les amphibiens et les plantes carbonifères s'éteignent. À leur place se développent des reptiles herbivores et les premiers mammifères à affinités reptiliennes, dans des paysages où les conifères s'épanouissent. Cette apparition des premiers mammifères bénéficiant d'une régulation de leur température interne se révélera très importante pour la suite. Dans les mers, des changements notables se produisent aussi, notamment avec l'apparition des premières ammonites, animaux nageurs aux coquilles enroulées.

Si la fin du carbonifère fut pour le monde vivant une période difficile, celle du permien (– 235 millions d'années), qui marque la fin de l'ère primaire, est encore beaucoup plus rude. Certains parlent à son propos de catastrophe écologique, puisqu'à ce moment 90 % des espèces vivantes ont brutalement disparu. C'est là une des crises les plus importantes qu'ait connues le monde vivant.

C'est après elle que débute l'ère secondaire, qui va durer de – 235 à – 65 millions d'années, soit cent quatre-vingts millions d'années. Il s'agit d'une période essentielle pour qui veut comprendre l'évolution. On la divise en trois périodes ou étages géologiques : le Trias, le Jurassique et le Crétacé.

Le début de cette ère voit se reconstituer rapidement une flore et une faune décimées par la crise permienne. Les fougères et les conifères recommencent à proliférer dès le Trias. Il faudra attendre le Crétacé pour voir apparaître les plantes à fruits et, rapidement, des arbres dont les types existent encore aujourd'hui : peupliers, figuiers, magnolias, chênes, bouleaux, platanes, érables, hêtres et frênes.

Les invertébrés se développent aussi : coraux, oursins, mollusques, crustacés. Apparaissent dès le Trias des homards, des langoustes et des crevettes, des insectes dont le nombre augmente mais dont on ne trouve curieusement aucun reste dans les strates crétacées, et surtout des mollusques, dont les représentants les plus caractéristiques sont les ammonites, avec leur coquille enroulée si gracieuse, qui coloniseront les mers, et un important calmar qui laissera à l'état fossile son rostre sous le nom de bélemnite (sorte de suppositoire rocheux).

Mais c'est au secondaire qu'on assiste surtout à l'essor des vertébrés. Déjà présent au primaire, leur ordre va s'épanouir. Dans l'océan apparaissent de grands requins et des raies ; à la limite des eaux et de la terre ferme, les batraciens géants comme le stégocéphale continuent d'exister ; mais le secondaire est avant tout l'ère des reptiles.

Ceux-ci existaient au permien, sans pour autant y dominer. Ils vont trouver au secondaire les conditions d'un développement sans précédent. C'est l'époque des dinosaures, des grands reptiles. Ils vont conquérir l'océan avec l'ichtyosaure, sorte de lézard-dauphin, et le redoutable plésiosaure ou crocodile-dauphin. Au crétacé, ils seront remplacés par le mésosaure, immense lézard aquatique atteignant 15 mètres de longueur. Ils vont conquérir les airs avec le fameux et inquiétant ptérodactyle et surtout le ptéranodon, qui, au crétacé, atteindra 6 mètres de long. Ce sont, n'en doutons pas, les ancêtres des oiseaux, avec le fameux archéoptéryx trouvé dans le calcaire de Solenhofen, en Bavière.

Ils vont surtout conquérir les continents. L'histoire a principalement retenu les plus gros, les plus spectaculaires d'entre eux : diplodocus herbivores à petite tête, de 30 mètres de long ; brontosaures que l'on représente toujours pataugeant dans les marais ; stégosaures portant sur le dos des écailles à forme quasi rocheuse ; tricératops à l'allure aussi irascible que nos actuels rhinocéros ; et de redoutables carnivores : les cératosaures et les tyrannosaures, mesurant plus de 15 mètres et qui sont bipèdes. Ces reptiles secondaires, merveilleusement adaptés à leurs milieux multiples, dominent toutes les niches écologiques. (Les mammifères sont alors réduits à l'état de petits singes nocturnes et discrets.) Ce règne des reptiles a duré près de deux cents millions d'années. Un règne sans nuages, sans partage, marqué par des évolutions vers des formes de plus en plus grandes, de plus en plus puissantes, mais qui restaient à l'intérieur de l'ordre. Un règne que rien ne semblait devoir menacer, et pourtant…

Pourtant, il y a soixante-cinq millions d'années, tous ont disparu soudainement. L'épaisseur de quelques centimètres de sédiments correspondant à quelques milliers d'années[1], et les dinosaures dispa-

1. Les dépôts se faisant en un lieu donné au fil du temps, l'épaisseur d'un sédiment donné correspond à une durée de sédimentation.

raissent de la surface terrestre ! Avec eux disparaissent les ammonites, ces belles coquilles enroulées des océans secondaires, mais aussi des dizaines de milliers d'autres espèces.

Ce changement brutal, cette extinction massive d'espèces vivantes, n'avaient pas échappé aux géologues, qui avaient placé là la séparation entre ères secondaire et tertiaire, notamment à Georges Cuvier, qui en avait fait l'un de ses solides arguments en faveur de sa théorie des catastrophes. Pourtant, ce n'est que très récemment que d'intenses travaux ont permis d'éclairer ce problème d'une vive lumière.

Au cœur de ces études, les Alvarez père et fils. Luis Alvarez, le père, Prix Nobel de physique en 1968, professeur à Berkeley, était célèbre pour ses intuitions et son sens aigu de l'observation. Walter Alvarez, le fils, était à cette époque un jeune géologue, talentueux certes, mais encore inconnu. Malgré leurs spécialités scientifiques différentes, ils souhaitaient travailler ensemble et formèrent donc le projet d'étudier un « problème important ». Leur choix « tomba » sur la disparition des dinosaures. Luis disposait d'un laboratoire bien équipé, Walter, d'une expérience de géologue de terrain. Ils décidèrent donc d'analyser par les méthodes modernes de la chimie nucléaire les minces couches qui séparent les ères secondaire et tertiaire. La découverte dans ces couches d'une teneur anormale en iridium, un métal de la famille du platine, rare à la surface terrestre mais abondant dans les météorites, les convainquit rapidement qu'à cette époque, il y a soixante-cinq millions d'années, un bolide cosmique a percuté la Terre. Cet impact a excavé des tonnes de roches, projetant dans le ciel des milliers de mètres cubes de poussière. Transportées par les vents, ces poussières sombres ont formé un écran pour les rayons solaires, plongeant la Terre dans une nuit polaire glacée pendant plusieurs dizaines d'années. Soumises aux conditions inhabituelles de ce refroidissement brutal, des milliers d'espèces vivantes, de végétaux, d'animaux, sur terre comme dans l'océan, disparurent. Parmi les espèces victimes de cette hécatombe climatique, les dinosaures, mais aussi les ammonites, ainsi que nombre d'espèces de plancton végétal et animal.

Dès sa publication, cette théorie des Alvarez va susciter un débat passionné. Les paléontologistes y sont dans leur grande majorité opposés, les astronomes sont séduits, les spécialistes des sciences de la Terre, intéressés. Derrière ce débat sur la cause des extinctions biologiques se profile bien sûr un débat non moins important sur l'influence ou l'absence d'influence des causes cosmiques sur l'évolution de notre monde. La Terre est-elle ou non un objet « isolé » dans l'Univers ?

Très rapidement, certains contestent l'événement cosmique et lui préfèrent une cause volcanique. L'éruption des *trapps* du Dekkan, ces coulées volcaniques qui recouvrirent le quart de la péninsule indienne, serait la cause de l'« hiver planétaire ». Parmi les tenants de cette hypothèse, Jason Morgan, le père de la tectonique des plaques, et Vincent

Courtillot, paléomagnéticien réputé. Ce débat animé suscite des travaux, les arguments s'affrontent, les polémiques se développent, et, chemin faisant, quelques faits émergent qui font l'unanimité : la disparition brutale de milliers d'espèces à la fin du crétacé, il y a soixante-cinq millions d'années, est un fait désormais établi ; cette extinction résulte d'une modification des conditions climatiques et a éliminé les espèces les moins adaptées à ces conditions extrêmes ; celles qui ont survécu étaient au contraire celles qui étaient « anormales », peu adaptées aux conditions normales, comme ces espèces de plancton boréal égarées dans la zone équatoriale : alors que l'étude évolutive montre qu'elles étaient en train de disparaître lentement, elles s'emparent du milieu dès la crise du crétacé.

C'est en somme la synthèse de Darwin et de Cuvier : *l'adaptation aux conditions créées par la catastrophe assure la survie.* À partir de là, on s'interroge sur la « crise » survenue à la fin du permien : était-elle due elle aussi à une catastrophe cosmique ou bien volcanique ? Y a-t-il eu d'autres crises semblables dans le passé ? Rien n'est certain. Vincent Courtillot défend l'idée qu'à la fin du crétacé, il y eut *à la fois* chute d'une météorite dont on retrouve la trace à Xiculub au Mexique et éruptions volcaniques au Dekkan en Inde. Il pense en revanche que les autres grandes transitions biologiques sont d'origine exclusivement volcanique.

Laissons de côté ces interrogations légitimes pour revenir à notre histoire : après la fin du secondaire, le tertiaire. C'est l'ère des mammifères et des plantes supérieures à fleurs et à fruits.

Les mammifères étaient apparus au permien sous une forme relativement modeste. L'épanouissement des reptiles, au secondaire, avait bloqué leur développement. La crise survenue à – 65 millions d'années leur donne une seconde chance. Contrairement aux reptiles, dont la température du corps n'est pas régulée et qui subissent donc les vicissitudes climatiques, les mammifères sont dotés d'un thermostat interne. La température de leur corps est constante. Ils nourrissent leurs petits et assurent donc une reproduction de proximité. L'élimination des dinosaures libère leurs niches écologiques. Les mammifères en profitent. Ils vont rapidement dominer le règne animal, avec les oiseaux, dont les débuts datent du crétacé, et les insectes, dont la pérennité est étonnante. Ces animaux vont évoluer dans des paysages où les plantes supérieures (angiospermes, en termes savants), celles dont la reproduction se fait grâce aux fleurs, au pollen léger et facilement dispersé, et aux fruits avec leurs graines entourées, ont rejoint les conifères et les fougères pour donner une grande variété à la vie végétale.

Dans les océans, les mers tertiaires, la vie n'est pas moins active. Poissons, crustacés et mollusques contribuent à alimenter cette vie marine où les algues restent les plantes le mieux adaptées et le plus répandues. C'est, à une exception près – l'Homme –, la vie luxuriante telle que l'histoire naturelle nous l'a transmise aujourd'hui.

À la lumière de cette histoire des espèces que nous restituent les archives paléontologiques, il est possible de déduire quelques contraintes pesant sur les modalités de l'évolution biologique.

La théorie dite du néo-darwinisme postule que les espèces évoluent par le jeu d'un double mécanisme. Les mutations aléatoires provoquent des modifications soudaines du matériel génétique au niveau des chromosomes. Ces mutations se produisent sous l'effet du hasard, le hasard chimique, et non pas sous l'influence du milieu. Se créent ainsi des modifications anatomiques et physiologiques. La sélection naturelle agit alors sur les populations d'individus et « sélectionne » les plus aptes dans la conquête de la nourriture et la survie, ou les plus aptes à la reproduction. C'est ainsi que « le hasard et la nécessité » ont sélectionné petit à petit le million et demi d'espèces vivantes actuelles.

Depuis Lamarck et Darwin, bien des progrès ont été faits en biologie, mais le plus remarquable est que l'idée centrale d'évolution n'a pas été fondamentalement modifiée. On est loin aujourd'hui des connaissances biologiques du temps des voyages du *Beagle*[1], mais le corpus de la théorie de l'évolution reste inchangé. On a beaucoup progressé dans la compréhension et surtout la confirmation de la théorie. D'abord la découverte des mutations par le Hol-

1. Le *Beagle* était le bateau océanographique à bord duquel Darwin accomplit son expédition autour du monde de 1831 à 1836.

landais De Vries, bien sûr, ensuite celle du code génétique unique organisé autour de l'ADN. Les mécanismes moléculaires de la vie, reproduction sexuée et reproduction cellulaire, que les pionniers de la biologie moléculaire – autour de Francis Crick, James Watson, Jacques Monod, François Jacob et quelques autres – ont découvert, montrent l'unité du vivant et donc la réalité du phénomène d'évolution. Les phénomènes de mutation ont pu être étudiés en laboratoire sur des populations à taux de reproduction rapide, comme la mouche drosophile, et on a pu constater l'évolution de certaines espèces, puis la mettre à profit dans les élevages d'animaux domestiques ou comestibles. La génétique, dont les travaux du moine tchèque Gregor Mendel marquent les débuts, s'est développée notamment grâce au concept moléculaire, mais aussi par l'étude des populations. On sait aujourd'hui que la notion de typologie, servant à définir une espèce, est totalement fausse, que les individus d'une même espèce sont tous génétiquement différents, tous uniques, et que les caractères que l'on peut souligner ne sont que des paramètres statistiques qui ne permettent pas de définir un « type ». L'individu « moyen » n'existe pas. C'est une fiction statistique, non une réalité biologique.

La conception suivant laquelle l'individu est unique et où l'espèce est définie par le critère d'interfécondité révolutionne tout. Elle balaie les concepts qui inspirent le racisme, comme la supériorité intellectuelle de tel ou tel groupe.

C'est avec la génétique que l'on mesure toute la puissance du temps. Pour une espèce comme l'Homme, dont la durée d'une génération est de vingt ans, on décompte 50 000 générations en l'espace d'un million d'années, soit $10^{15\,000}$ ancêtres différents. Autant dire que la population est totalement incestueuse, totalement mélangée d'un point de vue génétique. On voit là d'emblée toute la richesse du patrimoine génétique, toute sa diversité, mais aussi toutes les possibilités de mutations, ou de déviations. Une petite erreur dans la mécanique de réplication de l'ADN, deux petits atomes sur des milliards placés au mauvais endroit, et voilà une mutation enregistrée. Le hasard chimique a joué son rôle.

La biologie du développement a elle aussi apporté beaucoup à notre compréhension des mécanismes de l'évolution. En énonçant sa fameuse loi – « L'ontogénie traduit la phylogénie » –, Haeckel a suscité bien des travaux. S'il est vrai qu'à l'état d'embryon un oursin ressemble à une grenouille, il est clair aujourd'hui que cette loi n'est pas exacte et que l'évolution d'un individu au cours de son développement ne reproduit pas l'évolution des espèces au cours des millions d'années.

D'autres disciplines biologiques ont contribué à façonner notre vision moderne de l'évolution des espèces. Tout comme, en sciences humaines, l'histoire est fécondée par les « sciences actuelles », la paléontologie est loin d'être seule dans cette quête. Il est désormais question d'une relecture de la paléontologie à la lumière de ce qu'on appelle généralement la théorie synthétique de l'évolution – qui fait appel à toute la biologie et dont des hommes comme Dhobjansky ont été les pionniers –, plutôt que d'une théorie de l'évolution reposant sur la seule paléontologie.

Dans ce corpus, les sciences historiques de la Terre apportent, elles aussi, leur contribution. La question des rythmes de l'évolution, centrale entre toutes, est désormais bien posée par la paléontologie. Les espèces n'évoluent pas à des rythmes uniformes, immuables, à l'instar d'horloges géologiques. Les faunes et les flores évoluent de manière extrêmement modulée. Parfois, en l'espace de quelques millions d'années, des millions de nouvelles espèces apparaissent ; parfois, en cent millions d'années, fort peu de choses changent. Puis, en quelques dizaines d'années, des extinctions massives se produisent.

Le problème des extinctions massives et celui des modalités de la sélection naturelle ont sans nul doute bénéficié des apports les plus importants de la paléontologie et de la géologie. Les biologistes avaient tendance à « miser sur le temps » et à admettre des processus de sélection uniformes, accumulatifs. Ils parlaient de distances génétiques, qu'ils associaient à des durées d'évolution. Ils parlaient d'horloges évolutives. L'observation des strates géologiques fait au contraire apparaître, comme l'avait déjà noté Cuvier, des extinctions massives, des périodes d'hécatombe des espèces, bref, une évolution « par saccades ponctuées », comme dit Gould.

La cause générale de ces hécatombes n'est pas établie. Pour celle située à la fin du crétacé, il s'agit clairement d'un phénomène climatique provoqué par un événement brutal, sans doute d'origine cosmique et volcanique. Pour les autres, des indices plaident en faveur d'une cause similaire, mais d'origine volcanique, comme le défend avec talent et ténacité Vincent Courtillot.

Quoi qu'il en soit, ces « catastrophes » entrent pleinement dans le schéma darwinien, mais avec une modalité spéciale. Ceux qui survivent (individus ou espèces) ne sont pas ceux qui étaient le mieux adaptés aux conditions normales et à leur modification graduelle, mais ceux qui se sont adaptés aux conditions exceptionnelles, à l'anormalité. La sélection distingue certes les plus aptes, mais *les plus aptes à survivre à des crises* sévères et imprévues. La sélection naturelle fonctionne au profit des plus adaptables !

Pourtant, ces rythmes de l'évolution que la paléontologie est seule à pouvoir reconstituer dans leur dimension historique ne sont encore qu'insuffisamment compris. La raison en est inhérente à la paléontologie et aux conditions de conservation des reliques.

La préservation des fossiles est un facteur essentiel conditionnant la signification des archives paléontologiques. Parmi les milliards d'êtres vivant à une époque donnée, pourquoi seuls quelques spécimens sont-ils fossilisés, emprisonnés et conservés dans les roches qui se forment, traversant ainsi les temps géologiques ?

Certains ont une constitution chimiquement fragile. Une fois morts, leurs restes sont décomposés, digérés ou dispersés. Leur anatomie chimiquement, biologiquement ou mécaniquement détruite, ils ne laissent aucune trace.

D'autres meurent dans des zones où les conditions de fossilisation sont difficiles. Sur les continents, l'érosion emporte tout ; dans les océans, les animaux du fond, nécrophages redoutables, digèrent les cadavres, et les bactéries et les courants marins se conjuguent pour disperser les restes.

Il faut des circonstances exceptionnelles pour que des faunes ou des flores entières soient préservées avec leurs parties molles. L'ambre de la Baltique, le calcaire de Solenhofen, dans lequel on a retrouvé les restes de l'archéoptéryx, premier oiseau connu, les schistes de Burgess au cambrien, les glaces de Sibérie qui ont emprisonné les derniers mammouths, et quelques autres sites célèbres constituent autant de gisements qui, à eux seuls, ont appris autant que des milliers de mètres cubes de roches concassées pour y retrouver quelques débris de fossiles rares.

Comme dans l'étude des antiquités sumérienne ou chinoise, quelques sites bien exploités apprennent davantage que la recherche quadrillée et systématique.

Pourtant, il n'est pas inutile de tenter de jeter un regard d'ensemble sur le processus de préservation. Comme la théorie de l'information nous l'apprend, la signification d'un message n'a de sens qu'après qu'on en a établi la représentativité. Or, la fossilisation est un phénomène très relatif qui détruit la majorité des messages.

Raup, étudiant les données statistiques obtenues *indépendamment* par les géologues et les paléontologues, a fait l'étonnante constatation suivante : le nombre d'espèces fossiles connues est quasiment proportionnel au volume de sédiments préservés. Car les sédiments sont eux aussi plus ou moins conservés. Situés à la surface, sédiments ou fossiles sont soumis à l'érosion par les eaux de pluie, et donc facilement détruits. Enfoncés dans les profondeurs, ils sont cuits et transformés. Bref, au cours des temps géologiques, ils ont eu maintes occasions de disparaître, et seule une partie d'entre eux nous est léguée. Le nombre d'espèces est plus grand pour la période tertiaire, mais c'est aussi pour cette période que nous disposons du plus grand volume de roches sédimentaires préservées. Les périodes géologiques plus anciennes où l'on a répertorié le plus grand nombre de fossiles sont aussi celles où la nature a préservé la plus grande quantité de sédiments : le dévonien, le permien, le crétacé en sont des exemples.

Les paléontologues ont longtemps négligé ce problème de la représentativité de la conservation. Comme l'homme qui cherche ses clefs au pied d'un lampadaire sous prétexte que c'est le seul endroit où il y a de la lumière, ils se sont contentés d'élaborer une théorie de l'évolution avec les faits « objectifs » en leur possession : les fossiles réels déjà trouvés, étudiés et répertoriés. Ainsi trouvèrent-ils et affirmèrent-ils que la diversité des espèces croissait avec le temps. Or, comme nous l'avons déjà indiqué, la diversité semble être quasi constante depuis la fin du cambrien. La loi de diversité croissante, que l'on croyait universelle, est inexacte.

Phylum par phylum, les études modernes donnent une tout autre image. Les brachiopodes ont connu une très grande diversité au dévonien ; depuis lors, leur diversité n'a cessé de décroître. Il en fut de même des échinodermes (oursins), dont l'optimum de diversité fut d'abord observé à l'ordovicien, pour décroître et recroître plus tard au tertiaire. Quant aux insectes, dont la constitution fragile a rendu la préservation paléontologique aléatoire – pourquoi y a-t-il absence d'insectes dans les roches du crétacé ? –, l'opinion générale est que leur diversité a toujours été très grande et qu'ils ont magnifiquement traversé le temps. Les trois quarts des espèces actuelles sont des insectes !

La réflexion scientifique sur la préservation a donné naissance à des avancées théoriques de première importance. Charles Darwin, frappé après Cuvier par l'apparition soudaine d'espèces fossiles dans les strates géologiques, sans formes intermédiaires, considérait les données paléontologiques comme un obstacle à ses théories. Ce n'est qu'avec l'étude minutieuse de l'évolution des ammonites, puis des ancêtres du cheval, lignées pour lesquelles on a retrouvé tous les intermédiaires, que les préjugés antipaléontologiques de Darwin ont pu être levés !

Il n'en reste pas moins vrai que telle ou telle espèce,

voire telle classe, apparaissent dans les archives géologiques sans que rien apparemment ne les annonce. Pas de formes intermédiaires. Pas de transition. Eldridge et Gould ont expliqué ce fait d'observation incontestable par leur théorie de l'évolution « ponctuée ».

Si les changements réellement significatifs de l'évolution ont lieu lorsque les populations sont petites et isolées, ces populations ne représentent qu'une très faible surface sur la Terre. Leur probabilité de représentation est très limitée. Nul ne s'étonnera donc que l'on ne trouve pas de formes intermédiaires.

Quel est le volume de sédiments futurs qui contiendra les formes actuelles des îles Galapagos ? Seront-ils conservés ? Peu de chances !

Reproduite tout au long des temps géologiques, cette occurrence explique l'absence de transition entre espèces biologiques.

Or les populations isolées ont joué un grand rôle dans l'évolution. Lorsqu'une population de taille modeste est isolée, les mutations qui peuvent s'y produire sont rapidement renforcées par le fait que la reproduction entre mutants y est plus probable. Lorsque, à l'inverse, une population à fort taux de mutation est diluée dans un grand ensemble, les changements sont rapidement amortis, d'une part par croisement, d'autre part par sélection naturelle.

Darwin l'avait déjà noté lors de son voyage sur le *Beagle*, en soulignant le caractère particulier des faunes des îles, notamment celle des Galapagos.

Ce phénomène, aujourd'hui bien expliqué par la génétique des populations, peut être mis en rapport avec le phénomène géologique majeur qu'est la dérive des continents. Lorsqu'un continent se fracture et se sépare en deux morceaux, il y a naissance d'un océan qui isole deux populations biologiques dont l'évolution va diverger. Lorsque, à l'inverse, deux continents fusionnent, cette collision met en contact deux cohortes de populations différentes qui entrent immédiatement en compétition et en hybridation. En gros, la dérive des continents favorise l'évolution par mutation ; la collision entre continents donne de l'importance à la compétition et à la sélection naturelle. À partir de là, on peut relire les messages historiques géologiques et paléontologiques en les liant les uns aux autres.

Au cambrien (– 570 millions d'années), l'Archéopangée se morcelle, des continents séparés se dispersent, s'isolent. La vie est alors confinée dans les mers, mais des mers peu profondes, liées aux talus continentaux bordant les continents. La séparation des continents va séparer des populations biologiques. L'explosion cambrienne trouve là une de ses causes majeures.

Les collisions continentales calédoniennes (– 420 millions d'années) et hercyniennes (– 300 millions d'années) vont, à l'inverse, fusionner des continents, mettant en contact des faunes et des flores isolées. Ce mélange « forcé » va donner des croisements biologiques nouveaux, mais, surtout, va exposer chaque espèce à une compétition plus sévère. Seuls les plus aptes vont survivre. D'où, à chaque fois, une réduction de la diversité. Le phénomène va culminer à la fin du permien. En effet, à la lumière de ce que nous venons d'évoquer, on peut légitimement se reposer la question : la crise d'il y a deux cent trente-cinq millions d'années est-elle due à une grande confrontation des populations biologiques consécutive à la réunification de la Pangée, ou bien à une cause « externe », éruption volcanique géante ou collision avec un astéroïde ? Peut-être les deux causes ont-elles coexisté, ce qui expliquerait que la crise permienne ait été à la fois moins brutale et plus profonde que celle du crétacé.

Avec le trias et le démantèlement de la Pangée, la diversité biologique prend un nouvel essor, surtout sur les continents désormais peuplés. Dans les mers, la dérive continentale ne fait que réaliser des isolements partiels aux conséquences plus modestes. Avec les collisions continentales alpines, on voit s'opérer au contraire des simplifications biologiques. L'Asie, avec ses morceaux de continents rapportés, est un exceptionnel terrain d'observation, et les paléontologues ont pu y observer, à chaque collision, à chaque collage, des mélanges de populations rapidement suivis d'extinctions importantes.

L'évolution, ce n'est pas le hasard et la nécessité *in abstracto* ! Au hasard des mutations s'ajoute le hasard des vicissitudes continentales ou celui des collisions cosmiques. La nécessité est une nécessité créée par des conditions « normales », mais plus encore par des conditions anormales. Survivre, ce n'est pas seulement être adapté aux conditions habituelles, c'est être capable de surmonter les périodes de crise, de révolution.

Sans vouloir philosopher et étendre ces raisonnements biologiques hors des frontières où la science entend les garder, il ne serait peut-être pas stérile de transposer ce genre de raisonnements aux domaines des sciences humaines : cultures, langues ou populations. Les évolutions des unes et des autres ne sont-elles pas au bout du compte le résultat de l'alternance ou de la combinaison de périodes de différenciation et de périodes de mélange ?

Ces observations conduisent naturellement à abandonner totalement l'idée d'orthogenèse, c'est-à-dire d'une direction de l'évolution biologique, idée selon laquelle celle-ci se serait déroulée en sélectionnant des organismes de plus en plus compliqués, de plus en plus évolués, de plus en plus adaptés, avec, au sommet de cette évolution, l'être le plus achevé du cosmos, l'Homme.

Cette idée d'orthogenèse a été défendue non seulement par ceux qui, avec la téléonomie, soutenaient que, derrière le processus d'évolution, il y avait un projet dont le but ultime était l'Homme – thèse dont on voit bien les connotations religieuses ou philosophiques : en filigrane, des concepts comme le sens de l'Histoire, l'irréversibilité du progrès, etc. –, mais aussi par ceux qui soutenaient que hasard plus nécessité conduisaient obligatoirement à sélectionner les meilleurs.

Or, il faut se rendre à l'évidence, les faits scientifiques tels que nous les connaissons aujourd'hui ne corroborent pas ce point de vue.

L'évolution semble guidée surtout par le hasard. Par exemple, si l'on examine avec soin le groupe des arthropodes, certaines espèces présentes dans les schistes de Burgess il y a cinq cent vingt millions d'années, et qui semblaient pourtant bien adaptées, n'ont pas survécu ; d'autres, apparemment anodines, sont devenues des têtes de phylums prolifiques. Pourquoi opabinia, avec ses cinq yeux et sa trompe, a-t-elle disparu ? Pourquoi les mammifères, présents dès – 240 millions d'années, n'ont-ils pu émerger tout au long du secondaire, dominés qu'ils étaient par des reptiles multiformes ? Ont-ils pu profiter de la crise de – 65 millions d'années pour tout envahir ? Pourquoi les oiseaux, à qui une analyse anatomique objective et « opérationnelle » donne pourtant beaucoup d'atouts, n'ont-ils jamais vraiment été dominants ?

Questions sans réponse.

On croyait que, grâce à la reproduction sexuée et au mélange des chromosomes, la diversité des formes vivantes n'avait cessé d'augmenter ; on constate au contraire que, après une phase d'expansion de la diversité au cambrien, celle-ci a fluctué tout en restant globalement à peu près constante depuis quatre cents millions d'années.

La vision de l'arbre de l'évolution comme une arborescence partie d'un point et dont la diversité ne cesse de croître pour représenter le développement de la vie est une vision fausse. Diversification et extinction se combinent pour donner des rythmes et des modalités beaucoup plus complexes.

Pourtant, c'est vrai, les plantes les plus évoluées, celles qui sont dotées de fleurs et de fruits, sont géologiquement assez récentes. Pourtant, c'est vrai, l'Homme, produit le plus achevé de l'évolution biologique, n'est apparu que depuis quatre millions d'années. Il y a donc bien évolution vers le progrès, dira-t-on.

Ce qui est vrai, c'est qu'au fil du temps apparaissent çà et là des espèces particulièrement complexes, qui semblent exceptionnellement bien adaptées. Ce fut le cas de certains arthropodes au primaire, de certains reptiles au secondaire, de l'Homme au quaternaire. Si on lit l'arbre de l'évolution à l'envers, l'être exceptionnel semble être celui qui marque l'achèvement de l'évolution du rameau.

En fait, tout indique qu'il s'agit là d'un phénomène de contingence plus que de finalité. La contingence est sans doute le mot clef de l'évolution, phénomène irréversible mais indéterminé. On ne peut en prédire le sens à l'avance.

Imaginons un scénario qui, j'espère, n'est pour le futur proche que pure fantaisie. L'Homme, emporté par ses folies meurtrières, se lance dans une guerre nucléaire. Il détruit la quasi-totalité des humains et provoque l'horrible hiver nucléaire que d'autres que moi ont déjà décrit. Une sorte de crise de « fin des dinosaures » ! Puis le ciel s'éclaircit, le Soleil revient sur une planète dévastée. Les quelques hommes et femmes qui ont survécu se souviendront-ils de la technologie ? Faibles, sans armes, sans toison pileuse, pourront-ils résister à d'autres compétitions dans la lutte pour la vie ? Les insectes, qui ont traversé les temps géologiques sans encombres ou presque, dont certaines espèces, parmi les centaines de millions existantes, se seront révélées adaptées aux plus sévères conditions – en tout cas mieux adaptées que d'autres –, auront survécu. L'insecte dominera l'homme, qui disparaîtra peut-être à jamais…

Si un tel scénario voyait le jour, parlerait-on d'un sens positif de l'évolution ?

Pour celui qui vit confortablement à Paris, Londres ou New York, l'histoire des hommes a évolué dans un sens positif. Pour celui qui meurt du sida en Afrique ou sous les bombes au Liban, l'histoire a-t-elle un sens ?

Telle est sans doute la leçon la plus importante de ce chapitre. L'évolution de la tectonique des plaques obéit aux règles irrégulières du « chaos » ; l'évolution des êtres vivants, aux caprices du hasard.

Rien n'est orienté, rien n'est déterminé. Les « cycles » d'alternance dans la formation et la dislocation des continents ne sont que des rythmes. Les « cycles » de diversification et d'extinction des espèces ne sont que des occurrences. Sur de faibles nombres d'événements, une périodicité peut être perçue de manière trompeuse. Elle n'existe ni dans un cas ni dans l'autre. Contingence, irréversibilité, hasard : tel est le sens de l'histoire naturelle.

CHAPITRE XII

Le noozoïque[1]

Le noozoïque est la période géologique où les « animaux pensants » émergent. C'est l'époque de l'apparition puis de la domination de l'Homme sur la planète.

Notre approche de cette histoire, dans laquelle nous sommes plongés et qui n'est donc pas terminée, restera strictement « géologique », c'est-à-dire planétaire, ce qui n'exclura pas pour autant certaines évocations sociologiques lorsqu'elles contribueront à l'éclairer.

L'homme, produit de l'évolution biologique dont nous avons vu le déroulement sur des milliards d'années, est devenu petit à petit un agent géologique. Non seulement il a conquis la première place

1. Le noozoïque est un néologisme dont l'intérêt est de couvrir toute la période où l'homme existe. Le terme géologique qui englobe les deux derniers millions d'années est celui d'ère quaternaire. Nous serons amené à utiliser l'un et l'autre.

parmi les êtres vivants de la planète, mais son activité, son développement interfèrent désormais avec l'activité de la planète elle-même. Il érode le sol autant que la nature, il pollue l'atmosphère ou les eaux de manière tout à fait artificielle, ses engins de guerre pourraient ravager en un instant toute la surface de la Terre. Pendant des millions d'années, la vie s'est développée dans des paysages et des conditions climatiques qui lui étaient imposés. Avec l'homme, paysages et microclimats sont en large partie le résultat d'une interaction entre les activités de l'homme et de la nature. L'homme modifiera-t-il le climat ? L'homme modifie-t-il la planète elle-même, et, d'une manière ou d'une autre, l'homme modifiera-t-il l'homme ?

Cet état de fait, préoccupant à bien des égards, ne s'est instauré que lentement au cours des quatre millions d'années durant lesquels l'homme a conquis patiemment la planète, pour aujourd'hui la dominer sans doute outrageusement.

Commençons le récit de cette aventure par le début. Comment l'homme est-il apparu ? D'où vient-il ?

Cette question passionnante a trop souvent été rendue passionnelle à cause de ses implications philosophiques et religieuses.

L'homme est le produit de l'évolution biologique, et l'on peut, comme pour les autres animaux, retrouver un phylum qui le relie à des formes ancestrales et qui détermine ses relations de cousinage avec d'autres formes vivantes animales.

Au centre de cette question de l'origine de l'homme, les relations phylogéniques homme-singe. Relations qui embarrassent les esprits, et pas seulement religieux. Au risque de choquer, disons d'emblée que *l'homme descend du singe*, ou plutôt d'*un* singe qui vivait il y a cinq (ou sept) millions d'années dans l'Est africain. Il ne s'agit certes pas d'un quelconque chimpanzé ou gorille, formes animales actuelles qui ne sont que nos cousins germains, mais d'une forme ancestrale que l'on appelle *archéoaustralopithèque*, qui vivait dans les arbres et au sol, se déplaçait sur ses jambes en s'aidant un peu de ses bras, mangeait des fruits et des racines, avait un crâne dont le volume ne dépassait pas 400 centimètres cubes (quatre à cinq fois moins que l'homme actuel), un corps velu, et qu'il faut donc bien qualifier de singe, faute d'une échappatoire sémantique aisée.

Mais, cela étant établi, faut-il pour autant dire que, puisque l'homme descend du singe, l'espèce d'homme évolué que l'on appelle en termes savants *Homo sapiens* est une espèce animale « ordinaire » ? Ce serait bien sûr une grossière erreur. La différenciation du genre *Homo* à partir de la lignée des australopithèques constitue une discontinuité fondamentale dans l'évolution biologique, dont la signification dépasse largement les différences morphologiques que l'on a pu reconstituer.

Une évolution graduelle, progressive, par mutations biologiques successives, peut donner lieu à un moment donné à une discontinuité brutale de grande ampleur. Lorsque le premier reptile volant se détacha du sol et plana dans les airs, nul doute que la mutation qui lui avait donné naissance avait produit une discontinuité majeure dans l'évolution animale. D'une manière analogue, mais plus considérable encore, la série de mutations qui ont donné naissance à l'homme ont introduit une discontinuité biologique gigantesque dans le processus de l'évolution des espèces.

Je ne vois aucune contradiction à dire que l'homme descend du singe et, dans le même temps, à dire tout aussi clairement que l'homme n'a « rien à voir » avec le singe. « Rien à voir » est à l'évidence une façon de parler lorsqu'on sait qu'entre le chimpanzé et l'homme les différences chromosomiques ou biochimiques sont très faibles (deux chromosomes du singe fusionnés en un seul chez l'homme, 0,8 % de différence dans la nature chimique des protéines de codage). Des biologistes moléculaires comme Wilson, de Berkeley, affirmaient que le chimpanzé est plus proche de l'homme que du gorille, et que gorille et chimpanzé sont plus proches de l'homme que de l'orang-outan !

« Rien à voir », pourtant, en ce sens que *seul* l'homme a accédé à ce domaine que l'on appelle *pensée* (même si je ne méconnais nullement les étonnantes performances intellectuelles des grands singes, ce qui, par parenthèse, me fait considérer éthiquement l'expérimentation biologique sur ces animaux comme vraiment « limite », pour ne pas dire davantage…).

Cette transition « importante » étant clarifiée, revenons à notre généalogie en partant d'assez loin, d'il y a soixante-dix millions d'années, au moment où s'achève, avec la disparition des dinosaures, l'ère secondaire.

C'est de cette époque que datent nos premiers ancêtres, les premiers primates, ordre particulier de la classe des mammifères, comme on dit dans le jargon classificateur des zoologistes. Nos ancêtres ont donc connu les dinosaures !

Pourtant, il ne s'agit nullement de ces « premiers hommes » pataugeant dans des forêts marécageuses de fougères géantes pour échapper aux tyrannosaures ou aux ptérodactyles, tels que les représentent trop souvent des livres pour enfants ou des ouvrages de science-fiction. Il s'agissait de petits singes de la taille d'un rat, pourvus d'une queue, qui mangeaient des feuilles et des fruits et que l'on classe dans la famille des *lémuriens*.

Ces lémuriens, dont on a reconstitué la morphologie et le mode de vie grâce à leurs ossements et à leur denture, ressemblaient beaucoup aux lémuriens actuels que l'on trouve à Madagascar et que l'on peut deviner dans la pénombre d'une niche qui leur est réservée au zoo de Vincennes.

Ils ont évolué petit à petit vers des formes plus

robustes, plus grandes ; leurs membres, mais surtout leur crâne, se sont beaucoup développés.

Il ne servirait à rien d'énumérer ici la suite de noms ésotériques donnés aux restes fossiles et qui jalonnent l'arbre généalogique de nos aïeux depuis ces lémuriens jusqu'au fameux archéoaustralopithèque que nous avons évoqué.

La paléontologie humaine et « préhumaine » est une discipline ingrate, qui demande beaucoup d'acharnement, de patience et de minutie. Fouiller, creuser, piocher, déterrer, puis collecter soigneusement quelques rares ossements, généralement mal conservés, et les interpréter enfin en les restituant dans leur contexte écologique pour faire revivre le passé, demande beaucoup de talent et de coopération multidisciplinaire. Au surplus, le paléontologue, comme l'archéologue, est à la merci de la chance, de l'imprévu, de la trouvaille qu'il faut savoir exploiter, mais qui peut changer brutalement la lignée évolutive qu'il croyait jusque-là bien démontrée.

Depuis vingt ans, cette discipline a considérablement progressé grâce aux fouilles systématiques opérées dans les zones de l'Afrique de l'Est et surtout grâce à l'apport inestimable des diverses méthodes de datation radioactives, qui seules ont permis de situer chaque découverte dans une séquence temporelle correcte. Ces ossements épars, ces crânes défoncés et éclatés, ces tibias fracturés en mille morceaux, ces dents dispersées, si précieuses par leur contenu informatif sur le type d'aliments consommés, ces morceaux d'os du bassin ont pu, grâce à la chronologie absolue et à l'anatomie comparée, « parler » et raconter l'histoire de nos origines.

Ces travaux ont été complétés par les études de biologie moléculaire effectuées sur les espèces vivantes d'hommes et de singes. Au total, nous disposons désormais d'un modèle apparemment assez solide.

L'histoire humaine, celle du genre *Homo*, est beaucoup plus ancienne que ce que l'on avait longtemps pensé. On croyait autrefois qu'elle était contenue dans le dernier million d'années, durée de l'ère appelée quaternaire. En fait, il faut situer l'ancêtre commun des hommes et des singes beaucoup plus tôt.

Considérons la lignée des hominoïdes comprenant les grands singes africains, chimpanzés, gorilles, australopithèques, hommes. Elle se serait autonomisée par rapport à la lignée de l'orang-outan, c'est-à-dire des grands singes d'Asie, dont la majorité ont disparu il y a dix à douze millions d'années. À cette date, on est de plain-pied dans l'ère tertiaire. Vers – 5 millions d'années, peut-être un peu plus, cette lignée des hominoïdes se serait séparée en deux branches : l'une aurait donné naissance aux chimpanzés et aux gorilles ; l'autre comprend les australopithèques et le genre *Homo*. Cette dernière lignée, dont le spécimen le plus célèbre est Lucy, australopithèque africaine, petite femelle gracile qui doit son nom à une chanson des Beatles que les paléontologues écoutaient le soir sous leur tente au moment de sa découverte, se serait elle-même séparée en deux branches vers – 2,3 millions d'années.

La branche principale reste une branche d'australopithèques, c'est-à-dire de singes forts, gros mangeurs de feuilles et de fruits, à station bipède mal assurée, velus, au crâne réduit.

La branche cadette est celle des hommes. Le premier homme identifié est ce fameux *Homo habilis* trouvé par le paléontologue Leakey, du Muséum de Nairobi, dans les sédiments des gorges d'Olduvai, au Tanganyika (actuelle Tanzanie), auquel la méthode de datation isotopique potassium-argon a donné un âge de 2,3 millions d'années.

La reconstitution de son anatomie permet de dire qu'il s'agissait d'un homme petit (1,20 mètre environ), qu'il se tenait debout sans l'aide de ses mains, qu'il avait un crâne de 600 à 700 centimètres cubes de volume, donc nettement plus gros que celui d'un australopithèque, qu'il mangeait des fruits mais aussi de la viande, qu'il utilisait ses mains pour confectionner des outils de pierre primitifs (pour chasser), qu'il vivait en petits groupes, en tribus, sans que l'on puisse encore parler à ce propos de villages.

L'étude des sédiments et autres restes fossiles associés au même gisement a permis de déterminer qu'il coexistait dans les mêmes lieux avec les australopithèques, plus gros, ayant aussi une station bipède, se nourrissant de fruits et de racines, mais également avec des cochons sauvages, des antilopes, des hipparions (ancêtres du cheval), des éléphants, des rhinocéros, des panthères et des crocodiles.

Yves Coppens pensait que la différenciation et le développement décisif du genre *Homo* devaient beaucoup au changement climatique qui a affecté il y a 2,2 millions d'années cette grande zone de fracturation intracontinentale que l'on appelle le *rift* africain, qui parcourt l'Afrique orientale de Djibouti à l'Afrique du Sud[1]. Avant – 2,2 millions d'années, la forêt dominait toute la zone. Dans cette forêt, les grands singes à station bipède ou quadrupède, pourvus de longs bras, étaient bien adaptés à la vie arboricole. La crise climatique de – 2,2 millions d'années sépare la province est, qui devient de plus en plus sèche, de la province ouest, qui demeure une zone de forêt équatoriale. Dans la province est, l'arbre se fait rare, une savane de plus en plus maigre lui succède. Dans ce nouveau paysage, le singe quadrupède, agile dans les arbres, devient rapidement inadapté. L'*Homo habilis* prend au contraire le dessus.

Avec sa station bipède qui lui permet de voir loin, sa nourriture variée, son intelligence, il va pouvoir mieux survivre aux dures conditions nouvelles.

Cet *Homo habilis* dont on connaît aujourd'hui plusieurs spécimens a longtemps cohabité avec diverses espèces d'australopithèques dont les caractères étaient sans doute écologiquement assez voisins, ce qui explique leur longue promiscuité sans élimination de l'un ou de l'autre[2].

Pour Coppens, l'homme est fils de la sécheresse,

1. Cf. Yves Coppens, *Le Singe, l'Afrique et l'Homme*, Fayard, 1983.

2. Les australopithèques s'éteindront sans descendance il y a un million d'années.

au même titre que le cheval, qui, dans les mêmes conditions, a surclassé l'hipparion.

Le fait est que, dès que les strates géologiques fournissent des restes humains, les ossements de grands singes deviennent plus rares. Pourtant, très récemment, Michel Brunet de l'université de Poitiers a découvert des ossements humains très anciens au Tchad dans une zone qui était alors forestière. Les restes humains étaient associés à des ossements de grands singes. Le problème se complique !

On pense aujourd'hui que l'homme est vraisemblablement né en Afrique peut-être dans la zone des Grands Lacs, mais pas forcément, entre – 4 et – 3,4 millions d'années, peut-être un peu avant…

Alors que l'australopithèque n'utilisait que des « outils » naturels, branches d'arbre ou pierres, comme le chimpanzé actuellement, l'*Homo habilis* a développé des outils plus sophistiqués. Simples galets éclatés au début, ceux-ci sont devenus de plus en plus travaillés. Ces progrès technologiques ont permis le développement de la chasse. Ainsi, l'homme, qui ne s'attaquait au début qu'au petit gibier, est devenu peu à peu chasseur de gros gibier, jusqu'à s'attaquer à l'éléphant ou au crocodile. On en trouve des restes épars dans les campements humains. S'attaquer à de tels prédateurs avec des cailloux n'était pas une entreprise sans courage ! L'homme a sans doute aussi commencé alors à construire des abris (huttes) et à vivre en groupes plus nombreux.

Une question essentielle se dégage de ces observations sur le mode de vie : l'*Homo habilis* maîtrisait-il le langage ? L'anatomie du crâne semble aller dans ce sens, mais il paraît plus probable que le langage soit apparu chez son successeur, *Homo erectus*, dont on situe l'apparition vers – 1,5 million d'années.

C'est cet *Homo erectus*, le fameux pithécanthrope, qui a « conquis » le monde.

Confiné dans l'Est africain, *Homo habilis* n'avait guère colonisé que la zone sèche allant de l'Afrique du Sud à Djibouti. *Homo erectus* découvre le feu et conquiert l'Afrique, l'Europe, l'Indonésie, la Chine. Ces migrations sont attestées par les crânes désormais nombreux que l'on a pu trouver sur tous ces continents et qui traduisent déjà une certaine variabilité dans le type *Homo*.

Plus grand (entre 1,50 mètre et 1,70 mètre), plus fort, doté d'un crâne plus développé (il dépasse 900 centimètres cubes), *Homo erectus* est un être chasseur et conquérant. Il a découvert le feu, il parle et s'organise en tribus et en « villages ».

C'est cette espèce qui va donner graduellement naissance à *Homo sapiens*, l'homme tel que nous le connaissons aujourd'hui, avec son crâne de 2 000 cm^3, son cortex cérébral très développé, sa partie frontale large, sa station bipède « souple », son pelage très clairsemé. De l'homme de Néandertal – l'*Homo sapiens* archaïque vivant il y a six cent mille ans – jusqu'à nous, il n'y aura pas de modification morphologique majeure.

C'est cet *Homo sapiens* qui est l'ancêtre de tous les hommes, quelles que soient leur race, leur couleur de peau, leur variété. La biologie moléculaire a établi sans ambiguïté cette généalogie unique en faisant justice de toutes les théories fantaisistes (et dangereuses) sur l'origine multiple des hommes modernes suivant leur race[1].

Telle est, grossièrement brossée, l'évolution du genre humain, qui laisse bien sûr de nombreuses questions en suspens : le premier homme est-il apparu il y a 2,2 millions d'années ou un peu avant ? Le langage est-il né avec *Homo habilis* ou avec *Homo erectus*, il y a 2,2 ou 1 million d'années ? La chasse organisée date-t-elle de 2,5 ou de 1,5 million d'années ? Questions essentielles, auxquelles les progrès de la paléontologie humaine nous fourniront, espérons-le, une réponse proche. Soyons patients…

L'homme est donc historiquement situé dans l'évolution animale, même si, répétons-le avec Ernst Mayr, ce serait commettre une formidable erreur de ne le considérer que comme un animal. *Ce qui caractérise l'homme, c'est sa faculté de pensée abstraite, qui le différencie de tous les autres êtres vivants.*

Pour chercher à comprendre l'émergence de la pensée, beaucoup d'anatomistes, de paléontologues, voire de philosophes, se sont intéressés au développement du cerveau, à *l'encephalisation* des orga-

1. Signalons celle qui faisait dériver les diverses races d'hommes de diverses espèces de singes et qui cherchait par là à justifier une « hiérarchie » intellectuelle entre elles.

nismes animaux, comme on dit en langage savant, tout au long de l'évolution animale.

Le point de départ de ces raisonnements est la taille du cerveau humain, anormalement grosse quand on la compare à celle du corps. De là, il n'y a qu'un pas – trop vite franchi – liant taille du cerveau et facultés mentales[1].

À partir de mesures des tailles relatives du cerveau par rapport au corps, des tentatives pour trouver des lois générales se sont multipliées. Des formules mathématiques ont été établies. Des comparaisons tant historiques que géographiques ont été faites entre les diverses espèces animales, les divers singes, etc., parfois en débouchant sur des conclusions fausses et dangereuses.

Pour Russel, paléontologue de Berkeley, il ne fait pas de doute que le développement du cerveau s'est accompli au cours des temps géologiques et de l'évolution biologique dans une même direction : l'accroissement de son importance. Depuis les poissons

---

1. Cette méthode, développée déjà au temps de Broca, a ses limites, et il faut éviter de l'appliquer, par exemple, à l'intérieur d'une même espèce. Chez l'homme, que peut-on déduire du fait qu'Oliver Cromwell avait un crâne deux fois plus gros que celui d'Anatole France ? On a démontré la non-relation entre taille du cerveau et intelligence, aussi bien chez les individus que parmi les groupes. Donc attention, car bien des errements, y compris racistes, ont pris naissance dans ce genre d'études.

Pourtant, comme paramètre statistique global, la taille du cerveau est un indice évolutif « intéressant », à condition de l'utiliser à « grands traits » sur des évolutions importantes.

cartilagineux du silurien, il y a quatre cents millions d'années, jusqu'aux premiers singes anthropoïdes, en passant par les mammifères reptiliens d'il y a deux cent vingt-cinq millions d'années et les dinosaures d'il y a soixante-quinze millions d'années, de la musaraigne au singe, les « indices » d'encéphalisation, quelles que soient leurs définitions, ont crû d'un facteur dix de manière à peu près régulière (si ce n'est une accélération après la crise permienne).

Dans cette évolution apparemment régulière, uniforme, orientée dans une même direction, mais à laquelle il reste à trouver une explication, le développement du genre *Homo* constitue une discontinuité. Son apparition marque une accélération considérable de la taille du cerveau. *En un million d'années, entre le genre* Homo habilis *et* Homo erectus, *puis entre celui-ci et* Homo sapiens, *le volume du cerveau va doubler.* Le cerveau du dernier sera quatre fois plus développé que celui du premier. Lucy avait un crâne quatre fois plus petit que celui d'une femme de Néandertal ! C'est, dira le biologiste Haldane, la plus grande accélération anatomique de toute l'évolution.

A contrario, durant le dernier million d'années, période où règne *Homo sapiens*, le cerveau n'a pas beaucoup progressé.

Tout cela mérite réflexion, méditation, peut-être même spéculations…

L'augmentation régulière du volume relatif du cerveau dans le règne animal est incontestablement une indication importante. À première vue, une telle observation semble aller à contre-courant de notre négation d'une évolution orientée, d'une orthogenèse, comme on dit en jargon de biologiste.

D'abord, notons que lorsque Russel, après d'autres, établit sa loi d'encéphalisation croissante, il s'agit d'animaux vertébrés qu'il a choisis parmi les divers ordres du règne animal. Une étude statistique rigoureuse incluant les vers, les mollusques, les insectes, les crustacés, donnerait-elle le même résultat ?

On peut éliminer cette objection en disant que, derrière le désordre général de l'évolution, une lignée – celle des vertébrés, qui va triompher – s'impose par une évolution obéissant à cette loi d'encéphalisation croissante. Le cerveau, véritable ordinateur central, joue un tel rôle dans la compétition pour la survie de l'espèce que sa qualité constitue un facteur décisif. Peut-être. Il ne faut pas en déduire pour autant qu'il existerait une évolution orientée ; simplement, le cerveau est un facteur décisif dans les processus de sélection. Jean-Pierre Changeux pense que ce rôle essentiel du cerveau a été amplifié chez les vertébrés par le développement de la « structure en tube » qui a permis l'épanouissement du cortex. Pourquoi pas [1] ?

Bornons-nous à constater que, comme la connaissance qu'il accumule, le cerveau n'a cessé de croître en dimension au cours de l'évolution...

Nous avons commencé l'étude du noozoïque par l'homme ; peut-être faut-il aussi se préoccuper de

1. Jean-Pierre Changeux, *L'Homme neuronal*, Fayard, 1983.

son environnement, de l'inanimé, c'est-à-dire de l'état de la Terre.

La Terre au quaternaire n'était guère différente de ce qu'elle est aujourd'hui. Les limites des plaques tectoniques étaient les mêmes qu'à la fin du tertiaire, les grandes collisions alpines étaient sur leur déclin mais les reliefs demeuraient, la répartition des terres et des mers n'était pas fondamentalement modifiée. Les grands fleuves actuels étaient déjà à leur place. L'intérieur du globe se manifestait en surface comme toujours par les éruptions volcaniques et les tremblements de terre. Ces phénomènes donnaient à la planète une activité d'origine interne non négligeable, mais n'y menaçaient guère l'homme, la densité de population étant encore trop faible.

L'objet d'étude de la géologie du quaternaire est essentiellement l'activité de surface, en somme celle qui contrôle la géographie.

À la surface de la Terre coexistent trois réservoirs dont l'activité est totalement interconnectée : l'atmosphère, l'océan et la croûte continentale, ou plus exactement sa mince pellicule externe. L'océan est le grand réservoir d'eau, mais aussi le grand régulateur thermique. L'atmosphère gazeuse absorbe les rayons solaires et, par là, fixe la température externe du globe, mais, par ses mouvements, elle est aussi l'agent de transport de l'eau de l'océan vers les continents. La croûte continentale est l'objet rocheux sur lequel ruisselle le facteur essentiel d'érosion : l'eau. De cette interaction eau-roche naîtra le modelé de la Terre.

L'agent géologique principal est l'eau. Évaporée

sur les océans, transportée sur les continents, ruisselant sur ces derniers, l'eau sculpte, modèle, modifie le relief du globe. On peut décrire la morphologie de la surface terrestre comme le résultat d'un gigantesque antagonisme entre les forces internes, qui créent les reliefs, et l'eau, qui rabote ces derniers suivant une logique complexe.

Dans ce système, atmosphère, océan, surface des continents, tout est lié, tout interagit. Une variation climatique, et le cycle de l'eau, donc l'érosion, est modifié ; une modification du régime des océans, par exemple du niveau de la mer, et le processus d'érosion se trouvera changé, etc. Bref, c'est là un système où les causalités sont complexes et les déterminismes, multiples.

L'atmosphère des débuts du quaternaire était, comme l'atmosphère actuelle, composée d'azote et d'oxygène. Elle était parcourue par des vents et avait une météorologie très semblable à celle que nous connaissons aujourd'hui. Modulé par le climat, le cycle de l'eau – évaporation-transport-pluie-ruissellement – était analogue. Il divisait déjà le globe en zones climatiques selon trois paramètres essentiels : la latitude, la distribution des continents, l'altitude.

L'océan était comme aujourd'hui un immense réservoir d'eau salée soumis à deux types de courants : les uns situés à la surface, créés par le frottement de l'atmosphère et localisés par la géométrie des côtes continentales ; les autres plus lents, moins apparents, brassant l'océan entre la surface et le fond. Les moteurs de ces mouvements sont l'atmosphère et ses mouvements, les marées mais aussi la température, la salinité et la gravité. L'eau salée et froide tombe au fond ; l'eau chaude reste en surface. Ainsi, l'eau de surface des océans plonge vers les abysses au sud du Groenland, voyageant à partir de là suivant des trajets qui pourront la conduire en un millier d'années jusqu'aux fonds reculés du Pacifique, pour remonter vers la surface en des endroits privilégiés, proches des continents, quelque cent ans plus tard.

Ces remontées d'eaux profondes, ces *upwellings*, comme disent les Anglo-Saxons, sont des sources de vie extraordinaires, car elles véhiculent vers la surface les sels minéraux dissous – phosphates, nitrates, carbone organique – dont elles se sont chargées près du fond.

L'océan est une immense usine chimique dont la résultante brute se traduit par la composition de l'eau de mer. L'eau de mer est salée, chacun le sait ; le poids de ces sels dissous est très constant : 37 grammes par litre. La composition chimique de ces sels où dominent les ions chlorures et sodium est la résultante de plusieurs actions antagonistes : les apports se font soit par les fleuves, soit par les éruptions volcaniques ; les départs sont soit la sédimentation au fond, soit l'absorption par les organismes vivants. Mais l'eau de mer n'est pas seulement salée, elle contient aussi des molécules de gaz qu'elle a « empruntées » à l'atmosphère. Ces gaz – l'oxygène, l'azote et le gaz carbonique – sont présents sous forme de molécules dispersées, disséminées entre les molécules d'eau. Tous jouent un rôle dans le développement de la vie marine : oxygène pour la respiration, azote et gaz carbonique dans la constitution de la matière vivante, notamment par la synthèse chlorophyllienne produite dans les algues et le plancton. Mais, en retour, par sa masse énorme, l'océan est un réservoir de gaz atmosphériques dont l'importance est essentielle, en particulier pour la composition chimique de l'atmosphère.

Dans tous les échanges atmosphère-océan, ou biosphère-océan, la température joue un rôle central. La solubilité des gaz de l'atmosphère se fait mieux quand il fait froid, le développement biologique se fait mieux quand il fait chaud.

Ainsi, le système océan-atmosphère-matière vivante océanique est un gigantesque système chimique complexe et interconnecté. Ses constantes de temps sont multiples : les transports marins se mesurent en années pour ceux de surface, en milliers d'années pour les courants profonds ; les temps d'ajustements chimiques sont variables : bien qu'encore insuffisamment connus, on sait qu'ils sont de l'ordre de plusieurs années, voire, pour certains, de plusieurs centaines ou milliers d'années.

C'est dans ce système complexe dont l'agent essentiel est l'eau, la source d'énergie, le Soleil, auxquels s'ajoute la gravité, que s'est déroulée la géologie du noozoïque, dans laquelle un nouvel agent va progressivement jouer un rôle clef : l'homme.

La partie continentale du cycle de l'eau n'est pas moins intéressante que la partie océanique. L'eau distribuée par les nuages – distribution régie par la géographie des côtes et les reliefs – ruisselle, s'organise en réseaux fluviatiles, et, à partir de là, érode la surface. Cette érosion est contrôlée par le niveau de base ou de référence, c'est-à-dire celui de la mer. Là encore, deux facteurs vont se révéler essentiels : la matière vivante et la température. L'érosion sous couvert végétal abondant n'a rien à voir avec l'érosion du désert. L'érosion chaude, à réactions chimiques rapides, est vingt fois plus puissante que l'érosion tempérée.

On comprendra donc que tout le cycle externe est influencé par un paramètre essentiel : le climat.

Or, au quaternaire, le climat a beaucoup varié.

En effet, c'est avec une grande régularité que se sont succédé des cycles de chaud et de froid à l'échelle de tout le globe. À certaines périodes, les glaces ont recouvert le tiers des surfaces émergées. À d'autres, les périodes chaudes – nous y sommes actuellement –, les glaciers se sont retirés. Dans les périodes glaciaires, la température moyenne du globe était inférieure de plus de 5 degrés à ce qu'elle était au cours des périodes chaudes. Durant ces mêmes périodes glaciaires, le niveau de la mer était de près de 100 mètres inférieur à ce qu'il est actuellement, rendant aux continents des parties importantes de la Manche, de la mer du Nord ou du golfe du Mexique, accroissant la surface des îles et des zones côtières. Au gré de ces périodes, la répartition géographique des températures était différente. La répartition mondiale de la végétation – forêt tropicale, savane, garrigue méditerranéenne, toundra, etc. –, qui joue un rôle essentiel dans la définition des types d'érosion, était aussi modulée par ces fluctuations climatiques. Car à une variation globale du climat correspond aussi une variation de la répartition géographique du régime des vents, de la pluie, etc. Nous avons vu que certains, comme Yves Coppens, attribuent aux changements de type de végétation un rôle décisif dans l'apparition de l'homme.

Tout nous incite donc à nous pencher de manière précise et documentée sur ces fluctuations climatiques quaternaires.

Les glaciers alpins déposent à leurs fronts d'énormes blocs rocheux, arrondis et striés, témoignages de leur puissance d'érosion. En 1840, suivant en cela Saussure et Charpentier, le géologue suisse Louis Agassiz fait remarquer que l'on trouve de tels blocs très loin des langues glaciaires actuelles, jusqu'à Genève ou Lyon (Fourvière). Au terme d'enquêtes systématiques et minutieuses, tant bibliographiques que de terrain, Agassiz conclut que, dans le passé, il y eut des périodes froides, qu'il appelle *glaciaires*, au cours desquelles les glaciers connurent des aires de répartition très supérieures à ce qu'elles sont aujourd'hui. Les glaciers alpins s'avançaient loin dans les vallées, les glaciers polaires s'étendaient loin de leurs aires de répartition actuelles.

Comme toujours lorsqu'une idée féconde et originale est avancée, elle déclenche la réprobation quasi générale de la communauté scientifique. Passons sur les péripéties de cette polémique – une de plus ! – en disant qu'Agassiz finit sa carrière comme professeur à Harvard, honoré de tous, et que ses idées triomphèrent pleinement.

Pourtant, ce n'est que très récemment que les périodes glaciaires ont été bien comprises. Cette élucidation doit beaucoup aux mesures d'abondance isotopique de l'oxygène 18 dans les coquilles fossiles, ainsi qu'au travail systématique accompli par les Américains Cesare Emiliani, Wallace Brockker et John Imbrie, et par les Européens Nick Shackleton et Jean-Claude Duplessy, mais aussi par Willi Dansgaard de Copenhague et Hans Oeschger de Berne travaillant sur les archives glaciaires.

Nous parlons des isotopes et de leur langage, mais il ne s'agit pas ici de radioactivité comme dans le cas des datations ou des traceurs géologiques. La teneur en oxygène 18 des coquilles calcaires fabriquées dans l'océan est directement proportionnelle à la température moyenne du globe. Lorsque le globe traverse une période chaude, les glaces polaires fondent, et comme leur teneur en oxygène 18 est faible, celle de l'eau de l'océan décroît. Les coquilles formées dans l'océan enregistrent cette décroissance. En période froide, c'est l'inverse. Analysant les coquilles fossiles contenues dans les « carottes » de sédiments marins obtenues par forage, on peut, niveau par niveau, suivre les variations de température du globe dans le passé. Les niveaux sédimentaires étant précisément datés par ailleurs, on a pu établir une loi de variation des températures du globe au cours des derniers millions d'années.

Pour le quaternaire apparaît clairement une variation cyclique, une alternance entre époques chaudes et froides. La période de ces alternances est de cent mille ans, c'est-à-dire qu'on en dénombre une dizaine pour le dernier million d'années, avec des fluctuations secondaires, de période comprise entre cinquante mille et vingt-cinq mille ans, qui se superposent au cycle majeur.

À partir de ces données extrêmement précises, on a pu s'attaquer efficacement à la recherche des causes de telles fluctuations. Tâche malaisée, car le climat a un déterminisme complexe où interviennent le régime des vents, la végétation, le cycle de l'eau, etc. Pourtant, tous ces facteurs sont secondaires ; les causes des fluctuations climatiques ne sont pas terrestres, mais astronomiques. Il faut les rechercher dans les petits « accidents » de la rotation de la Terre sur elle-même et autour du Soleil, dus à l'attraction solaire mais aussi à celle des autres planètes. Ces fluctuations induisent des variations dans l'ensoleillement terrestre, notamment dans celui des zones polaires, modifiant la durée des saisons et déterminant finalement les variations de climat. C'est ce qu'avait affirmé l'astronome yougoslave Milankovitch pour expliquer les observations d'Agassiz. Sa théorie ne sera corroborée qu'un siècle plus tard. On appelle ce phénomène les « cycles de Milankovitch ». Il faut bien préciser qu'entre une période « interglaciaire » et une période glaciaire où les glaciers recouvrent le tiers des surfaces émergées, où le niveau des mers est inférieur de près de 100 mètres à leur niveau actuel, la différence de température moyenne du globe n'est que de 5 degrés. Petites causes, grands effets. Petites fluctuations dans la rotation terrestre, conséquences dramatiques pour le climat.

L'enregistrement très précis de ces variations que nous donnent les isotopes de l'oxygène a permis d'en retrouver les traces ici ou là dans les fonds océaniques, dans les sédiments de lacs ou de tourbières, en divers endroits du globe, et donc de déterminer avec précision la répartition géographique des types de paysages tout au long du quaternaire.

Non seulement, comme on pouvait s'y attendre, les zones climatiques se resserrent autour de l'équateur dans les périodes froides[1], pour se dilater dans l'intervalle, mais on voit çà et là apparaître ou disparaître des déserts, se développer entre les continents des ponts, des isthmes, des îles, qui, avec le retour de la chaleur, seront engloutis.

Mais ce n'est pas tout : le régime de l'océan lui-même a été profondément modifié. Les océans constituent, on l'a vu, non seulement la grande réserve d'eau de la Terre, mais aussi le grand réservoir de gaz atmosphérique dissous qui régule le climat. Les

---

1. Si la limite glaciaire descend jusque dans la zone des Grands Lacs américains, les climats plus cléments n'ont plus que 6 000 kilomètres de latitude pour se déployer, contre le double aujourd'hui.

modifications climatiques globales ont profondément perturbé l'équilibre chimique de l'océan, sa teneur en gaz, donc en matière vivante en particulier. Les études des carottes marines ont montré que, lors des transitions climatiques, la teneur en phosphates, en carbonates, en matières organiques de l'océan a brutalement changé. Ajoutées à l'élévation du niveau des mers, qui, avec la fonte des glaces, ont envahi les zones côtières, ces modifications ont entraîné des changements importants non seulement sur les littoraux et dans les mers peu profondes, mais aussi dans toute la circulation et la sédimentation marines.

Ainsi, toute la géographie et la physiologie du globe, les paysages continentaux comme le régime des océans, ont été modulés par ces alternances de périodes chaudes et froides. L'ensemble du système Terre s'est trouvé pulsé au rythme des glaciations. C'est ce que révèlent les témoignages géologiques : terrasses marines surélevées ici, dépôts de phosphates là, etc.

En histoire, nous l'avons dit, le présent éclaire souvent le passé. De la même façon, dès la découverte des pulsations climatiques quaternaires, on s'est interrogé sur leur existence dans un passé géologique plus lointain. Ces alternances climatiques avaient-elles existé tout au long des temps géologiques, au tertiaire, au secondaire comme au primaire, ou n'étaient-elles qu'une caractéristique du quaternaire ?

Le problème, simple en apparence, ne l'était pas. Car s'il est facile de repérer des fluctuations de cent mille ans de période dans un intervalle de temps d'un million d'années proche de nous, où les témoignages sont relativement bien conservés, il en va tout autrement pour des époques éloignées de nous de vingt, trente, cent ou huit cents millions d'années. Comment espérer obtenir une « résolution » si fine sur des intervalles de temps si longs, alors que les témoignages sont épars et souvent abîmés ?

Le programme international de forage des fonds océaniques JOIDES[1] a permis de répondre sans ambiguïté à cette question. Grâce à lui, on possède des carottes dont les couches de sédiments couvrent continûment une période allant de nos jours à – 50, – 60 ou – 80 millions d'années, c'est-à-dire du quaternaire au secondaire. Tout est conservé avec une égale qualité. L'analyse des isotopes de l'oxygène des coquilles permet de voir que les oscillations isotopiques, et donc climatiques, semblent spécifiques du quaternaire. Dès que l'on entre dans le tertiaire, dès – 1,5 million d'années, elles disparaissent, laissant place à des variations moins importantes et plus irrégulières.

À partir de là, une étude systématique a été faite pour explorer un passé encore plus lointain à l'aide de forages continentaux et d'études stratigraphiques. Des périodes glaciaires ont été repérées. Les deux plus

---

1. JOIDES : Joint Oceanic International Drilling Exploration Sampling, programme de forage océanique systématique qui s'est développé depuis 1975.

importantes sont situées à l'ordovicien (– 400 millions d'années), l'autre au permien (– 220 millions d'années), sans parler de la « Snowball Earth » (antérieure à 600 millions d'années), mais nulle part on n'a été capable de détecter des alternances régulières comme lors du quaternaire, faute sans doute du manque de résolution temporelle. Souvenons-nous que les cycles quaternaires ont des temps caractéristiques de cent mille ans.

La rotation terrestre était-elle plus parfaite dans le passé que dans les périodes récentes ? Si oui, pourquoi ? Les fluctuations de cette rotation, si elles se manifestaient, étaient-elles moins efficaces en termes d'influence sur le climat ? Mais, là encore, pourquoi ? Les mouvements de fluide dans le noyau externe, qui sont responsables du champ magnétique terrestre, seraient-ils entrés dans une phase spéciale qui, à l'orée du quaternaire, aurait perturbé la rotation terrestre ? Mais pourquoi un tel phénomène n'aurait-il pas déjà eu lieu dans le passé ? Peut-être conviendrait-il d'examiner les époques où le champ magnétique s'est inversé ?

En l'état actuel de nos connaissances, il faut considérer que le quaternaire a été une période dont les rythmes climatiques ont été exceptionnels et apparemment uniques. On ne dispose pour l'heure d'aucun élément permettant d'infirmer cette affirmation, ni pour expliquer d'ailleurs une telle singularité, si singularité il y a.

Sautons allégrement cent mille ans, durée au cours de laquelle *Homo sapiens* est passé d'un ou deux millions à cinq milliards d'individus. Chemin faisant, l'homme s'est civilisé. Il a inventé la métallurgie, l'agriculture, la guerre organisée, les villes, l'écriture, les transports, la bombe atomique, l'ordinateur, etc. Bref, il est devenu l'homme moderne que nous sommes. Pourtant, cet homme civilisé commence désormais à menacer l'environnement dont il est issu. Il ne subit plus le climat, il le modifie ; il ne vit pas dans un paysage donné, il l'aménage. Il n'est pas de milieu naturel qui, à la surface du globe, ne soit influencé par l'homme. Du coup, on prédit les pires catastrophes. La destruction inexorable de la couche d'ozone nous promet une extinction totale de l'humanité ou, au mieux, l'apparition de modifications grandioses donnant naissance à des « mutants » bronzés. L'augmentation de sa teneur en gaz carbonique va réchauffer l'atmosphère et transformer les pôles en zones tropicales. La pollution des océans amènera-t-elle la famine pour la moitié de la population du monde ? Sans parler de la dégradation des sols, de la raréfaction de l'eau douce, de l'épuisement des matières premières, et de beaucoup d'autres calamités à venir.

Le noozoïque annonce-t-il une crise majeure dans l'évolution du globe, qui verrait la disparition du genre humain, voire une mutilation profonde et irrémédiable de la surface de la planète la rendant pour longtemps impropre à la vie ?

Par ses pollutions ou ses engins de guerre, l'homme va-t-il faire revenir la Terre à un état primitif?

Il y a quarante ans, de telles questions auraient été considérées comme de «plaisants» scénarios destinés à donner le frisson aux amateurs d'émotions fortes. C'est aujourd'hui un scénario plausible. Suffisamment vraisemblable, en tout cas, pour que nous l'examinions avec un soin extrême. Mais avec le recul que donne la perspective géologique.

Nous allons considérer les modifications présentes ou à prévoir que l'homme fait subir aux grandes enveloppes terrestres dont nous venons d'esquisser l'évolution historique : l'air, l'eau, la terre.

L'homme modifie-t-il l'atmosphère, sa composition chimique, sa dynamique, ses effets ?

L'atmosphère se compose de deux gaz majeurs, l'azote et l'oxygène. Elle contient en outre toute une série de composés mineurs : les gaz rares, le gaz carbonique, l'eau, le méthane, les oxydes d'azote.

Tous les gaz ne sont pas quantitativement importants, mais ils sont qualitativement déterminants, par exemple pour la température, donc pour le climat. Or, si l'activité humaine ne modifie significativement ni l'azote ni l'oxygène, elle perturbe les gaz mineurs. Tout tourne autour de ce que l'on appelle l'«effet de serre», sujet d'un débat politico-scientifique très brûlant. Résumons-le.

Le rayonnement solaire qui atteint la surface terrestre et la chauffe se situe dans le spectre visible. Par contre, celui qui est réémis par la surface terrestre ainsi chauffée est de type infrarouge. Ce phénomène n'aurait en soi que peu d'importance si les gaz mineurs de l'atmosphère – gaz carbonique, méthane, eau – n'avaient pour caractéristique d'absorber ledit rayonnement infrarouge et, du même coup, de s'échauffer. Le rayonnement solaire se trouve ainsi piégé par l'atmosphère[1], comme il se trouve piégé par l'inclinaison des vitres d'une serre de jardinier. De ce fait, la température de l'atmosphère augmente. C'est l'effet de serre.

Sur Vénus, où le gaz carbonique – le gaz à effet de serre par excellence – atteint 80 %, la température de surface est de 470 degrés ! Sur la Terre, où le gaz carbonique n'est que de 330 parties par million, on a calculé que son effet augmente théoriquement la température d'une vingtaine de degrés. Sans gaz carbonique et sans eau, la température moyenne de la Terre serait de 0 degré.

Il y a quelques dizaines d'années, la teneur en gaz carbonique sur la Terre n'était que de 200 parties par million ; à force de combustions multiples de charbon, de pétrole, de feux de forêts, l'homme, dont la population ne cesse de croître, a fait passer en cinquante ans cette teneur à plus de 360 parties par million. Les « théoriciens[2] » calculent qu'une

1. Lorsqu'un corps absorbe du rayonnement, il s'échauffe. C'est pourquoi les habits noirs, qui absorbent toutes les couleurs du spectre visible, sont plus chauds que les habits clairs, qui n'en absorbent théoriquement que très peu. Il en va de même pour les molécules : absorbant de la lumière, elles s'échauffent.

2. Les guillemets mis au mot « théoriciens » sont justifiés ici

telle augmentation devrait se traduire par une augmentation d'au moins un degré de la température moyenne de la Terre.

Comme rien n'indique que l'homme va modérer son utilisation du pétrole et du charbon, on en déduit que la température moyenne de la Terre va augmenter de 2, 3, voire 4 degrés dans les décennies à venir. Or, rappelons-nous qu'entre un épisode glaciaire et un épisode interglaciaire la température moyenne n'a varié que de 5 degrés ! Au dire des cassandres de la climatologie, la catastrophe est pour bientôt !

La Terre surchauffée étendra ses zones désertiques, l'accroissement du Sahel n'étant qu'un signe avant-coureur du désastre. Les calottes polaires fondant, le niveau des mers montera. Fini les Maldives, fini les plages accueillantes, recouvertes bientôt par l'océan envahisseur ; la Hollande devra surélever ses digues.

Pourtant, ce scénario-catastrophe est loin d'être sûr. D'abord parce que, en dépit des calculs des « théoriciens », la température du globe n'augmente que très peu depuis la révolution industrielle. Un ou deux dixièmes de degré au plus. Bien sûr, on se bat autour des statistiques, car établir une température moyenne du globe au niveau du dixième de degré n'est pas une opération aisée.

---

par le fait que, dans les sciences de la nature, toute personne faisant des calculs, en particulier sur ordinateur, s'octroie ce titre. Pourtant, la majorité d'entre eux n'inventent aucune théorie, et ne font qu'appliquer des « recettes », ne méritant au mieux que le titre de « calculateurs ».

Malgré tout, rien n'est significatif. Par exemple, la composition isotopique en oxygène 18 de l'eau de l'océan, indicateur utilisé pour détecter les variations climatiques du quaternaire, n'a pas varié depuis dix ans.

Pour répondre à ces objections, les tenants du scénario-catastrophe invoquent des retards, des délais : le système climatique de la Terre serait un système lent, long à se déclencher. À l'augmentation de la teneur en gaz carbonique due à l'activité humaine, le déterminisme thermique de l'atmosphère ne répondra que dans quelques années, disent-ils. Alors la séquence torride s'enclenchera inexorablement.

Pourtant, certains, le météorologue Richard Lindzen de MIT, le géochimiste Sam Epstein de Caltech, qui a étudié les températures enregistrées par les anneaux d'arbres, et quelques autres, sont plus sceptiques sur la véracité des bases mêmes de l'interprétation.

Et si le déterminisme du climat était plus complexe qu'une simple réponse aux modulations d'abondance des gaz à effet de serre ? Le cycle de l'eau absorbe beaucoup de chaleur lors des évaporations, réfléchit les rayons lumineux sur certains nuages de basse altitude (stratus), les absorbe par effet de serre lorsqu'ils sont de haute altitude (cirrus), joue un rôle essentiel dans le déterminisme du climat. Peut-être même joue-t-il le rôle principal. L'augmentation du gaz carbonique pourrait dans ce cas fluctuer avec la température sans être la cause de sa modification, mais en en étant au contraire une conséquence. L'alarme donnée par certains serait alors sans objet.

À l'appui de cette thèse, les analyses faites dans la carotte de glace polaire prélevée à Vostok, dans l'Antarctique. Les glaces antarctiques ont une structure feuilletée. Chaque année se marque par une mince couche de glace facilement identifiable. Une carotte forée à travers le glacier antarctique constitue donc un véritable calendrier des années passées. Sur la glace de chaque feuille, on peut faire toute une série de mesures, et en particulier déterminer la teneur en oxygène 18 liée à la température et à la composition chimique des bulles d'air emprisonnées par la compaction de la glace, qui traduisent la composition de l'atmosphère à cette époque.

Les analyses effectuées sur la carotte de Vostok, qui a échantillonné le passé jusqu'à cent mille ans avant J.-C., ont permis de mettre en évidence un fait essentiel. Durant le dernier épisode glaciaire-interglaciaire, l'oxygène 18 des glaces a varié comme prévu, mais, fait plus surprenant, la teneur en gaz carbonique a varié aussi de manière concomitante. Aux fluctuations de température sont associées des fluctuations de la teneur en gaz carbonique. *Or, à cette époque, il n'y avait aucune civilisation industrielle pour polluer l'atmosphère.* Les variations thermiques étant dues à des causes cosmiques (Milankovitch), faut-il en conclure que les fluctuations de gaz carbonique sont la conséquence des variations de température et non leur cause ?

Ce doute jeté sur le rôle unique du gaz carbonique

comme déterminant du climat est renforcé par une observation récente. L'émission de poussières par le volcan philippin Pinatubo a arrêté le rayonnement solaire et a donc *refroidi* l'atmosphère. L'augmentation de température prévue en a été fortement atténuée. Si une simple éruption volcanique est susceptible de tout modifier, alors même que ce type de phénomène est assez fréquent, les variations de teneur en gaz carbonique ne peuvent être considérées comme le déterminant unique de la température de l'atmosphère, donc du climat. Mais une observation encore plus troublante vient d'être faite. On a montré que les augmentations de température avaient précédé de 800 ans les augmentations des teneurs en gaz carbonique !

La manière dont le gaz carbonique influence le climat est donc discutée. Ce qui ne l'est pas, c'est la réalité de son augmentation. Elle est mesurée par l'observatoire de Hawaii. Elle est illustrée par l'analyse des bulles piégées dans les glaces polaires, qui sont autant de témoignages du passé. Incontestablement, la teneur en gaz carbonique de l'atmosphère est en train de croître, mais, après la dernière découverte portant sur les archives glaciaires où les variations de température précèdent celles du gaz carbonique, la question en suspens est plus que jamais d'actualité : cette augmentation est-elle à l'origine d'une hausse de température du globe, ou n'en est-elle, à l'inverse, qu'un effet ? Dans ce dernier cas, a-t-elle de l'importance ?

Ce qui semble aujourd'hui certain, c'est que l'augmentation de la teneur en gaz carbonique modifie le climat. Elle le réchauffe peut-être un peu, l'avenir le dira, mais elle en change surtout la logique.

Des cyclones apparaissent dans l'hémisphère Nord, la pluie se concentre par période sur une région donnée, déclenchant des inondations, les étés sont tantôt trop secs, tantôt trop humides… Bref, l'homme a bien modifié le climat, même si on ne comprend pas exactement comment et pourquoi. La sagesse exige donc qu'on fasse décroître le gaz carbonique de l'atmosphère. Mais la question est posée : l'homme est-il un animal capable de sagesse ?

La seconde modification anthropogénique dans la chimie de l'atmosphère est la destruction de l'ozone de la haute atmosphère. Entre 35 et 50 kilomètres d'altitude se trouve concentrée une molécule faite de trois atomes d'oxygène liés. Cet ozone est le produit de l'action des rayonnements solaires sur les molécules d'oxygène de la haute atmosphère. Il y en a peu, 8 à 9 parties par million, mais cette petite quantité exerce une influence considérable. Nous l'avons dit, en absorbant les rayonnements ultraviolets, l'ozone augmente la température de l'atmosphère entre 35 et 50 kilomètres d'altitude. Cette couche « chaude » joue un rôle météorologique essentiel que nous avons déjà évoqué, puisqu'elle est apparue il y a deux milliards d'années environ.

Or cette couche d'ozone paraît menacée par l'activité humaine. Des dérivés riches en chlore, les fameux CFC (chlorofluorocarbures), produits par l'industrie des bombes aérosols et des réfrigérateurs, détruisent lentement la couche d'ozone. Pour l'instant, le phénomène ne se produit que pendant deux mois, à un endroit très précis, le pôle Sud, mais les spécialistes n'excluent pas qu'il puisse s'étendre petit à petit.

S'il en était ainsi, outre les effets biologiques directs dont nous reparlerons, il s'agirait d'un phénomène majeur pour la météorologie et la climatologie terrestres. Du fait de son influence sur la température du globe, le cycle de l'eau serait fondamentalement perturbé, la répartition des climats aussi.

Ainsi, l'homme est en train de modifier son atmosphère, le cycle météorologique et le climat à l'échelle de la Terre, mais plus encore à l'échelle des conditions locales. On ne peut que crier : danger !

Après l'atmosphère, voyons l'hydrosphère. Le grand réservoir d'eau du monde, c'est l'océan. À force de déverser poisons et déchets dans l'océan, l'homme n'est-il pas en train d'en modifier la chimie ?

Au risque de décevoir les alarmistes, disons tout net que ni le rejet des déchets toxiques ou industriels ni les déchets radioactifs ne sont à même de modifier la composition chimique *moyenne* de l'océan. On peut y jeter tous les phosphates ou nitrates du monde, tous les déchets miniers, y compris uraniques, la composition moyenne de l'océan ne sera que peu altérée à l'échelle globale. Par contre, dans les mers fermées, dans les bras de mer, les golfes au voisinage des côtes, là où précisément vivent les humains, la modification chimique peut être très grande. Cela risque d'avoir des conséquences biologiques dramatiques. La mer d'Aral agonise, les zones côtières de la Méditerranée, de la mer Noire, de la mer du Nord, sont menacées par les pollutions chimiques, tout comme le sont les zones d'estuaires ou de deltas. Mais la pollution ne menace pas le grand large.

La modification globale la plus importante pour l'océan est sans nul doute celle qui résultera du dégagement intempestif de gaz carbonique anthropogénique dans l'atmosphère. Celui dont l'augmentation est bien établie.

Le gaz carbonique est soluble dans l'eau de mer ; cette solubilisation met en jeu un élément essentiel d'un système chimique complexe où interviennent la photosynthèse marine, la fabrication de carbonate de calcium par les organismes et la température. Toute augmentation de gaz carbonique dans l'atmosphère a une répercussion profonde sur la chimie de l'océan par l'intermédiaire du cycle biologique d'éléments comme le carbone, mais aussi le phosphore, le calcium ou l'azote. On peut donc craindre, dans ces conditions, une modification substantielle de la chimie des océans. Pourtant, cette modification ne changera à terme ni les propriétés chimiques ni les valeurs des paramètres chimiques de l'océan. Grâce notamment à son activité biologique, l'océan est un système chimique extrêmement bien régulé, pourvu de mécanismes de contre-réaction et de compensation qui assurent le retour à l'équilibre. L'homme peut introduire une perturbation, un choc – un peu comme lorsqu'une période glaciaire succède à une période chaude ; cette perturbation sera à terme absorbée. La composition chimique globale de l'océan variera peu, comme elle a peu varié au cours des milliards d'années.

Ainsi parvient-on à une conclusion sensiblement différente de ce qui est affirmé généralement. Pour ce qui est du climat, de la météorologie, du cycle de l'eau, c'est l'éventuelle modification de la couche d'ozone et l'augmentation des teneurs en gaz carbonique qui seront décisives. Pour ce qui est de la composition de l'océan, c'est l'augmentation du gaz carbonique qui a le rôle principal, les polluants chimiques dissous étant globalement inopérants. Du point de vue humain, les risques annoncés sont à nuancer : autant les pollutions près des plages, dans les mers fermées ou les deltas, sont dangereuses, autant la dissolution du gaz carbonique dans l'océan rend son augmentation insignifiante pour la température de surface.

Après l'atmosphère et l'hydrosphère, qu'en est-il des évolutions non naturelles de la lithosphère ? À l'échelle de la tectonique des plaques, l'homme n'a que peu d'influence sur le destin de la Terre. Sauf s'il décidait de faire exploser des engins atomiques sur une île, en bordure d'un continent ou sur une péninsule. Encore faudrait-il que de telles bombes soient très puissantes pour détruire un morceau entier de croûte terrestre.

Par contre, au sens du cycle externe érosion-sédimentation, l'homme joue un rôle déjà essentiel, même s'il est encore insuffisamment compris et étudié.

L'homme détruit les sols, excave le sous-sol, creuse, extrait et transporte des matériaux terrestres. Le total de cette activité concerne plusieurs kilomètres cubes par an, ce qui est l'ordre de grandeur de ce que charrient les fleuves ou de ce qu'émettent les volcans en poussières, débris et laves. L'homme est désormais un agent géologique. Or, contrairement aux processus naturels d'érosion, l'homme transporte ces matériaux sans obéir aux lois de la gravité. Il remonte les pentes, il s'éloigne des fleuves pour construire, il fabrique des digues. Si les sols sont détruits, l'érosion se fera selon un mode différent, l'eau se trouvant directement au contact de la roche, comme à l'archéen ou au protérozoïque, avant l'apparition de la végétation.

Ainsi, il est clair que dans le domaine continental l'action humaine va modifier tout le modelé terrestre. L'homme moderne est un acteur géologique puissant. Le résultat le plus nocif de cette activité désordonnée est l'augmentation de la fréquence des inondations et des glissements de terrain. Là aussi, disons encore : danger !

Dans le domaine de la géologie, le rôle de l'homme est désormais considérable, mais c'est sans doute dans celui de la biologie que son action est le plus redoutable. L'homme détruit la forêt pour cultiver, l'homme plante des espèces étrangères ici ou là, l'homme pêche et chasse de plus en plus industriellement, l'homme pollue. Quel va en être le résultat sur la flore, la faune, et sur l'équilibre écologique de la planète ?

Désastreux, répondent les écologistes (les vrais, je veux dire les scientifiques). La forêt tropicale est en péril, et même si l'Amazonie n'est pas le poumon du monde, comme on l'a dit, sa destruction met en péril l'existence même de millions d'espèces vivantes. La destruction massive des baleines et des thons de l'océan va à la longue modifier tout l'équilibre biologique de ce dernier. Sans parler des pollutions diverses qui ravagent flores et faunes, soit par suite d'un accident pétrolier, soit par le rejet de produits toxiques dans un fleuve, soit en provoquant l'eutrophication des lacs.

S'y ajoute le danger biologique global que constitue la destruction possible de la couche d'ozone, etc. Si la couche d'ozone venait à être détruite, peut-être toute la vie continentale disparaîtrait-elle ou seraitelle confinée à l'océan.

Pourtant, l'ensemble de ces dangers est surclassé par un autre qui porte sur un concept essentiel : la diversité biologique. L'homme fait décroître cette diversité. Il existe sur Terre probablement près de 4 millions d'espèces différentes, produits actuels de la longue évolution biologique. Celles-ci sont concentrées dans quelques zones privilégiées : les forêts tropicales, les zones de coraux, les collines d'Australie ou d'Afrique du Sud, les zones marines côtières aux endroits où les courants remontent du fond (*upwellings*). Dans ces biotopes, la diversité biologique est très élevée ; la stabilité de l'écosystème l'est également. En fait, les écologistes associent robustesse d'un écosystème et diversité biologique de ce système.

Les écosystèmes que nous venons d'énumérer sont très stables ; la meilleure preuve en est la vitesse avec laquelle la forêt tropicale reprend place après une déforestation qui l'a laissée en friche. Mais l'homme menace leur diversité. On pense que l'homme moderne a accéléré la disparition des espèces d'un facteur 1 000 ou 10 000. Les études faites sur les îles, où tout est isolé, mesurable et comparable, ont montré que l'arrivée de l'homme coïncidait avec un appauvrissement de la flore et de la faune correspondant à plus de la moitié des espèces. Or la diversité des espèces est l'une des richesses potentielles de l'évolution biologique. Pour pouvoir choisir, la sélection naturelle a besoin de beaucoup de candidats ! Sans diversité, l'évolution ralentit.

L'homme va-t-il enrayer l'évolution en raison de son excessive domination ? Les écologistes le craignent, et, dans ce cadre, la déforestation des zones tropicales, réserves biologiques sans équivalent, est considérée comme un désastre.

Mais, parmi les « animaux », celui qui est le plus menacé par l'homme est l'homme lui-même. L'ensemble des hommes, rassemblés dans cette sphère théorique que Teilhard de Chardin avait qualifiée de noosphère, va-t-il survivre ? Ou bien l'homme va-t-il éliminer l'homme ?

Le gaz carbonique ou l'ozone en seront-ils la cause ? ou encore la raréfaction de l'eau potable ? ou une guerre nucléaire généralisée ? ou le manque de nourriture ? ou la pollution de l'air des mégapoles surpeuplées ? ou les manipulations du génome ? Nul ne le sait.

Mais il est clair que si un changement de politique de gestion des ressources naturelles n'est pas mis en œuvre, nous allons vers de très grandes difficultés. Ces difficultés seront bien sûr inégales. Pour certaines régions comme l'Afrique, la situation sera très dure. Pour d'autres comme les États-Unis, elle sera plus supportable. N'en doutons pas, la technologie aidant, les riches seront mieux préservés que les pauvres.

Comment en sommes-nous arrivés là ?

Faisant du feu sur un sol férugineux, l'homme découvre par hasard la métallurgie du fer après celle du bronze. Fondu et réduit, l'oxyde de fer se transforme en fer métallique. L'homme connaissait déjà celui-ci, qu'il utilisait sous forme d'armes, mais il s'agissait de météorites de fer[1]. Il exploite donc

1. L'analyse de sabres primitifs en Indonésie a révélé l'existence de produits d'irradiation cosmique, prouvant par là qu'il s'agissait de morceaux de météorites de fer.

immédiatement la technique métallurgique : bronze, fer, puis, petit à petit, les divers autres métaux sont ainsi préparés. À partir de là va naître l'« art des mines », la manière de les prospecter, d'en extraire le produit et de le transformer. L'homme commence à exploiter la planète. Les Chinois, les Grecs puis les Romains en seront les premiers experts. L'homme va faire des guerres pour s'emparer des mines d'or ou d'argent, il partira à la conquête des continents afin de « découvrir le fabuleux métal que Cipango mûrit dans ses mines lointaines ». Mais tout cela reste encore sans grand impact sur la planète, ou du moins se limite à des périmètres réduits.

La première grande discontinuité est celle de la découverte de la machine à vapeur, donc de moyens de transport efficaces, induisant par là de nouveaux besoins d'énergie. Le charbon, qui n'était guère utilisé que comme substitut du charbon de bois dans les forges, devient un produit essentiel. On assiste à l'essor industriel de la Grande-Bretagne et de l'Allemagne, mais aussi aux débuts de la pollution atmosphérique, que ce soit par l'émission de gaz carbonique ou par celle de composés soufrés, source des pluies acides. Mais la découverte de l'électricité va accélérer considérablement ce processus. Éclairage, transports, machines : les besoins d'énergie commencent à croître de manière exponentielle. Les centrales thermiques se développent. La découverte de la turbine et de la houille blanche fait penser que l'essor de l'exploitation du charbon va se ralentir. Il n'en est rien. Tout s'accélère : énergie, extraction des matières premières, fabrication d'objets métalliques, transports, tout concourt au développement de la révolution industrielle.

C'est alors qu'en 1859 se produit fortuitement une découverte qui va accélérer encore cet essor. Le colonel Drake découvre le pétrole à Titusville (Pennsylvanie). C'est l'explosion industrielle. Le pétrole va d'abord alimenter la voiture, puis l'avion. Sa recherche, son exploitation, son utilisation sont le symbole d'une nouvelle nation qui va dominer le monde : les États-Unis d'Amérique.

La civilisation du pétrole marque un nouveau « saut » de développement. Dans le même temps, les teneurs en gaz carbonique dégagé dans l'atmosphère croissent. On ajoute du plomb à l'essence comme antidétonant, et le problème de la présence du plomb dans l'atmosphère commence à se poser[1].

La guerre de 1940-1945 marque, avec le drame d'Hiroshima et de Nagasaki, le début de la période nucléaire. Après la bombe, les réacteurs. Le développement de l'énergie nucléaire fait rapidement naître les premières mises en garde publiques contre les dangers que l'homme et sa technologie font courir à la planète. Curieusement, cette inquiétude n'a pas pour origine les dangers militaires, mais ceux liés aux centrales civiles. Malgré l'extraordinaire puis-

1. Les glaces du Groenland sont des témoins implacables : elles ont gardé la mémoire de cet essor de la pollution depuis deux mille ans. Elles indiquent clairement que le XIXe siècle a marqué la grande discontinuité dans l'essor économique du monde.

sance de destruction des bombes thermonucléaires fondées sur la fusion de l'hydrogène, ce sont les centrales créatrices d'énergie qui sont la cible des mouvements écologistes. Comprenne qui pourra. On assiste alors au déclenchement d'une ample sensibilisation sociale à l'écologie. Les succès électoraux liés au rejet de la politique traditionnelle dans les vieilles démocraties font d'ailleurs plus pour l'écologie que les mises en garde de pionniers scientifiques éclairés comme Clair Patterson[1], du Caltech, ou Roger Revelle, de la Scripps Institution.

La cause ultime de ces problèmes est la combinaison de la démographie galopante et du développement industriel, l'un étant amplifié par l'autre. À partir de là, l'homme consomme plus de matières premières, rejette plus de déchets, épuise plus vite les ressources naturelles, met en péril les équilibres physiques et biologiques qui se sont établis au cours de millions d'années. Dans ce cadre, nul doute que le XIXe siècle aura constitué la grande discontinuité « géologique ».

Dès qu'on examine scientifiquement les enregistrements historiques, on est effrayé. Depuis le siècle passé, toutes les courbes reflétant l'évolution historique croissent de manière exponentielle. Cela ne peut continuer ainsi ! Mais comment réagir ?

Le problème le plus urgent est celui de la démographie. Sans maîtrise de celle-ci, il n'y a aucun espoir de contrôler quoi que ce soit. En 1950, il y avait 2 mil-

---

1. L'homme qui a déterminé l'âge de la Terre.

liards d'hommes et de femmes. Il y en a 5,5 milliards aujourd'hui. On en prévoit plus de 8 milliards pour 2100 ! Dans les cinquante dernières années, la population du globe a crû autant qu'au cours des deux millions et demi d'années qui nous séparent de l'*Homo erectus*. Nul doute que le déséquilibre de niveau de vie entre pays riches à populations stagnantes et pays pauvres à populations croissantes fera naître des guerres pour le droit à l'immigration ou pour l'appropriation des ressources naturelles. Nous en avons déjà les signes avant-coureurs.

Pourtant, contrairement à ce qu'annonçaient beaucoup de prophéties, la population du globe est en train de se stabiliser. Il suffit de regarder la courbe qui traduit les augmentations (ou diminutions) de vitesse de croissance pour être convaincu. Cette décroissance de la « dérivée seconde », comme on dit en mathématique, est due à un facteur essentiel : l'amélioration de l'éducation des femmes.

On est d'autant plus frappé, choqué et indigné par le retard de certains pays lié à un obscurantisme ou à un fanatisme religieux. Car le problème est là désormais. Celui non plus de la démographie globale, mais celui des déséquilibres démographiques régionaux. L'homme saura-t-il un peu partager ses richesses ?

Il faut adopter aussi une attitude radicalement différente dans la gestion des ressources terrestres. Jusqu'à hier, les ressources étaient considérées comme infinies : matières premières, eau, air. L'homme exploitait, transformait, rejetait des déchets. Sa démarche était unidirectionnelle. Désormais, nous allons devoir adopter une démarche cyclique. Les matières premières devront être recyclées, même l'eau qui, usée, devra être lavée et réutilisée. Les déchets devront être triés et traités. Les procédés de fabrication d'objets industriels ne devront pas créer des pollutions non guérissables. À cette fin, il faudra concevoir de nouveaux produits, de nouvelles méthodes de fabrication. L'ère du recyclage est en marche. L'homme ne va pas arrêter la flèche du temps, mais il peut la ralentir. Pour ce faire, il doit s'y employer sans tarder ! Sinon, la Terre continuera sans lui…

N'oublions pas que les processus d'évolution biologique se poursuivent. Pour l'instant, l'espèce *Homo sapiens* occupe une position hégémonique si grande qu'elle menace tous les équilibres. Mais imaginons que l'*Homo* s'affaiblisse, soit par manque de ressources naturelles, soit par suite d'une ou plusieurs guerres, soit à cause d'une pollution généralisée. Nul doute que d'autres espèces prendront la relève. Ce sera sans doute l'insecte, que sa diversité, sa vitesse de reproduction et d'adaptation rendent presque invulnérable. Ce sera peut-être le poisson ou le cétacé, protégés des rayons ultraviolets par l'eau et par les mécanismes de régulation chimique de l'océan. Mais la Terre continuera, avec ou sans nous…

Dans cinquante millions d'années, la géographie aura profondément changé. Certes, la surface totale occupée par les continents sera à peu près la même qu'aujourd'hui, mais leur répartition sera largement différente. La Méditerranée aura disparu. Le continent Afrique aura percuté l'Europe. De cette gigantesque collision aura surgi une chaîne de montagnes dont les plus hauts sommets atteindront 7 000 mètres et qui s'étendra depuis Séville jusqu'à l'Arabie. La Corse, la botte italienne, le Péloponnèse auront disparu de la carte, engloutis sous le talon africain ou déchiquetés en petits blocs épars par la formidable mâchoire euro-africaine. De l'ancienne Méditerranée, il ne restera que quelques sédiments déshydratés et transformés en roche, puis portés vers les sommets de cette imposante chaîne, ainsi que quelques lambeaux volcaniques mélangés au milieu de nappes de charriage. Au front de cette chaîne de montagnes, en lieu et place de l'actuel Sahara, s'étendront des collines boisées de végétation tropicale, traversées par des fleuves majestueux qui iront se jeter dans l'Atlantique Sud. Au nord, un immense plateau de près de 4 000 mètres d'altitude s'étendra, presque identique, du Portugal à Constantinople. Parsemé de lacs gigantesques, ce plateau descendra en pente douce vers la plaine de l'Europe du Nord. Toute cette région sera sujette à de très violents tremblements de terre allant jusqu'à la magnitude 8 et qui seront localisés en Afrique du Nord et dans la bande ibéro-française.

Le nord de l'Europe sera caractérisé par un archipel d'îles multiples au milieu d'une mer nordique peu profonde. Chacune de ces îles, grande comme la Corse, aura ses côtes ciselées par d'innombrables rivières et, pour les îles septentrionales, par des fjords. Le climat de cette Europe du Nord sera sec, mais plus chaud que celui d'aujourd'hui, car l'Europe sera située à 20 degrés de latitude plus au sud.

Les montagnes d'Iran seront devenues aussi majestueuses que l'actuel Himalaya, bien que déjà vieilles de plus de soixante-dix millions d'années, et leurs paysages seront comparables à ceux des Alpes d'aujourd'hui. Leur modelé s'adoucira en allant vers l'est. L'Himalaya ne sera plus qu'une montagne de second ordre, arasée et vallonnée comme le sont aujourd'hui les Appalaches ou l'Oural.

L'Afrique aura elle aussi bien changé. L'Afrique de la vallée des Rois et des grands lacs Victoria et Tanganyika se sera détachée du continent. Le continent Mozambe, immense « Madagascar », dérivera au nord de l'océan Indien. L'Afrique septentrionale sera devenue un continent autonome arasé, recouvert par des forêts gigantesques, dont savanes et prairies auront presque disparu.

L'Asie ne sera plus le continent des six grands fleuves du monde, des séismes et des typhons. Toutes les îles de la Sonde, les Philippines, Taïwan, celles de l'archipel nippon auront disparu en tant qu'îles. Elles seront soudées au continent asiatique auquel seront venues s'adjoindre la Papouasie et l'Australie, constituant à sa bordure sud-est une vaste chaîne de montagnes plissées très semblables aux cordillères nord-américaines d'aujourd'hui et qui s'étendront de la Birmanie au Japon.

L'Amérique aura peu changé, si ce n'est qu'elle aura perdu la Californie, déplacée vers le nord, bientôt collée à l'Alaska, et que le golfe du Mexique sera largement émergé.

Telle est la géographie du monde que la tectonique des plaques nous permet de prévoir d'une manière relativement précise.

Sur cette Terre où alterneront époques glaciaires et interglaciaires, la vie continuera sans doute sans l'homme. Victime de son incapacité à se doter d'une sagesse collective, incapable d'additionner positivement les intelligences individuelles, de gérer placidement sa niche écologique, l'homme aura petit à petit été éliminé de la planète. Comment ? Diverses hypothèses sont possibles : guerre nucléaire (c'est à mon avis la plus probable), disparition de la couche d'ozone, pollution générale des eaux. La vie continuera sans lui.

Esquissons quelques scénarios.

Dans les océans, des sortes de dauphins carnassiers domineront les fonds marins. Doués d'une intelligence qui se sera encore développée par rapport à celle de leurs congénères actuels, ils s'organiseront en société, parleront, penseront, codant leurs messages sonores. Ils cultiveront les fonds marins en algues et petits poissons pour se nourrir. Bien protégés par la couche d'eau située au-dessus de leur tête, ils s'imposeront dans un monde des abysses sans pollution. Le développement de leurs nageoires leur permettra de sortir de l'eau, de venir sur les plages, de marcher, d'y élever leurs petits, d'avoir donc une activité sédentaire. Seront-ils capables, à partir de là, de conquérir le milieu aérien ?

Sur les continents, des insectes volants intermédiaires entre guêpes et abeilles, les *gapeilles*, dont les individus auront atteint des tailles de l'ordre du mètre, organisés en société, sachant voler, nager et marcher, capables de se déplacer sur les pattes arrière, ayant quatre mains, doués d'une certaine pensée et d'une organisation collective extrêmement évoluée, régneront en maîtres. Dans un de leurs parcs zoologiques, organisés en alvéoles, ils garderont un spécimen rare, trouvé au fin fond des forêts tropicales : *Homo degenerensus*, témoin de cette espèce qui domina jadis le monde et qui disparut presque complètement, victime de sa bêtise collective[1].

---

1. Cette reconstitution amusante a tout de même quelques fondements scientifiques. La disparition de l'homme étant supposée, son successeur ne peut être qu'un insecte (quatre cinquièmes des espèces actuelles sont des insectes, et ce sont eux qui s'adaptent le mieux). Parmi les insectes, ceux qui vivent en société paraissent le plus évolués. La locomotion devient ici un critère essentiel. La plus grande efficacité est atteinte par le vol (l'avion est la plus importante conquête de l'homme dans le domaine des transports). Le recoupement de ces critères mène à l'abeille ou à la guêpe. L'une est bien organisée en société, mais pas carnassière ; l'autre si. Pourquoi ne pas concevoir un hybride (par mutation) ? Pourquoi se priver alors de la station bipède (abeilles et guêpes y sont presque) ? Comme les insectes ont six pattes, la station bipède libère quatre mains. Le reste relève du domaine de la pure imagination.

Pour le milieu marin, il y a moins d'efforts à faire. Les dauphins sont les animaux marins les plus intelligents. Nous avons supposé qu'ils étaient capables de sortir de l'eau, comme le firent les premiers poissons. Leur statut de mammifères ne peut que les aider dans cette conquête du continent.

Bibliographie sommaire

Cette liste de livres « accessibles » au grand public doit être considérée beaucoup plus comme un guide de lectures que comme une véritable bibliographie.

ALLÈGRE (C.), *L'Écume de la Terre*, Fayard, 1983.

—, *De la pierre à l'étoile*, Fayard, 1986.

—, *Économiser la planète*, Fayard, 1990.

—, *La Défaite de Platon*, Fayard, 1995.

—, *Dieu face à la science*, Fayard, 1997.

AUDOUZE (J.) et CHIÈZE (J.-P.), *Enquête sur l'Univers*, Nathan, 1990.

AUDOUZE (J.), CASSEY (J.) et CARRIÈRE (J.-C.), *Dialogues sur l'invisible*, Belfond, 1988.

ATKINS (R), *Molécules au quotidien*, InterÉditions, 1989.

CHANGEUX (J.-P.), *L'Homme neuronal*, Fayard, 1983.

CHANGEUX (J.-P.) et CONNES (A.), *Matière à pensée*, Odile Jacob, 1989.

COPPENS (Y.), *Le Singe, l'Afrique et l'homme*, Fayard, 1983.
COVENEY (P.) et HIGLIFIELD (R.), *The Arrow of Time*, Fawcett Columbine, 1991.
CRICK (F.), *Une vie à découvrir*, Odile Jacob, 1988.
DELBRÜCK (M.), *Mind from Matter*, Blackwell, 1986.
EKELAND (I.), *Le Calcul, l'imprévu*, Seuil, 1984.
FEYNMAN (R.), *Lumière et matière*, InterÉditions, 1987.
GLEICK (J.), *Chaos*, Viking, 1987.
GOULD (S. J.), *La vie est belle*, Seuil, 1991.
—, *Le Sourire du flamant rose*, Seuil, 1985.
HAWKINS (S.), *Une brève histoire du temps*, Flammarion, 1989.
HALLAM (A.), *Great Geological Controversies*, Oxford, Sciences Publications, 1983.
HEY (T.) et WALTERS (P.), *The Quantum Universe*, Cambridge University Press, 1987.
HODGE (P.), *Galaxies*, Harvard University Press, 1986.
MATTAUER (M.), *Monts et merveilles : beautés et richesses de la géologie*, Hermann, 1999.
MEDAWAR (P. B.), *The Limit of Sciences*, Harper & Row, 1984.
PRIGOGINE (I.) et STENGERS (I.), *La Nouvelle Alliance*, Gallimard, 1979.
RUELLE (D.), *Hasard et Chaos*, Odile Jacob, 1991.
SCHWINGER (J.), *L'Héritage d'Einstein*, Belin, 1988.
SILK (J.), *The Big Bang*, Freeman, 1980.

Weinberg (S.), *Les Trois Premières Minutes de l'Univers*, Seuil, 1978.

Les photographies du cahier hors texte ont été prises par le télescope spatial Hubble (© Space Télescope Science Institute).

Table

Du même auteur :

Introduction à la géochimie (en coll. avec G. Michard), 1973, PUF.
Mécanismes et prévision des séismes, Éditions du CNRS, 1980.
L'Écume de la Terre, Fayard, 1983.
Douze Clefs pour la géologie, Belin, 1986.
Les Fureurs de la Terre, Odile Jacob, 1987.
Économiser la planète, Fayard, 1990.
Écologie des villes, écologie des champs, Fayard, 1993.
L'Âge des savoirs, Gallimard, 1993.
La Défaite de Platon, Fayard, 1995.
Questions de France, Fayard, 1996.
Dieu face à la science, Fayard, 1997.
Toute vérité est bonne à dire, Robert Laffont, 2000.
Vive l'école libre !, Fayard, 2000.
Un peu de science pour tout le monde, Fayard, 2003.

Composition réalisée par INTERLIGNE

Imprimé en France sur Presse Offset par

BRODARD & TAUPIN

GROUPE CPI

La Flèche (Sarthe).
N° d'imprimeur : 26376 – Dépôt légal Éditeur 51262-10/2004
Édition 01
LIBRAIRIE GÉNÉRALE FRANÇAISE – 31, rue de Fleurus – 75278 Paris cedex 06.

ISBN : 2 - 253 - 10942 - 8 31/0942/8